Órfãos de Amsterdã

Elle van Rijn

Órfãos de Amsterdã

Tradução de Renata Tufano

≡ Editora **Melhoramentos**

Dados Internacionais de Catalogação na Publicação (CIP)
(Câmara Brasileira do Livro, SP, Brasil)

Rijn, Elle van
   Órfãos de Amsterdã / Elle van Rijn; tradução de Renata Tufano. – São Paulo, SP: Editora Melhoramentos, 2023.

   Título original: *De créche*
   ISBN 978-65-5539-519-8

   1. Ficção holandesa 2. Nazismo 3. Segunda Guerra Mundial, 1939-1945 I. Tufano, Renata. II. Título.

22-135577   CDD-839.313

Índice para catálogo sistemático:
1. Ficção: Literatura holandesa 839.313

Eliete Marques da Silva – Bibliotecária – CRB-8/9380

Título original: *De crèche*

Copyright © Elle van Rijn 2020.
Publicado em acordo com Overamstel Uitgevers B.V., em acordo com 2 Seas Literary Agency.
Direitos desta edição negociados por Villas-Boas & Moss Agência Literária e Consultoria.

Traduzido a partir da edição em inglês, com tradução de © Jai van Essen, 2022
Tradução para o português de © Renata Tufano
Preparação de texto: Sandra Pina
Revisão: Elizabete Franczak Branco e Juliana Vaz
Capa: Debbie Clement
Imagens de capa: Arcangel Images e Shutterstock
Adaptação de capa: Carla Almeida Freire
Diagramação: Amarelinha Design Gráfico

Toda marca registrada citada no decorrer deste livro possui direitos reservados e protegidos pela lei de Direitos Autorais 9.610/1998 e outros direitos.

Direitos de publicação:
© 2023 Editora Melhoramentos Ltda.
Todos os direitos reservados.

1.ª edição, janeiro de 2023
ISBN: 978-65-5539-519-8

Atendimento ao consumidor:
Caixa Postal 169 – CEP 01031-970
São Paulo – SP – Brasil
Tel.: (11) 3874-0880
sac@melhoramentos.com.br
www.editoramelhoramentos.com.br

Siga a Editora Melhoramentos nas redes sociais:
❋❋ /editoramelhoramentos

Impresso no Brasil

Para as crianças da creche de Betty,
as que viveram e as que foram mortas.

Prólogo

No corredor do andar de baixo, passo por crianças pequenas enfileiradas e de mãos dadas, prontas para cruzar para o outro lado. Mochilas nas costas, bichos de pelúcia debaixo dos braços. Mirjam acompanha o grupo.

– Você não deveria ajudar a limpar? – pergunta ela em seu tom de voz sussurrante.

– Estou a caminho.

– Venham, crianças, sigam em frente.

A fila começa a andar. Eu tento não prestar atenção nos rostos. Já tenho em minha mente imagens demais de crianças que foram deportadas. Muitas perguntas que ameaçam me arrastar para as profundezas por causa de suas possíveis respostas. *Não pense nas condições em que estão vivendo agora, ou mesmo se ainda estão vivas. Nada disso! Está feito, acabou. Nunca aconteceu.*

Pela porta aberta, vejo Virrie na sala da pré-escola, dobrando os lençóis das camas de armar que foram levadas.

– Você já arranjou alguém para o novo pacote? – pergunto quando entro. Estou me referindo ao bebê que foi trazido para cá no último minuto.

– Todo mundo está ocupado com o grupo que ainda está no Plantage Parklaan.

Ela está falando sobre as doze crianças que tínhamos organizado para serem recolhidas imediatamente, ontem. A maioria era um pouco mais velha e já estava escondida aqui havia meses.

– Caso contrário, eu mesma vou levá-lo.

Virrie nem disfarça seu olhar surpreso.

– Para onde?

Dou de ombros. Por semanas, tenho me perguntado quem irá me socorrer quando chegar a hora. Amigos e conhecidos disseram que eu poderia me esconder com eles, mas não sei se a oferta continua de pé nesta fase da ocupação alemã. Está ficando mais difícil saber com certeza se alguém é bom ou corrupto. Pessoas têm receio de falar, por medo de que suas palavras os coloquem em apuros. Ou pior: por medo de suas ações.

– Virrie, não vamos dar esse garotinho aos alemães. Você deveria vê-lo.

– Eu sei, mas podemos não ter outra escolha. – Ela percebe minha hesitação. – Ou você quer colocar todos nós em perigo?

Eu balanço a cabeça.

– Claro que não.

– Se for demais para você, posso levá-lo para o outro lado da rua.

– Não, isso não será necessário. Vou me certificar de que ele fique bem escondido hoje. Há uma chance de tirá-lo daqui amanhã, certo?

– Talvez – responde ela, sem muita convicção.

Capítulo 1
QUINTA-FEIRA, 4 DE SETEMBRO DE 1941

Em 1906, a Instituição Infantil e a Associação Lar da Criança fundaram uma creche em Rapenburgerstraat para mães judias que procuravam cuidados diários para seus filhos. Como a maioria das pessoas dessa parte de Amsterdã precisava trabalhar duro para dar conta de tudo, muitas mães não podiam ficar em casa com seus filhos. Por isso, a creche para mães judias surgiu como uma solução salvadora. Os custos dessa creche não eram mais do que 25 centavos por dia para cada criança. Isso, é claro, não cobria todas as despesas e, para não depender apenas de doações, decidiu-se que a creche e o programa de formação de educadores de infância seriam fundidos, assim a creche poderia ser financiada com a renda do treinamento. Em 1924, a creche se mudou para o majestoso edifício da Plantage Middenlaan, número 31, onde anteriormente a Associação Talmud Torá fornecia educação religiosa na pequena shul no último andar. Após a mudança, o berçário também foi aberto para crianças não judias e se tornou a maior e mais moderna creche da Holanda. Uma renovação contribuiu para isso: o edifício recebeu aquecimento central, água corrente em todos os ambientes e banheiros adaptados às crianças.

Eu entro no bonde azul com meu uniforme de enfermeira e capa de chuva combinando, com as costas retas. Não tenho apenas orgulho do uniforme, que me torna oficialmente uma professora de creche, mas também porque os vestidos e aventais de trabalho foram feitos pela Oudkerk Manufacturen, a loja de tecidos que há anos pertence à minha família. Por estar vestindo um desses uniformes azul-claros de enfermeira, que sempre via pendurado em nossa loja, de repente me sinto adulta. Mesmo que eu tenha apenas dezessete anos, parece que todos em Amsterdã de repente me veem como uma dama. Uma senhora cuidadora. Percebi que isso impõe respeito. Um ciclista na calçada me deixa passar, enquanto poderia muito bem ter me derrubado no dia anterior. No bonde, um belo jovem com cabelos pretos ondulados se levanta para mim.

– Por favor, sente-se, senhorita.

Em troca da gentileza, educadamente ofereço meu lugar a um velho rabino que conheço vagamente da sinagoga. Sinto o jovem olhando para mim com o canto do olho enquanto nos seguramos no mesmo trilho de aço. Mantenho meus olhos fixos em nossas mãos, que não se tocam. Ele não está usando aliança, e é por isso que olho por cima do meu ombro e dou um sorriso modesto antes de descer na Plantage Middenlaan. Ele me lança um olhar significativo de volta. Quem sabe, talvez eu possa encontrá-lo novamente.

Tinham me falado que a porta da frente da creche é usada apenas por visitantes. Todos os pais e filhos usam a entrada lateral, onde os pequeninos são entregues através de uma portinhola. Ainda é cedo, 7h45min, mas a entrada já está repleta de famílias.

– Perdão, posso passar? Com licença.

Me espremo, passando por todas essas pessoas, e entro. Na sala de recepção, vejo crianças de apenas dois anos tirando os próprios casacos e sapatos, que colocam em uma sacola com seus nomes. Então penduram as malas nos pequenos cabides montados ao longo das paredes. É uma visão feliz. Da recepção, passo por um longo corredor com a porta da frente na extremidade esquerda, e à direita, a porta dos fundos que dá para o jardim. Há bancos infantis de madeira em ambos os lados. Duas escadas largas no meio do corredor levam para cima, onde há uma balaustrada no primeiro andar.

– Posso ajudá-la? – pergunta uma pequena professora de creche com cabelos cacheados castanhos e óculos redondos.

– Estou, errm... procurando a sala dos professores. – Eu realmente pareço uma novata.

– Primeira porta à sua esquerda – diz ela, com uma voz suave.

A sala está cheia de mesas e cadeiras dispostas ao acaso. Há um sofá rosa-claro e uma poltrona com o mesmo tecido na extremidade, perto da janela. Os móveis dão à sala uma sensação caseira, e as paredes estão cobertas com desenhos e fotos emoldurados. Muitas têm um grande grupo de professoras da creche posando e sorrindo para a câmera. Parece que novos retratos do grupo são feitos a cada ano porque há uma data diferente em cada um. Estou animada com a ideia de em breve estar em uma dessas fotos, no meio de um grupo. Em outra série de fotos, estão todas vestidas formalmente e lê-se abaixo: 12 DE MARÇO DE 1932, 25 ANOS DE CUIDADOS INFANTIS. De resto, há vários diplomas na parede com nomes diferentes.

Isso me lembra meu próprio treinamento na escola de ciências domésticas. Eu ainda não consigo acreditar que eles simplesmente me deram meu diploma, assim. Em julho passado, poucos dias antes das férias de verão, fui convidada a me retirar da sala. Tive que me reportar à diretora e me perguntei pelo que estaria sendo punida. Havia várias razões possíveis: eu certamente não era nenhuma santa na escola.

Entrei na sala da diretora e me juntei a um grupo de meninas que já estava esperando lá.

– Senhoras, vocês vão receber seus diplomas hoje – anunciou a diretora, sem rodeios. Todas ficaram tão surpresas que não conseguiram dizer nada.

– Mas ainda nem nos formamos! – exclamei.

Pelo certo, eu teria mais um ano e meio de escola pela frente. A diretora disse que havia uma "razão especial" para isso que não podia detalhar. Olhei ao redor da sala. Foi aí que a ficha caiu: éramos todas meninas judias. A "razão especial" era que não éramos mais bem-vindas na Escola Cristã de Ciências Domésticas. Eu já tinha ouvido o suficiente e me virei em direção à porta, mas a diretora me chamou de volta e entregou meu diploma.

– Você vai precisar disto, Elisabeth – disse ela. – Sinto muito. Isto é tudo o que posso fazer pelo seu povo.

Eu já estava começando a me acostumar com as pessoas dizendo "seu povo".

Embora sentisse vontade de rasgar meu diploma em pedaços na frente dela, prendi a respiração e saí.

Naquela mesma tarde, quando soube que procuravam meninas para o programa de formação de professores de creche no berçário judaico, o dia ganhou outra mudança radical. Sempre fora meu plano fazer algo com crianças, então me inscrevi imediatamente.

Mais e mais meninas estão entrando na sala dos professores. Conheço muito bem várias delas porque também eram da escola de ciências domésticas, como minha amiga Sieny Kattenburg. O clima na sala é alegre e despreocupado. Talvez porque todas somos garotas judias e, entre nós, não sentimos que precisamos ter vergonha, nos defender ou sermos discretas. A conversa alegre entre as meninas é um sinal de que eu não sou a única que se sente livre, para variar. Entra a diretora Pimentel. Ela é uma mulher mais velha, atarracada, está usando uma blusa branca e tem cabelos grisalhos prateados que se assentam em sua cabeça como uma pequena onda do mar. Um cachorrinho branco entra na sala junto dela e se senta bem ao lado de suas pernas, como um verdadeiro cão de guarda. Quando Pimentel bate palmas, toda conversa para abruptamente.

– Bem-vindas, todas vocês. Como já devem ter entendido, a creche é, ao mesmo tempo, uma escola de formação e organização de caridade – ela começa sua fala. – Vocês terão treinamento prático durante o dia e, três noites por semana, terão aulas de brincadeiras infantis, nutrição, cuidados infantis em geral, doenças pediátricas, higiene, música, cinesiologia aplicada e religião. Fui colocada no comando aqui há vários anos e autorizada a padronizar a maneira como trabalhamos. Sigo as ideias do educador Friedrich Fröbel, que acredita que o desenvolvimento de uma criança é otimizado se for estimulado criativa e ativamente. Igualmente essenciais são o descanso, a limpeza e a rotina...

Estou ficando cada vez mais animada enquanto ouço. Graças a Deus eu vim parar aqui!

– Quando as crianças chegam, primeiro são verificadas quanto a doenças, como caxumba, sarampo, rubéola...

O animal ao lado dela imediatamente começa a ganir ao ouvir a palavra "rubéola".

– Bruni, quieta! – ordena Pimentel. – Onde eu estava? Ah, certo, as crianças são verificadas quanto a doenças e, claro, quanto a parasitas como pulgas ou piolhos. É importante fazer isso com muito cuidado, caso contrário as crianças transmitem umas às outras e, antes que se perceba, o edifício vira um foco de infecções. Bebês e crianças recebem roupas brancas do berçário. Crianças entre dois e meio e seis anos só recebem um avental.

O cachorrinho pula em suas pernas. Ela não lhe dá bronca desta vez, mas o pega em seus braços.

– Embora tenhamos começado como uma instituição judaica, também recebemos crianças não judias. Que os alemães estejam agora nos fazendo voltar a ser uma creche exclusivamente para judeus não é apenas um incômodo para todas as outras crianças de que cuidamos, mas também para todos os educadores de infância não judeus que vinham aqui todos os dias.

Há uma indignação genuína em sua voz. Então ela se recompõe.

– Temos mais crianças chegando agora do que nunca, então fico feliz que estejam aqui para ajudar.

– Desculpe, diretora... – diz uma professora parada na porta. É a garota simpática que me mostrou onde era a sala mais cedo. – Há um pequeno problema com a hora de pentear.

– Excelente tópico! Obrigada, Mirjam. – Pimentel se vira para nós novamente. – A hora de pentear é feita todas as manhãs. Alguém sabe por quê?

Sieny levanta a mão.

– Para verificar se há piolhos?

– Muito bom.

Há risadinhas atrás de nós, e vejo Sieny ficar vermelha. Eu dou um empurrãozinho nela, com uma piscadela. Deixa para lá. Os Kattenburg são as pessoas mais decentes e piedosas que conheço. Até os piolhos limpariam os pés no capacho e falariam um *berakhah* lá, se tivessem a audácia de entrar.

– Os piolhos são uma praga terrível – continua Pimentel. – Nós temos bocas suficientes para alimentar aqui, então não precisamos de parasitas procurando por uma refeição grátis.

Todo mundo ri alto. Rir alivia um pouco o clima. Mais pessoas estão nervosas neste primeiro dia.

– Então é por isso que começamos todas as manhãs com a hora do penteado. Se a criança tem muitos desses sugadores de sangue, a mãe vai ter que levá-la de volta. Como você acabou de ouvir de Mirjam, há um congestionamento na porta. Então, qual de vocês está disposta a ajudar?

Pouco tempo depois, estou usando um avental por cima do meu vestido azul e um pano branco na cabeça, descontaminando crianças de acordo com meticulosas instruções. Fui a única voluntária a levantar a mão. A diretora escolheu mais três garotas além de mim. Estranhamente, Sieny não foi escolhida. Talvez porque não teve vergonha de responder mais cedo. "Fazemos o que temos que fazer", minha mãe sempre diz. E então me vejo passando um pequeno pente nas cabeças dos pequeninos. Não é fácil, porque me toma dez minutos para desembaraçar os emaranhados se for uma garota com cabelos longos. Uma vez que o cabelo está desembaraçado, tenho que correr meus dedos para procurar lêndeas, que são facilmente confundidas com caspa ou alguma outra sujeira. Quando tenho certeza de que o cabelo tem lêndeas, passo o pente fino. Após cada passagem, limpo o pente na pia e verifico o que eu peguei. As lêndeas adultas explodem quando são esmagadas na unha. Isso ainda é divertido, mas não suporto esmagar piolhos, especialmente os gordos, totalmente inflados, que deixam um rastro vermelho de sangue na porcelana branca. O número de piolhos que cada criança tem é registrado em um pequeno caderno. Se houver mais de vinte piolhos vivos, as crianças são enviadas de volta para casa com suas mães.

– É um incômodo, mas não tem como ser evitado – a professora certificada Mirjam fez questão de ressaltar.

Minha última paciente é uma linda garota com cabelos dourados. Imediatamente percebo que sua cabeça está coberta com insetos rastejantes. A mãe da menina me observa ansiosa. Minha própria mãe me avisou que muitas vezes são os pobres que têm que levar seus filhos para uma creche. A prova está bem na minha frente. A mulher fez o seu melhor para deixar a filha com uma aparência minimamente decente, vestindo-a com um vestido bordô bem folgado. A própria mãe está usando um vestido sujo, rasgado em quatro lugares. Apesar de seu rosto afundado, consigo ver que ela deve ter sido uma mulher muito bonita, embora bastante dessa beleza tenha se perdido com aquela boca cheia de dentes podres.

– Ela está pronta? Preciso ir trabalhar – diz ela, quase suplicando.

– Estou fazendo o meu melhor, senhora. Você também a despiolha em casa?

– Sim, mas tenho outros dois filhos. Tenho muito o que fazer. Meu marido está no mar. – Seu olhar passa por mim e se fixa no caderno, que já conta com dezesseis marcações. Ela espera ter ido embora antes que eu chegue no vinte, é claro, pois então não posso mais chamá-la de volta.

– Onde você trabalha? – pergunto, para distraí-la.

– No mercado.

– Aqui na Daniël Meijerplein?

– O Albert Cuyp, irmã. Vendemos batatas, cenouras e cebolas.

– Todo mundo precisa dessas coisas, não é? – Enquanto isso, arranquei mais três piolhos do cabelo da menina. Há uma boa chance de encontrar mais, e então terei que mandar essa criança para o mercado com a mãe o dia todo.

– Feito! – digo, parando abruptamente de pentear. – Não exatamente vinte, mas você realmente precisa dar um jeito nisso esta noite, caso contrário, não poderemos ficar com ela amanhã.

A mulher parece agradecida.

– Certamente farei isso, obrigada, senhorita... quero dizer, irmã.

Ela sai correndo da creche.

– Tudo bem, e você vem comigo para ficar com seus amigos – falo enquanto coloco a garota no chão e pego sua mão. – Qual é o seu nome?

– Greetje – diz ela com a voz rouca.

– Ora, que nome bonito!

– Mamãe trabaia – ela aperta os olhos para mim.

– Sim, sua mãe está indo trabalhar. Mas quer saber, Greetje? Você e eu vamos nos divertir muito aqui.

– Mamãe trabaia, Greetje brinca – diz ela com um sorriso largo.

– Isso mesmo.

Eu levo a garota para a sala das crianças, que fica no piso térreo, adjacente ao jardim. Eu já sabia que estava designada para essa sala. Pimentel dividiu as novas meninas entre os diferentes departamentos.

Assim que entramos, Greetje começa a coçar a cabeça. Talvez tivesse sido melhor ela ter ido embora com a mãe. Como poderei impedir de me tornar a responsável por um surto de piolhos logo no meu primeiro dia? Enquanto eu me pergunto como, minha própria cabeça começa a coçar um pouco também.

Eu fico de olho em Greetje o restante do dia, intervindo quando ela se aproxima demais das outras crianças. A distraio com um brinquedo ou leio um livro para ela, que continua dizendo: "Mamãe trabaia, Greetje brinca".

A diretora Pimentel, que entra de vez em quando, vem até mim e pergunta como estou indo.

Vejo que Greetje está se coçando freneticamente no meu colo enquanto discurso sobre como é bom estar com os pequeninos, e como estou feliz por poder começar já o meu treinamento, porque tenho muito amor pelas crianças. Sempre tive. Mesmo quando eu ainda era criança. Falo sem parar até que ela me interrompe.

– Elisabeth, não é?

– Todo mundo me chama de Betty, senhora.

– É senhorita, mas por favor me chame de diretora. – Ela olha para mim seriamente. – Betty, noto que você está muito focada em uma criança. Não podemos permitir que tenha favoritos. Toda criança é igualmente preciosa aqui, e não favorecemos uma ou outra.

– Não, claro que não, senhorita... quero dizer, diretora.

– Mamãe trabaia, Greetje brinca – diz a garota no meu colo novamente.

– Você a penteou bem, espero. Esta criança está sempre coberta de piolhos.

– Claro – eu disfarço.

Pimentel acaricia os cabelos loiros da garota.

– Bom, porque nós não queremos uma epidemia começando aqui.

– Compreendo totalmente. Quem iria querer? – Dou uma risada nervosa e ignoro a coceira na minha própria cabeça. – Por que você não vai montar um quebra-cabeça? – Pergunto à garota, tirando-a do meu colo. A criança me lança um olhar confuso.

– Os blocos estão ali no canto – diz Pimentel, virando Greetje na direção certa. Isso ela entende, e se dirige para o canto. – Greetje é mentalmente deficiente, mas com certeza você já percebeu isso.

De repente, sinto-me insignificante e dou de ombros.

– Acho que sim...

– Ela é pequena para a idade. Na verdade, deveria estar com os pré-escolares, mas seria demais para ela, mentalmente. De qualquer forma, eu quero que você trate cada criança igualmente, mesmo que uma pareça um pouco mais vulnerável do que as outras. Os fortes têm direito a cuidados e atenção também. Olhe aquelas duas crianças com as velas pingando ali. É necessário limpar aquilo.

– Velas pingando?

– O ranho escorrendo do nariz delas.

Eu desço na Tweede Jan van der Heijdenstraat para caminhar o último trecho e passo pela mercearia onde fazemos nossas compras hoje em dia. A área Plantage, onde também fica a creche, sempre foi historicamente um bairro judeu, enquanto nosso distrito, De Pijp, tem mais não judeus do que judeus. Costumávamos ir sempre à mercearia em frente à nossa casa, mas não vamos mais desde que eles – assim como a sapataria Zwartjes e o teatro da cidade – colocaram uma placa que diz PROIBIDO PARA JUDEUS. Eu já não gostava dessas pessoas e não me surpreendi. Minha mãe não imaginava que isso pudesse acontecer e ficou chocada. Aquelas pessoas tinham sido alguns dos nossos melhores clientes, pelo amor de Deus. Diante dessa injustiça, tive vontade de jogar uma pedra pela janela, mas meu irmão Gerrit me aconselhou firmemente a não fazer isso e perguntou se eu já estava completamente *meshuga*. Só quando vi as lágrimas da minha mãe entendi que isso não era uma questão de olho por olho, dente por dente. Eu poderia lidar com ela levantando a voz, arregalando os olhos e falando duramente. Até gostava desse tipo de interação, mas as lágrimas dela me deixaram perdida. No dia seguinte, foi como se a cena tivesse sido uma invenção melodramática de sua imaginação, e com a cabeça erguida, ela nos disse que a partir de então faríamos nossas compras no supermercado Tweede Jan van der Heijdenstraat.

O comerciante levanta a mão para mim de dentro da loja. Eu o cumprimento e só então observo a suástica branca pintada na parede ao lado da entrada. Será que ele ainda não viu?

O homem vem em minha direção com pressa.

– Betty, espere! Sua a mãe pediu uvas. Acabei de recebê-las – diz o homem, gentilmente.

Não posso deixar de olhar para a pintura ainda molhada na parede.

– Ah, isso – diz ele. – Vou pintar hoje à noite. Nós não deveríamos dar atenção aos idiotas deste mundo. Senão, podemos perder muito mais.

Sei no que ele está pensando: nos mais de quatrocentos meninos judeus que foram enviados para Mauthausen após a revolta contra as medidas antijudaicas, nenhum dos quais voltou. É realmente difícil de acreditar que todas essas coisas estão acontecendo enquanto a vida cotidiana simplesmente continua.

– Como foi seu dia? – mamãe pergunta quando entro em nossa loja.

Sou recebida pelo cheiro familiar de rolos de tecido recém-trançados, um típico perfume que reconheceria instantaneamente em qualquer lugar. Mamãe está ocupada fechando a loja.

– Ótimo! – respondo, entregando-lhe o saco de uvas azuis. Então começo um relato vívido de como foi meu dia. Por conveniência, deixo de fora a história sobre os piolhos. Mamãe não iria nem pregar o olho de noite pensando na coceira. – Eles também têm um piano na creche – acrescento, animada.

Minha mãe levanta os olhos de sua contabilidade.

– Isso é ótimo, minha querida. Então você terá a chance de continuar praticando. – Minha mãe ainda gostaria de ter sido uma pianista, em vez de dona de uma loja de tecidos. – Você disse a eles que toca, espero.

– Sim, porque nos próximos seis meses estarei na sala vermelha com as crianças, e vou ensinar a elas todo tipo de música. Ah, os pequeninos são tão lindos que eu tenho vontade de mordê-los!

– É melhor não fazer isso.

Eu olho para cima, surpresa. Ainda não tinha reparado em meu irmão Gerrit. Ele desce a escada na parte de trás da loja e me dá um tapinha amigável no ombro.

– Olá, irmã Betty, padroeira das crianças – brinca ele. – Só não tenha nenhuma antes dos vinte anos.

O homem com quem um dia vou me casar tem que ser tão bonito quanto Gerrit, de ombros largos, cabelos escuros penteados para trás, queixo forte e olhar doce.

– Ei, pare com isso – mamãe diz, fingindo estar irritada.

– Sabe com quem eu me encontrei outro dia? – Gerrit continua, provocando. – Nossa velha ama de leite. Ela tem dois dentes na boca, e perdeu alguma coisa aqui em cima – ele aponta o dedo para a cabeça. – Mas me garantiu que ainda poderíamos contratá-la como ama de leite. Então, Betty, quando você tiver um filho, pelo menos isso já está resolvido.

– Ah, não. Você mesmo pode contratá-la.

Mamãe nunca nos amamentou, porque queria manter sua boa forma. Ela sempre se orgulhou de sua cintura fina, que ainda tem. Isso se soma às suas feições delicadas e à longa cabeleira loiro-escura ondulada... essa é minha mãe. Ela provavelmente esperava que pudesse voltar aos palcos como pianista. Depois do conservatório, tocou na sala de concertos Concertgebouw

Capítulo 2
SEXTA-FEIRA, 5 DE SETEMBRO DE 1941

No início deste ano, não muito tempo depois que papai morreu de hemorragia cerebral, os cafés perto de Rembrandtplein continuaram servindo seus clientes judeus, embora isso já tivesse sido proibido. Consequentemente, o WA, o braço paramilitar do Movimento Nacional Socialista Holandês NSB, *foi brutalmente atingido em um café em Thorbeckeplein, onde artistas judeus se apresentariam alguns dias depois. Então, enquanto o WA marchava em direção ao seu próximo alvo, cheio de bravura, os comunistas vieram defender nosso povo. A luta foi breve, e o WA teve que recuar com o rabo entre as pernas. Mas um de seus líderes, Hendrik Koot, que tinha um verdadeiro ódio de judeus, foi encontrado sem vida à beira da estrada. Os rumores sobre como ele havia morrido eram grotescos. Judeus tinham supostamente mordido o nariz e as orelhas dele, lambido o sangue de seus lábios e ainda mordido a laringe. Mas Koot tinha sido derrubado com um único golpe na cabeça: isso foi dito pelo policial que o encontrou. Meu irmão Gerrit acha que foi tudo encenado, e Koot foi morto pelos alemães, de modo que pudessem usar sua morte para fins de propaganda, porque o lugar onde Koot foi encontrado era bem longe de onde havia ocorrido a luta.*

Foi aí que todos os problemas começaram. Não muito depois da morte de Koot, várias pessoas receberam notas em suas caixas de correio que diziam: DEZ JUDEUS PARA CADA MEMBRO NSB MORTO. *Um conhecido escultor judeu, que foi postar uma carta à noite, foi esfaqueado nas costas três vezes. Vários dias depois, o problema ocorreu novamente em Van Woustraat, onde moramos, em Koco, onde vendiam o melhor sorvete de toda Amsterdã. A sorveteria era frequentada por judeus e não judeus, e por esta razão muitas vezes foi alvo dos nazistas. Os dois proprietários e vários clientes se uniram para se defender. E isso não acabou bem. Lembro-me de ter passado pelo lugar para fazer compras no dia seguinte ao confronto e ver os destroços. Em retaliação, mais de quatrocentos homens judeus foram presos aleatoriamente e reunidos em Jonas Daniël Meijerplein. Eles foram espancados e depois colocados em caminhões para deportação para Mauthausen, um campo de prisioneiros na Áustria. Isso foi motivo para que dezenas de milhares de trabalhadores e estudantes da grande Amsterdã organizassem uma greve em 25 de fevereiro como demonstração de solidariedade contra a perseguição aos judeus. Infelizmente, a greve durou apenas dois dias e foi brutalmente reprimida pelos alemães.*

De todos os jovens que foram capturados, nem um único retornou de Mauthausen. E mais e mais avisos de morte continuavam chegando.

O senhor Cahn, um dos donos da sorveteria, que sempre me dava uma bola extra de sorvete, foi fuzilado em abril.

O céu está limpo e azul. Ainda assim, minha cabeça está nublada depois de uma noite tentando processar todas as impressões do meu primeiro dia. Com a bolsa no ombro, entro no bonde e me espremo, passando pelos outros passageiros para ficar na janela. Eu me assusto quando vejo dois soldados alemães uniformizados de pé ali.

– *Kein Problem, Fräulein, hier ist Platz für drei* – me diz o mais alto dos dois em alemão, sorrindo educadamente.

Se tem alguma coisa que aprendi recentemente é ser o mais discreta possível e apenas seguir o fluxo. Qualquer outra coisa pode causar problemas. Então aceno de volta educadamente e me sento à janela. Faço um esforço para olhar para o outro lado e não ouvir a conversa que os homens estão tendo. Em momentos como este, gostaria de não entender alemão, mas aprendemos a falar perfeitamente a língua em casa graças às empregadas alemãs que viveram conosco. A última foi Annie, que pertencia à Igreja Reformada Holandesa. Era uma menina tão bonita que todos queriam admirá-la. Às vezes, me deixavam escovar seu cabelo; minha irmã mais velha, Leni, aprendeu a aplicar maquiagem com ela; e meu desengonçado irmão, Nol, jogava cartas com ela por dias a fio. Não que ele gostasse tanto assim do jogo, mas porque estava louco por Annie. Até papai queria convidá-la para ser modelo das roupas que confeccionávamos. Mas minha mãe sentiu que aquilo tinha ido longe demais. E também não era mais possível, pois Annie teve que voltar para a Alemanha. Não judeus não podiam mais trabalhar para judeus.

— Temos sorte de não estarmos na Frente Oriental – ouço um dos soldados dizer.

— Verdade. Especialmente agora que o inverno está se aproximando – diz o outro, numa voz tão aguda que me faz involuntariamente olhar para trás e me certificar de que é realmente um homem. – Ouvi dizer que o frio extremo faz com que os membros congelem.

É um homem, sim. Sua voz estridente o faz soar como um palhaço, e ele está usando calças curtas que deixam à mostra as pernas finas e peludas. Eu faço um esforço para não rir e volto os olhos para a rua.

— Isso deve doer muito – ouço o outro comentar. – Especialmente se seu pau congelar.

— Pare com isso, Kurt. Não quero pensar nisso – diz a voz aguda.

Parece que eles têm certeza de que eu não entendo o que estão dizendo, porque continuam falando.

— Tem mais judeus vivendo na Polônia e na Rússia do que aqui, então é preciso trabalhar ainda mais – diz o mais alto.

— Você viu como são feitas as coisas lá? – fala o da voz aguda. – Primeiro eles mandam os judeus cavarem uma vala, então os fazem ficar alinhados na borda e rá-tá-tá-tá-tá-tá-tá, são todos estilhaçados.

A risada estridente que se segue faz com que eu quase vomite. Eu seguro firme no apoio de ferro para não cair.

— Perdão, senhorita, podemos passar por aqui? – E o bonde para no ponto. Dou um passo para trás e tento manter a expressão séria.

— Tenha um bom dia, senhora – dizem, me dando um aceno cortês.

Estou muito abalada quando chego à creche, e Mirjam é a primeira pessoa que encontro na sala da equipe.

— Uau, você está pálida. Está tudo bem? – pergunta ela, olhando-me preocupada.

— Estou bem – respondo. – Só com um pouco de falta de ar hoje.

Coloco a bolsa no armário e pego um avental limpo da pilha quando ouço Sieny entrar.

– Bom dia! O tempo está lindo hoje. – E então ela olha para mim. – Betty, está se sentindo bem? Está tão pálida quanto essa toalha de mesa.

– Foi o que eu disse – diz Mirjam.

Eu não consigo mentir para a minha amiga.

– Acabei de ouvir algo horrível no bonde... – Elas se aproximam. Gaguejando, eu conto a conversa entre os dois soldados alemães.

– Aposto que sabiam que você era judia – diz Mirjam, sentindo minha dor. – Eles estavam tentando irritar você de propósito.

– Ou talvez estivessem falando sobre um campo de prisioneiros – diz Sieny. – Ouvi dizer que atiram em judeus lá, mas eles só fazem isso no Leste; aqui, certamente não. É contra a lei.

– A lei? A lei ainda nos protege, então?

– Claro – Mirjam diz com uma convicção que nunca ouvira dela antes. – Meu pai estabeleceu o Conselho Judaico para ficarmos unidos, porque podemos ser impotentes individualmente, mas juntos somos fortes.

– Seu pai é o presidente do Conselho Judaico? – pergunto, surpresa.

Sieny me dá uma cutucada quase imperceptível.

– Sim, juntamente com Abraham Asscher. Meu pai sempre tentou ajudar refugiados judeus da Alemanha e da Polônia. – Há um tom de orgulho na voz dela.

Entra a diretora Pimentel.

– Posso perguntar por que ainda não estamos penteando cabelos? – Ela não espera que respondamos. – Isto aqui não é um salão de chá. Já se formou uma fila enorme de crianças à espera.

Pentear e contar tem um efeito calmante sobre mim. Além disso, ninguém está falando sobre surtos de piolhos entre as crianças, então isso também é motivo de alívio. Eu tirei um piolho do meu próprio cabelo ontem à noite, mas não falei para ninguém. Com a máxima concentração, atendo cada criança até que nós três tenhamos cuidado de nada menos que 63 cabeças. Assim que guardamos os pentes, outra criança aparece. Um menino com cabelos loiros curtos.

– Deve estar tudo bem, sem piolhos escondidos por aqui. Qual é o nome dele?

Então olho para cima e reconheço a mãe.
– Greetje – diz ela. – Posso ir?
– Hum... sim.
Enquanto a mãe acelera, olho para Greetje, que eu confundi com um menino. Sua mãe realmente se empenhou com o aparador. Com a cabeça cheia de cascas e os olhos vesgos, a garota perdeu toda a fofura que tinha.
– Venha, Greetje, vamos brincar.
– Sim, brinca, brinca! – ela grita com entusiasmo.
Embora a diretora Pimentel não permita, sinto que preciso ter um cuidado extra com essa garota.

Capítulo 3
SEXTA-FEIRA, 20 DE FEVEREIRO DE 1942

Deram-me uma carteira de identidade com uma grande letra J. O Conselho Judeu foi obrigado a registrar todos os judeus que vivem na Holanda. Isso inclui pessoas que, de acordo com a tradição da lei judaica – que dita que o judaísmo é transmitido através da linhagem materna –, nem são judias. Mas os alemães pensam diferente sobre esse assunto. Um menino da minha classe não tinha ideia de que era judeu, mas no fim tinha um avô que havia sido registrado como judeu em um município, em algum momento. O fato de o homem não ser praticante e que meu colega de escola, assim como o restante de sua família, ter sido batizado não significava nada para os alemães. Judeu é judeu.

A cartoteca *emitiu as carteiras de identidade. O registro detalhado torna mais fácil manter o controle de quantos judeus existem e onde vivem. Ou melhor, onde viviam, porque, à exceção de algumas grandes cidades, todos os judeus tiveram que se mudar para Amsterdã.*

Nos últimos dias, mesmo que ainda esteja claro quando eu chego do trabalho, a primavera parece permanecer bem distante. Nuvens escuras e cinzentas sobrevoam a cidade e o granizo cai do céu. Incomoda um pouco, porque não tenho um guarda-chuva. Ainda bem que o bonde azul-escuro para bem em frente à porta da creche e, quando o ouço vindo pela janela, me apresso para não perdê-lo. Consigo colocar o pé no degrau no último segundo e subo antes que o veículo comece a se mover. *Consegui*. Cumprimento o motorista, que conheço de meu trajeto diário.

– Ei, irmã, não combinamos que você não traria mais neve?

– Oh, puxa, devo ter me esquecido – respondo, entrando na brincadeira.

De repente, ele puxa o freio porque um homem passa de bicicleta na frente do bonde, e paramos tão abruptamente que quase saio voando pelo para-brisa.

– Idiota, olhe por onde anda! – grita o motorista do bonde.

Não que o ciclista o escute, mas o gesto que ele faz com o braço deixa nítido o suficiente.

– Idiota! – Então ele se vira novamente para mim: – Você está bem, querida?

– Claro, eu sou resistente.

– Esses provincianos todos daqui me tiram do sério. Eles não conhecem as regras, a maioria nunca nem viu um bonde.

– Eles vão entender um dia – digo, tentando aliviar o mau humor.

– Um acabou embaixo das minhas rodas ontem mesmo. Achei que ele atravessaria mais rápido. E o pneu dianteiro dele ficou preso nos trilhos. Tiveram que levá-lo para o hospital.

– Que horror!

– Ele teve sorte que aconteceu bem perto do HIH. Não iriam internar um idiota desses em um hospital normal.

O HIH, Hospital Israelita Holandês, em Keizersgracht, só trata judeus nos dias de hoje. Não somos mais recebidos em outros hospitais, mesmo que seja uma emergência.

– Eu realmente não entendo por que têm que espremer todo mundo neste bairro – o motorista do bonde continuou conversando. – Temos muito espaço em Amsterdã, não temos? – Ele me dá um olhar significativo, como se dissesse, "você sabe de que lado estou agora, não sabe?". Claro que ele sabe que sou judia. Eu saio da creche judaica todos os dias. Assim como eu sei que ele não é judeu, apenas pelo jeito como fala sobre nós.

É verdade que há muito mais gente na rua nas últimas semanas. Eu nunca tive que ficar em pé no bonde antes, porque sempre havia muitos lugares. Mas desde que os judeus de todo o país tiveram que se mudar para cá, está muito mais movimentado. A creche também está próximo do limite: há quase cem crianças lá agora, e Pimentel pensa em suspender novas admissões.

Mas também há vantagens em estarmos todos agrupados neste bairro. É animado e aconchegante. Do outro lado da creche, há o teatro Hollandsche Schouwburg, agora renomeado Joodsche Schouwburg, que estreia uma nova peça depois da outra. Fui lá com algumas colegas do trabalho pouco tempo atrás. Eu adoro teatro mais que tudo. Meus pais sempre me levaram ao Teatro Real Carré, onde os maiores artistas dos Países Baixos se apresentavam. Depois, eu ficava imitando as atrizes. Minha família achava que eu era uma atriz nata, e me sentia assim também. Costumava fantasiar sobre um dia subir ao palco e causar uma comoção. Mas, quando uma vez cuidadosamente abordei o assunto de fazer desta minha profissão, todos caíram na risada. Artistas eram muito *achenebbish* de acordo com meus pais – não da nossa classe. Com isso, a conversa acabou e meu sonho foi despedaçado.

Atualmente, os judeus não podem mais visitar o Carré. Pelo menos, os artistas judeus mais famosos agora se apresentam no teatro daqui. A peça que fui ver com minhas colegas foi estrelada por um excêntrico Heintje Davids, de quem sou grande fã, pelo belo ator Siem Vos e pela linda atriz judia-alemã Silvia Grohs. A peça consistia em diferentes cenas de sucessos de bilheterias como *De Jantjes*, *Fortissimo* e *Naar de Artis*. Foi uma apresentação tão alegre que deixamos o local cantando em voz alta. Quando contei a todos sobre isso em casa, Gerrit disse que nunca se deixaria ser voluntariamente esmagado lá dentro como uma lata de sardinhas.

– Se eles quiserem nos pegar, pegarão quinhentos de uma vez – acrescentou.

Eu não tinha pensado nisso, e até fiquei chateada com Gerrit por ser tão negativo. Foi aí que ele me chamou de lado e confessou que estava planejando fugir da cidade. Ainda não sabia como; e primeiro se casaria com Lous, sua linda namorada (de quem eu estava secretamente com ciúmes, pois demandava cada vez mais atenção dele), mas ele não iria sentar e esperar, isso era certo.

Eu ando os últimos quarteirões para casa através de um véu de flocos brancos. Durante todo o dia, estive ansiosa pelo frango com mel que minha mãe tradicionalmente faz toda sexta-feira. Ela costumava comprar pronto no aviário, mas, nos últimos anos, aprendeu a prepará-lo em casa. Eu sempre subo pela nossa loja, mas hoje encontro a porta trancada. Não é tão tarde ainda, é? Pego a chave na bolsa e tento girá-la na fechadura com meus dedos frios, mas não gira. Pode ser por causa do frio. Ou é possível que minha chave não caiba mais porque quase nunca a uso? O que quer que eu tente, não consigo abrir. Dou alguns passos para trás e vejo que há uma luz acesa na cozinha. Minha mãe sempre apaga todas as luzes quando sai, ela é muito cuidadosa com isso. Tenho uma sensação estranha de que algo está errado.

É quando vejo que o portão está aberto. Pego o caminho pela entrada lateral, que leva diretamente ao nosso *maisonette* no andar de cima. Limpo a neve do meu casaco e tiro meus sapatos molhados no corredor. De meias, subo as escadas para nossa casa. A primeira coisa que noto ao entrar é que não sinto qualquer cheiro de galinha. Encontro minha irmã, Leni, no corredor, saindo pela porta do quarto da minha mãe.

– Shhh, quieta! – sussurra ela, imediatamente. – Mamãe acabou de dormir... – Ela me arrasta para a cozinha.

– Ela está doente? – Minha mãe indo para a cama durante o dia: isso não está certo. Ela só pode estar se sentindo muito, muito mal.

Minha irmã balança a cabeça.

– Eles assumiram nossa loja.

– Assumiram? Do que você está falando?

Leni revira os olhos, como se fosse minha culpa eu não entender.

– Você sabe que recebemos um *Verwalter*, não sabe?

– Sim, uma espécie de supervisor... e agora querem que paguemos mais impostos ou algo assim? – Eu ainda não entendi muito bem do que se trata. Os negócios judeus são administrados pelos alemães agora, supostamente para ter certeza de que estamos sendo honestos.

– Eles tiraram a loja de nós. Já mudaram as fechaduras no andar de baixo, e o novo proprietário se muda amanhã.

A notícia não parece ser verdade. O negócio da família que meu pai fez crescer, obtendo mais sucesso a cada ano, a cada dia de trabalho, que é bem conhecido em toda Amsterdã e arredores, foi assumido por outra pessoa?

– Então mamãe vendeu a loja?

– Não, claro que não. Não recebemos um centavo por isso. Tudo foi dado à viúva Koot. Como compensação pela morte do marido.

A esposa desse membro da WA *está agora encarregada de nossa loja? Da Oudkerk Manufacturen?* Eu afundo em uma cadeira.

Meu irmão Japie entra na cozinha. Imediatamente, avança no cesto de pão e arranca um pedaço.

– Ei, não seja esganado – diz Leni.

Japie dá de ombros.

– Não posso fazer nada se você não está cozinhando.

– Estou começando agora – diz minha irmã. – Sopa de galinha é moleza. Betty, você pode cortar o alho-poró? – Ela coloca uma tábua e dois alhos-porós na mesa à minha frente.

Eu a empurro para longe de mim imediatamente.

– É Shabat, a comida já deveria estar pronta – murmuro.

– Não seja infantil – suspira ela.

– Onde estão todos? – pergunto.

– Vovó e Engel acabaram de sair para a sinagoga em Gerard Doustraat, e Gerrit e Nol foram a Linnaeusstraat para conversar com o Rebe do Povo após a visita da viúva Koot. Isso já faz horas. – Ela se vira para dar atenção à panela no fogão.

Percebo que não estou ajudando ninguém com minha atitude. Seria melhor seguir o exemplo da minha irmã e manter a cabeça no lugar. Pego a faca e começo a cortar o alho-poró.

– A vovó deu o frango de hoje?

Minha avó vive conosco, junto com Engel, sua antiga empregada. Toda sexta-feira, ela sai com duas galinhas em cada mão para dar a judeus pobres pelo bairro, tudo por caridade. Ela esconde seu colar de pérolas no pescoço sob um xale e nunca o tira. "As pérolas devem ser usadas na sua pele", afirma. "Caso contrário, elas perdem o brilho."

– Meu Deus, Betty, como posso saber? – pergunta minha irmã, incomodada. – Eu mesma trabalhei o dia todo. Que diferença isso faz?

– A vovó tinha acabado de chegar em casa quando a viúva Koot apareceu de carro com seu novo namorado – diz Japie.

– Novo namorado? Então esse era o amor profundo dela pelo marido – digo cinicamente.

– Mesmo tipo – diz meu irmão, dando de ombros. – Um plebeu como Hendrik Koot, mas agiam como se fossem rei e rainha. Ele tinha uma daquelas cartolas, e ela estava usando um casaco de pele grosso.

– Que ela provavelmente roubou de alguém também – digo com desprezo.

– Não tenho medo de me livrar dela – diz Japie, absolutamente calmo. – Eu sei onde posso pegar uma arma emprestada.

– E então estaremos todos mortos! É isso que você quer? – minha irmã de repente perde a calma e levanta a faca ameaçadoramente, a carne de frango ainda pendurada nela. – Parem com isso agora!

Toda a situação parece tão irreal que eu não sinto mais nada.

Bato com cuidado à porta do quarto de mamãe. Como não recebo resposta, entro silenciosamente. Minha mãe está deitada de lado na cama de casal, de costas para a janela, seus longos cabelos em uma trança que segue o arco de suas costas. Ela parece tão pequena. Como um bebê em um berço gigante.

– Mamãe, eu trouxe canja de galinha para você...

Dou a volta na cama para poder ver seu rosto. Ela fechou os olhos, mas sei que não está dormindo. A essa altura, me tornei uma especialista em reconhecer se uma criança está fingindo dormir ou se está realmente dormindo. Não é apenas a respiração superficial, mas também as pálpebras tensas que mostram se alguém está acordado. Coloco a sopa na mesa de cabeceira e me sento ao lado dela na cama, passando gentilmente a mão sobre seu grosso cabelo loiro, que tem cada vez mais mechas grisalhas.

– Mamãe, fiquei sabendo o que aconteceu, e isso é horrível, mas recuperaremos a loja um dia.

Ela então abre os olhos e me dirige um olhar sonolento.

– Eu não sei, Betty... – murmura.

– Todas as coisas tortas são endireitadas no final, foi o que sempre disse papai. E eu também acredito nisso, mamãe.

Ela se levanta um pouco.

– Você sabe que ela também mandou embora todos os funcionários?

– Todo mundo? – Temos mais de dez pessoas na folha de pagamento. Como eles vão sobreviver ao que está por vir? – Ela pode recontratá-los, não pode?

Mamãe balança a cabeça.

– Só Gerrit vai ficar como gerente, até que ela encontre um novo.

Minhas palavras reconfortantes de um momento atrás de repente soam desesperadamente ingênuas.

– Mas, mamãe, isso vai acabar um dia. Eles estão sofrendo enormes perdas na Frente Oriental. Os russos estão impedindo que avancem sobre Moscou. Isso foi o que alguém no trabalho disse. Ela ouviu na transmissão de rádio inglesa.

Mamãe pega minha mão e dá um beijo nela.

– Ainda bem que papai não está mais vivo para ver isso.

Então ela solta minha mão e se deixa cair debilmente para trás. Com o rosto para o teto, diz:

– Vou continuar vivendo por todos vocês, e para cuidar de minha mãe, mas não vejo mais sentido para mim.

No dia seguinte, a luz da manhã chega como sempre. Os telhados estão brancos de geada e a calçada está escorregadia. Ainda assim, decido não pegar o bonde, mas ir de bicicleta para o trabalho. Não suporto as pessoas ao meu redor agora. Lanço um último olhar por cima do ombro para nossa vitrine, lindamente decorada. Então pedalo pela rua o mais rapidamente possível.

Todos os meus vestidos de infância estão na minha bolsa, para Greetje. Nos últimos meses ela, de repente, cresceu muito, e eu não aguento mais ver seus vestidos desbotados revelarem um pouco mais de suas meias remendadas todos os dias. Quando passo para sua mãe o saco de roupas, ela me olha assustada.

– Eu nunca poderei pagar por isso.

– Você não precisa. Eles são para você.

Ela sai da creche sem agradecer. Provavelmente está surpresa demais para ser educada.

Guardei um vestido para colocar em Greetje hoje. É um vestido de inverno verde-musgo feito de lã pesada, com top reto e saia plissada. Nos últimos anos, mamãe mandou fazer todas as nossas roupas com os tecidos da nossa loja, mas quando crianças usávamos Maison de Bonneterie. Eu tinha tantas roupas que quase nenhuma estava desgastada. Ainda bem, adivinhei o tamanho corretamente, porque o vestido de Greetje a veste de modo perfeito. Ela gira como uma princesa, até babando um pouco. Ela gosta muito. Quando Pimentel entra, ajo como se fosse seu próprio vestido e digo a Greetje, em uma voz muito mais solene, que ela tem que ir se juntar às outras crianças. Mas Pimentel sabe, porque dá um beliscão rápido no meu braço.

– Contanto que as outras mães não descubram, certo?

Eu confirmo, aliviada.

Hoje é meu último dia com os menores. Acho uma pena, claro, mas também estou ansiosa para ficar com as crianças mais velhas. Mirjam está no comando lá, e pelo menos eu já a conheço. Além das crianças, mais garotas se juntaram a nós recentemente, então é realmente difícil lembrar o nome de todos. Sieny e eu fizemos uma solicitação para trabalhar no mesmo departamento nos próximos seis meses, e a diretora achou que tudo bem. Eu já aprendi que é mais fácil lidar com Pimentel tendo senso de humor. Ela vai dizer que acha minhas piadas um pouco bobas, mas não consegue conter o riso. Ela ri muito das piadas que eu escuto de Gerrit e Nol, em especial. E está tudo bem, desde que as crianças não escutem. Muitas vezes invento contos de fadas para elas, que conto como uma espécie de teatro. Mal posso esperar até que eu possa trabalhar com os pré-escolares: é possível sonhar todo tipo de sonho com eles.

Ainda não chegamos nem à metade do dia quando Pimentel me chama no berçário.

– Betty, sua avó ligou. Você precisa ir para casa imediatamente.

Fico assustada: vovó nunca liga. Acho que ela nem mesmo sabe como usar um telefone. Tiro o chapéu e o avental e corro para a saída.

Enquanto me atrapalho com o casaco, Pimentel fica ao meu lado.

– Betty, não sei o que aconteceu, mas não há problema se você precisar de alguns dias. Avise-me.

– Obrigada, diretora – gaguejo. O nervosismo faz com que eu lhe dê um grande e espontâneo abraço, e por isso seu cachorro, Bruni, começa a latir imediatamente. – Ah, desculpe... – digo, soltando-a.

– Bruni, sentado! – Pimentel me dá um tapinha no ombro. – Avise-me se eu puder ajudar, tudo bem?

Enquanto ando de bicicleta em Van Woustraat, posso ver de longe a placa em frente à nossa vitrine: PROIBIDO PRA JUDEUS. Jogo a bicicleta contra a parede e corro para a entrada ao lado. A primeira pessoa que encontro no andar de cima é Gerrit, que está levando um jarro e uma tigela para o quarto de mamãe.

– Mamãe teve um colapso nervoso. A vovó quer conversar com você.

Minha avó está na cozinha, peito para cima como uma rainha, boca apertada, pálpebras levantadas. Sua velha empregada, Engel, está sentada ao lado dela, uma mulher com cabelo crespo branco como giz, que dificilmente pode ajudar em alguma coisa porque é meio cega e aleijada, mas que é, mesmo assim, indispensável para a vovó. Meu irmão Nol está encurvado na mesa em frente a elas, Leni se apoia na pia da cozinha e Japie está olhando pela janela.

– Vovó, qual é o problema?

– Sente-se e respire, criança. – A calma da vovó só me deixa mais preocupada. – Sua mãe teve um... momento de fraqueza hoje.

– O que você quer dizer?

– Que ela tentou tirar sua própria... – diz Engel, tentando completar o que a avó está dizendo.

– Fique quieta, Engel! Estou contando para Betty.

De repente, minha cabeça começa a girar.

– Sua mãe tomou alguns comprimidos para dormir. Nol a encontrou espumando pela boca.

Fico tão tonta que preciso me sentar. Puxo a cadeira, sentindo as mãos formigando.

– Ela bebeu tanta água que vomitou durante o sono. O médico já esteve aqui, e disse que ela não deve ter nenhum efeito duradouro. Exceto que terá que recuperar-se dos nervos. Todos nós temos que ajudá-la com isso.

Ela disse isso ontem. Disse que faria isso se não nos tivesse. Mas estamos aqui, não estamos? Então por que ela... Eu aperto minhas coxas.

– Por causa da loja?

– Ainda pior. Eles tiraram dela as casas da vovó – diz Leni.

– Todas as quatro? – dou um grito.

Minha avó tinha herdado duas dessas casas de seus pais, e depois de viver um estilo de vida frugal e com a renda do aluguel, havia conseguido comprar mais duas. As casas seriam nossas, quando saíssemos de casa.

– A SD entrou na loja esta manhã, a pedido da viúva Koot – vovó continua. – Encontraram os oito mil florins que sua mãe tinha escondido na loja, mas que ainda não tinha conseguido pegar. Aparentemente, esta *malveillante* ainda não achou que era o suficiente, então procuraram por todo o andar superior e encontraram mais dez mil florins.

– Não temos nada agora – de repente, Japie começa a se lamentar. – Eu odeio eles. Eu os odeio tanto que gostaria de matar todos com minhas próprias mãos. – Ele olha para nós, mostrando seus dedos de criança, longos e finos.

Me levanto e coloco o braço ao redor de Japie. Enquanto puder confortar meu irmãozinho, posso suprimir meus próprios sentimentos de pânico.

– Japie, já discutimos isso – diz a vovó, bruscamente. – Não podemos perder a cabeça agora. Nem sua mãe, nem você. – Ela dá a cada um de nós um olhar severo. – O que a sua mãe fez hoje é compreensível, mas não é permitido. Nós, judeus, não fazemos isso. Só a vontade de Deus será feita!

O silêncio que se segue é tão opressivo que mal consigo respirar.

De repente, ouço música vindo do quarto de mamãe. É Gerrit, que está tocando violino para ela. Ninguém diz nada, todo mundo apenas ouve as notas agudas que emanam do quarto. Então não consigo mais me controlar e começo a gritar para parar, que isso não pode continuar. Tudo isso. Eu pressiono as mãos contra os ouvidos e corro para o meu quarto.

Depois de dois dias de repouso na cama, nossa mãe aparece toda vestida na cozinha e novamente se irrita conosco por não termos lavado a roupa. Como se a roupa suja fosse uma ofensa capital em uma vida da qual ela estava pronta para desistir alguns dias antes. O espírito humano é aparentemente tão flexível que nos permite esquecer grandes dores em troca de pequenas dores. Mas estou aliviada: arregaçar as mangas é sempre mais produtivo do que preocupante.

Sob o olhar atento da vovó, minha irmã e eu começamos a trabalhar na pilha de roupas íntimas, camisas e lençóis sujos. Fazemos tudo tão meticulosamente quanto possível, embora nunca seja bom o suficiente. Os padrões da vovó são mais altos do que é humanamente possível. Ainda bem que só entendo metade dos comentários que ela faz, sobretudo em francês, e ela sempre nos recompensa com biscoitos de manteiga fresca ou pãezinhos Chelsea que compra na Blom, a confeitaria em Rijnstraat.

Minha mãe está lentamente retomando sua vida também. Preenche seus dias com aulas de piano e canto, como se a música pudesse aplacar seu ato quase fatal. Estamos de novo com nossas emoções sob controle e não falamos sobre o ocorrido. O mundo continua girando como de costume, e é isso que de fato importa no final.

Capítulo 4
SEGUNDA-FEIRA, 4 DE MAIO DE 1942

Judeus não podem mais se casar com não judeus, açougueiros judeus estão sendo forçados a fechar suas portas e judeus não estão mais autorizados a vender móveis de sua própria casa. Essa última regra tem o objetivo de evitar que os judeus vendam todos os seus pertences quando tiverem que sair de suas casas para que não possam ser saqueadas pelos alemães. Desde ontem, somos obrigados a usar uma estrela de seis pontas com a palavra JUDEU escrita em letras hebraicas. As estrelas de algodão foram colocadas à venda ontem, e Nol ficou na fila por horas para comprá-las para nós. Cada pessoa tem direito a quatro estrelas, pelas quais você deve pagar um selo têxtil e quatro centavos. Espera-se que você use a estrela de maneira visível nas roupas externas.

Com a maior precisão, vovó passou várias horas costurando estrelas em todos os casacos, sobretudos, coletes e paletós até que ficasse com os dedos machucados, e depois nos disse que teríamos que fazer o restante nós mesmos. Estou tão enojada por esse trapo amarelo horrível que passei todo o domingo dentro de casa e só hoje, pouco antes de ter que sair para o trabalho, peguei uma agulha e linha para costurar essa coisa horrorosa na minha capa de chuva. Quando saio um pouco mais tarde usando isso, fico estarrecida. O bonde está lotado, e todos os assentos estão ocupados, então não consigo me esconder atrás de ninguém. De pé no corredor, sinto que todos estão olhando para mim. Eu continuo olhando para fora, onde a primavera está a pleno vapor. Todas as árvores têm folhas verdes brilhantes, e os pássaros estão cantando canções alegres. É um forte contraste com o humor opressivo no bonde. Apenas um pouco antes de virarmos para Plantage Middenlaan consigo ter coragem de olhar ao meu redor, e vejo que não sou a única usando a Estrela de Davi amarela na roupa. Cruzo o olhar com uma mulher mais velha, que acena para mim, como se dissesse: *bem-vinda ao clube*.

A princípio, ninguém no trabalho fala sobre isso. Afinal, o que se pode dizer? Já reclamamos entre nós quando o decreto para a estrela foi anunciado nos jornais. Eu até proclamei que me recusaria, mas, como em todas as novas regras e leis que sentimos serem totalmente irracionais e absurdas no primeiro dia, apenas alguns dias mais tarde já começamos a pensar que é normal. Qualquer rebeldia da minha parte já se extinguiu a esse ponto. Mas, aparentemente, isso não acontece com todos. De seu quarto na parte da frente do prédio, Mirjam vê um cachorro usando a estrela amarela em sua cauda. O homem passeando com o cachorro não está usando uma estrela e olha em volta, sorrindo gentilmente. Um pouco mais tarde, há uma mulher grávida andando com uma estrela costurada bem no meio de sua enorme barriga. Um senhor mais velho está usando a estrela em seu chapéu, o que o faz parecer um policial inglês. Todas essas estrelas em lugares estranhos são motivo de grande hilaridade, e não apenas entre nós. Os atores do teatro estão saindo para aplaudir cada não judeu passando com uma estrela de protesto falsa.

Eu puxo Sieny para perto de mim.

– Vamos bater palmas também!

Um grupo de crianças está usando as estrelas como números de camisa em seus casacos. Um varredor de rua tem uma presa em seu carrinho. Uns dez jovens arrojados passeiam com estrelas falsas nas mochilas.

– De quem foi essa ideia? – pergunto a um deles.

Um garoto loiro e alto sorri para mim.

– É um protesto dos cidadãos de Amsterdã declarando solidariedade aos judeus.

– Isso é ótimo! – respondo, impressionada não apenas com o que ele está me dizendo, mas também com seus olhos azul-claros.

Ele enfia a mão em um dos bolsos.

– Veja, alguns dias atrás jogaram milhares desses panfletos do telhado da loja de departamento De Bijenkorf, na Praça Dam.

Ele me dá um panfleto retratando uma estrela amarela e abaixo dela as palavras: *judeus e não judeus unidos na luta!*

– E quem é você, então? – Sieny pergunta com um olhar cético.

– Nós estudamos na Universidade Vrije e sentimos que não podemos mais ignorar as medidas alemãs contra a população judaica – diz o garoto, com um tom que denota que não era a primeira vez que falava essa frase. – Excluir judeus e marcá-los assim vai contra todo o bom senso.

Fico surpresa com o quão profundamente suas palavras me tocam e tenho que me segurar para não aplaudir e abraçá-lo.

– Preciso ir – diz o garoto, apontando para seus colegas que já tinham seguido em frente.

– Claro. Obrigada!

E o vejo ir embora, transbordando de pura gratidão. Também gostaria de ter conhecido esse menino bonito um pouco melhor.

Sieny me cutuca.

– Betty, não encare assim!

Alguém está batendo na janela atrás de nós. É Mirjam... temos que voltar ao trabalho.

Enquanto isso, nossa vida com as crianças da creche continua com seu ritmo regular de brincar, comer, dormir, brincar e tomar banho. Escuto bebês tentando formar suas primeiras palavras, até frases curtas e muitas vezes incoerentes das crianças, a sabedoria dos pequenos. A guerra se mantém do lado de fora, e é como se não houvesse nada de errado. Ainda assim, a realidade lentamente se infiltra aqui também. As crianças não filtram nada do que dizem e refletem em suas palavras o que realmente está acontecendo em suas jovens vidas. O que não pode ser falado em voz alta, mas é dito mesmo assim.

– Meu pai disse que os alemães são pessoas muito más.

– Eu matei um chucrute enquanto dormia!

– Minha mãe chora mais do que eu. Estranho, não é?

– Mamãe diz que a estrela é bonita, mas só vou usar quando tiver seis anos.
– Meu avô e minha avó tomaram uma pílula e agora estão mortos.

Em casa, ninguém está falando sobre como foi o primeiro dia vestindo uma dessas estrelas. Como se não estivesse acontecendo. Sinto falta de Gerrit... Ele teria falado sobre isso. Ele até teria ficado tão exaltado que o suor escorreria de sua testa e suas bochechas ficariam roxas. Mas Gerrit não mora mais aqui. Logo depois de se casar, em 1º de abril, foi morar com a família da esposa, Lous. Embora eu não possa imaginar uma cunhada melhor, teria preferido que ela fosse de uma família pobre e Gerrit não tivesse se mudado imediatamente para a imponente casa dos sogros. Mas entendo Gerrit. Como filho mais velho, se juntava ao papai em suas viagens para fazer as compras para a loja desde jovem. E quando não estavam viajando pelo país, ele estava ao lado do papai atrás do balcão da loja no andar de baixo. Depois que meu pai morreu, Gerrit trabalhou muito para garantir nossa renda, que administrou muito bem, apesar da guerra. Agora perdeu o emprego e não tem mais permissão para visitar o lugar onde passou a maior parte de sua vida. Compreensivelmente, não quer morar conosco em cima da loja, onde, a qualquer momento, poderia ser confrontado com o *hoi polloi* no andar de baixo: a viúva Koot.

Em vez de ter uma discussão à mesa, agora comemos nosso jantar de batatas cozidas e legumes em silêncio. Nós sete – Leni, Nol, mamãe, vovó, Engel, Japie e eu – ainda conseguimos encher uma mesa grande, mas que parece vazia sem papai e Gerrit.

– Você ouviu alguma coisa sobre os planos de emigração de Gerrit? – pergunto, não apenas para quebrar o silêncio, mas também para lembrar a todos que há pelo menos um membro da família tentando nadar contra a corrente.

– Isso não vai acontecer – diz minha mãe, pegando alguns grãos com o garfo.

– Por que não? Eles não prepararam tudo?

– Recentemente foi implementada uma proibição de viagem para judeus que procuram se mudar para o exterior – responde meu irmão Nol. – Eu já tinha ouvido falar que ia acontecer, mas agora é oficial.

Nol, que agora trabalha na distribuição de pão do Conselho Judaico, cada vez mais age como se soubesse mais do que nós. Eu poderia ter tolerado tal atitude de Gerrit, mas vinda de Nol é enfurecedor.

– Se você já sabia, não poderia ter contado a Gerrit? – pergunto, de modo acusador.

– Eu contei, mas ele não foi capaz de fazer planos a tempo. Além do mais, queria esperar pelo meu casamento.

Engel engasga com um pedaço de comida.

– *Allez*, Nol, você pode dar a notícia com um pouco mais de gentileza – diz vovó, dando um tapinha nas costas da velha empregada.

– Achei que todos vocês soubessem que vou me casar – diz Nol.

– Sabemos – responde vovó. – Mas ainda não tive tempo de contar para a Engel.

– Nem para mim, pelo visto – diz Japie secamente.

– Nem para mim – diz Leni.

– Nem para mim – digo, enfim.

– Mamãe? – pergunta Nol, virando-se para a única que ainda não tinha dito nada. – Você sabia, não é?

– Claro, meu querido – diz mamãe finalmente.

Duvido que seja verdade.

– Com a Jetty? – pergunto, para tirar um pouco mais de informação dele.

– Sim, com a Jetty. – Ele revira os olhos e depois se levanta da mesa. – Vou para a casa dela.

Ele sai e deixa o prato na mesa.

Depois do jantar, junto-me a Japie à procura de um lugar melhor para esconder a comida que mamãe armazenou, separamos os cupons de racionamento para cada cartão de registro pessoal e praticamos um pouco de piano. Depois, vou para a cama e durmo como uma pedra.

Capítulo 5
SEXTA-FEIRA, 10 DE JULHO DE 1942

Desde o início do ano, homens judeus desempregados estão sendo convocados pelo Serviço Nacional de Expansão do Trabalho no norte e leste da Holanda. Eles têm que trabalhar em diferentes aldeias como Nunspeet, Ochten, Putten, Ede, Hummelo, Ruurlo, Lievelde e assim por diante, cultivando terras e fazendo trabalho florestal. Como cada vez menos judeus têm permissão para trabalhar em comércio ou já não podem obter autorizações de trabalho, o número de desempregados está aumentando, e esses campos de trabalho estão cada dia mais cheios.

O tempo está tão bom hoje que decidimos pegar a piscina dobrável do sótão e enchê-la de água. As crianças podem se revezar em grupos de seis. Depois de vinte minutos, o apito soa e elas têm que sair. É muito trabalho. Nós as ajudamos a se secar e vestir, checamos se não há lama em seus pés ou areia em seus calções. E então toda essa música e dança começa do zero com o próximo grupo. Quando você vê as crianças se divertindo espirrando água para todo lado, quase se esquece que ainda existe um mundo lá fora.

Um menino que gosta de fazer os outros rirem entra na água logo depois de estar totalmente vestido, para a diversão das outras crianças. Crianças travessas dão nos nervos de Sieny, mas eu gosto muito delas. É assim que começa a desobediência civil, e se todos nós fôssemos civilmente desobedientes, não suportaríamos todos esses decretos, certo? Sinto que a indolência e a docilidade são muito mais prejudiciais em longo prazo do que a audácia. Eu sempre tive discussões acaloradas sobre isso com Nol. Ele diz que é realmente melhor ir a favor do vento, porque o vento pode mudar de direção por si só em algum ponto.

No fim da manhã, quando o sol está mais alto, eu já trabalhei tanto nessas brincadeiras de água que até minhas roupas de baixo estão encharcadas.

– Eu acho que só me falta mesmo entrar na piscina – digo.

– Não creio que seja uma boa ideia... – Sieny ri. – Eu não acho que eles queiram ver você nua.

Suas palavras são captadas imediatamente por um par de ouvidos infantis.

– Sim! Betty nadando pelada! – uivam eles, e logo todo mundo está cantando: – Betty pelada! Betty pelada!

Eu entro na brincadeira.

– Shhh! Eu prometo que vou nadar pelada se nenhum de vocês se mover por cinco minutos. Nem mesmo um pouquinho.

Sieny me lança um olhar de desaprovação. Ela é tão puritana que acha até tornozelos expostos um sinal de nudez e prefere usar meias compridas mesmo em dias quentes como hoje.

Não que eu realmente fosse me despir ali, mas sei que as crianças simplesmente não conseguem ficar paradas, mesmo que queiram. Tem a ver com a sua tensão muscular.

Eles fazem algumas tentativas valentes mesmo assim, e toda vez que falham, todos começam a gritar: de novo!

Me assusto ao ver Pimentel na porta. Ela me chama.

Com os sapatos encharcados, vou até ela.

– O que você pensa que está fazendo?

Não sei como responder à sua pergunta e apenas dou de ombros. Normalmente eu sei o que dizer, mas com Pimentel nunca sei bem como reagir. Vejo sempre Sieny conversando com ela, mas é como se minhas palavras sumissem em sua presença.

– Não queremos que este lugar comece a parecer a casa do macaco no zoológico Artis. Você entende?

– Claro.

Eu tento o meu melhor para não desviar o olhar e continuar mirando em seus olhos claros. Nós duas somos pequenas, mas a personalidade dela é muito maior. Sem falar em sua autoridade.

Ela então balança a cabeça e levanta as sobrancelhas.

– Céus! De onde você tira toda essa ousadia?

– Minha avó sempre diz que tenho uma imaginação hiperativa – digo, dando de ombros como uma forma de desculpas.

Um pequeno sorriso aparece em seu rosto agora, afinal.

– Tenho certeza de que você tem, mas dentro destas paredes não queremos que isso passe para as crianças.

– Vou me certificar de que não aconteça, diretora! – digo, esperando que a conversa tenha acabado.

– Mas eles são afetados, mocinha – continua ela, severamente. – Encontrei isso.

Ela pega um pedaço de papel do avental e desdobra na minha frente. Imediatamente reconheço minha própria letra.

Se você fosse meu porquinho, eu te esfregaria.
Eu te colocaria em uma gaiolinha e por perto sempre manteria.
Eu te ensinaria a fazer cocô em um peniquinho.
E limparia todo o ranho do seu focinho.
Eu ia te cutucar, cutucar demais.
Lave a boca, seu pequeno schwein.

– Você escreveu isso?

Não adianta negar que é meu.

– Sim, é só uma pequena cantiga. Isso não é tão ruim, é? – pergunto, fingindo inocência. – Exceto pela palavra "cocô", é claro.

– Betty, você não é burra. Sabe muito bem o que está errado aqui. Não diz porco, diz *schwein*. Em alemão. É uma acusação implícita aos ocupantes.

Eu levanto o queixo e olho para ela. Não mais tímida, ou querendo me desculpar, mas insolente. Um olhar que poderia enfurecer minha mãe.

– E daí? Eles podem fazer o que quiserem, e espera-se que obedeçamos.

– Você está colocando as crianças em perigo! – diz ela, num tom que não aceita resposta. – Se eles repetirem o que ensinou, podem ser presos num instante. Você entende, não é? Cem vezes, eu quero que escreva: *eu, Betty Oudkerk, não vou mais inventar cantigas infantis bobas.*

Eu não tinha pensado nisso.

– Minhas sinceras desculpas... – gaguejo, envergonhada.

– Arrependimento sempre vem depois do fato – diz ela, se afastando a passos largos.

Depois do Shabat, Gerrit volta para casa conosco. Eu o mantenho preso no meu abraço apertado quase o tempo todo, porque senti muito sua falta. Então ele se vira para minha mãe e diz que quer falar com ela a sós. Mamãe, que estava ocupada fazendo uma lista de compras, para imediatamente.

– Do que se trata? – pergunto.

– Não é da sua conta, Betty. Xô.

A contragosto, saio da cozinha. Tento ouvir o que eles estão falando do outro lado da porta, que deixei entreaberta de propósito, mas não consigo entendê-los. Tudo que eu consigo perceber é minha mãe em choque, exclamando:

– Meu Deus do céu... Por que você não me disse antes?

Gerrit a faz baixar a voz com um "shhh" nervoso. Depois disso, ouço apenas sussurros agitados, mas não consigo distinguir palavras. Então mamãe começa a soluçar. Eu considero entrar ou subir as escadas para o meu quarto. Mas talvez seja realmente melhor não saber o que foi dito... Já ouvi minha cota de notícias ruins.

– O que você está fazendo aqui?

É Leni, que me pega curvada com o ouvido na porta.

– Nada – gaguejo, mas Gerrit já nos notou e nos chama da cozinha. Nol, Japie e Vovó são convocados também.

A mãe está sentada à mesa com o rosto manchado e olhos lacrimejantes. Ela está segurando uma carta.

– Eu queria informar a mamãe primeiro – diz Gerrit. – É por isso que eu pedi a você que nos deixasse em paz por um momento. – Ele me fuzila com os olhos e então continua. – Há poucos dias, como tantos outros, fui convocado para ir para um campo de trabalho...

– Droga, por que você não disse logo? – dispara Nol. – Tenho certeza de que posso conseguir um emprego para você no Conselho Judaico.

– Eu não quero um emprego com esses canalhas de duas caras.

– Acalme-se agora – minha avó diz a Gerrit. – Eu não conheço o presidente, David Cohen, mas Asscher é um cavalheiro.

Percebo que Gerrit discorda, mas nós nunca contradizemos a vovó.

– A filha do senhor Cohen trabalha comigo na creche. Eu poderia perguntar se ela pode fazer alguma coisa.

Gerrit ignora minhas palavras.

– Lous e eu já discutimos isso com a família dela – continua ele. – Queremos escapar via França para a Suíça. Já teríamos ido, mas eu queria esperar o casamento de Nol. Isso muda as coisas. – Gerrit puxa a carta das mãos de mamãe e a coloca diante de nós.

CONVOCAÇÃO DE COMPARECIMENTO, PARA GERRIT OUDKERK.

– "Em relação à sua possível participação na expansão do trabalho na Alemanha sob supervisão policial, você deve se apresentar no campo de trânsito Westerbork para exame físico e avaliação médica" – leio em voz alta.

– Onde é isso? A aldeia de Hooghalen? – pergunta Japie.

– Em algum lugar em Groningen – responde Nol.

– Na província de Drenthe – Leni o corrige.

A carta é da Agência Central para Emigração Judaica e tem uma data e hora em que se espera que Gerrit se apresente. Na parte inferior da carta há uma lista de pertences que ele pode levar: um par de botas de trabalho, copos, uma tigela para comida, roupa de cama, cobertores de lã e assim por diante.

– Ouvi na creche que muitas pessoas não estão indo – digo. – Pai e irmã de um colega...

– Betty, por favor, fique quieta – Gerrit sussurra para mim. – Isto não é sobre quem você conhece ou o que ouviu. Trata-se de um aviso que tenho que cumprir, ou então vou acabar em um campo de prisioneiros.

– Em Mauthausen, você quer dizer – diz Leni.

Gerrit ignora a observação de Leni e, com um olhar severo, diz:

– Vim me despedir. Me desculpe, Nol, não posso ir ao seu casamento.

Japie corre em sua direção e o agarra pela cintura. Aos prantos, ele diz a Gerrit que ele não pode ir. É o que eu queria fazer, mas sou adulta.

Pouco depois, meu irmão sai carregando seu violino, que até agora tinha deixado em casa porque não queria sobrecarregar os sogros com seus agudos.

Capítulo 6

TERÇA-FEIRA, 14 DE JULHO DE 1942

Toda vez que pensamos que a última portaria tinha sido anunciada, algo novo aparece. Todos são afetados. Meu irmão Japie odeia com toda sua alma o fato de não podermos mais pescar a partir do fim de maio. Ele poderia passar horas com um amigo e uma vara de pesca na mão à beira do rio Amstel. Minha avó fica chateada quando lê que temos que entregar toda arte e metais preciosos para Lippmann, Rosenthal & Co., também conhecido como o banco ladrão. Ela imediatamente escondeu suas joias, belas heranças passadas de geração em geração, incluindo as pérolas. Acho que especialmente difícil é o fato de o transporte público ser agora proibido para os judeus, e eu não posso mais pegar o bonde.

Andando por Sarphatistraat a caminho do trabalho, escuto os gritos a distância. Fico em alerta no mesmo instante. Seria mais sensato dar meia-volta agora, mas estou muito curiosa. Quando me aproximo, vejo a polícia alemã arrastando pessoas de suas casas e levando-as para junto da multidão que espera do lado de fora. Cinquenta, talvez até cem pessoas foram cercadas: todas elas estão usando uma Estrela de Davi no casaco ou colete. A polícia os cerca com rifles em punho, como se fossem uma manada de animais selvagens.

Junto-me a um grupo que observa o espetáculo a distância e pergunto se sabem o que está acontecendo. Uma mulher baixinha e gordinha me olha e diz, apontando para meu casaco:

– Esconda essa coisa, eles vão te prender em um segundo.

Rapidamente tiro a capa de chuva com a estrela e a coloco sobre o braço.

– Esses Verdes vão te pegar sem pensar duas vezes – enfatiza ela.

Os oficiais alemães da *Ordnungspolizei*, a polícia nazista, são popularmente conhecidos como os Verdes, por causa da cor dos uniformes. Agradeço a ela por me avisar, mas sua atenção já é atraída por algo acontecendo mais adiante na rua. Um homem idoso tropeça e cai nas pedras, seu chapéu segue rolando um pouco. Acho que deveria ajudá-lo a se levantar e limpar seu chapéu, mas um dos Verdes já está de pé ao seu lado.

– Levante-se! – brada ele.

O velho judeu se levanta lentamente, mas pouco antes de ficar de pé, o oficial lhe dá um chute no estômago.

– Mais rápido, idiota, mais rápido!

Uma mulher começa a gritar pela janela:

– Meu marido não é judeu. Ele é casado comigo. Deixe ele ir!

Sua voz rouca ecoa pelas fachadas das casas. Não há reação. Me pergunto qual dessas pessoas é o marido dela, e por que ele não se identifica.

De repente, um dos policiais olha para o grupo de espectadores ao meu redor. É preciso esforço para não desviar os olhos e continuar olhando como se isso não fosse sobre mim também. Mais do que tudo, eu gostaria de fugir e correr para uma rua lateral. Longe dessa visão horrível. Por medo de que minha fuga me entregasse, permaneço congelada no mesmo lugar.

O oficial é distraído por uma criança que, de repente, escapa da multidão e foge. Ele xinga em alemão. Um cachorro é solto e persegue o menino.

– Lex, cuidado! – grita uma mulher. Ela é imediatamente atingida na cabeça com a coronha de um rifle.

Na rua, o animal agressivo agarrou o menino pelo casaco. Mesmo assim, ele não desiste. Na luta, consegue tirar o casaco e foge para um beco.

Mais xingamentos em alemão, e os presos estão ficando agitados agora. A mulher solta um gemido de lamentação e então, de repente, e com renovado vigor, ela grita:

– Uma criança, como você se atreve!

Um homem se junta a ela:

– Você nunca vai pegá-lo, ouviu? Ouviu?

Ele então tenta confortar a mulher.

Chega uma ordem em voz alta para manter a calma. Tiros de advertência no ar. De repente, todos ficam em silêncio.

– Chucrutes sujos. Vou arrancar os olhos deles se tiver a chance – sibila a senhora gorda ao meu lado. Ela então me dá um olhar interrogativo. – O que você ainda está fazendo aqui? Se eu fosse você, me mandava.

Sem dizer uma palavra, me viro e rapidamente fujo daquela cena horrível.

Estou atrasada para chegar à creche. Mesmo o longo desvio que fiz não me acalmou do que tinha visto antes. Espero encontrar Sieny para poder contar minha história, mas, na sala dos professores, as meninas cercaram uma nova colega que está aos prantos. Sua irmã tinha sido presa. Quando Sieny me vê, diz:

– A irmã dela tinha uma *Sperre*,* pelo amor de Deus. Isso deveria isentá-la de ser convocada, não deveria? Mas mesmo assim ela foi presa.

A aleatoriedade dos avisos nos deixa completamente perdidos: não tem pé nem cabeça. Uma das meninas diz que depende do distrito, e sugiro que possa ter a ver com sobrenomes, em ordem alfabética.

– Nosso vizinho trabalha para o Conselho Judaico – continua outra. – Seus filhos adultos não foram notificados. Então é mais uma questão de ter os vínculos certos com o Conselho. É nepotismo, puro e simples.

Não faltam opiniões ou especulações. Apenas Mirjam permanece em silêncio. Não sei se as outras notaram, mas a vejo escondendo as mãos cruzadas no colo e piscando muito atrás dos óculos.

Aí entra Pimentel e encerra a discussão:

– Senhoras, mãos à obra! As crianças estão esperando e não têm nada a ver com o sofrimento que está acontecendo do lado de fora deste prédio.

Acho difícil de acreditar. Suspeito que essas crianças tenham que lidar com isso todos os dias, mas sei que não é o momento de agir com insolência.

---

* Na Holanda, durante a Segunda Guerra Mundial, *Sperre* era um documento que garantia aos judeus isenção temporária de deportação. (N.E.)

Sou uma das últimas a sair da sala dos professores, quando vejo Pimentel chamar uma jovem colega de lado por um momento.

No berçário, fico de propósito ao lado de Mirjam, e trocamos as fraldas de dois bebês simultaneamente no longo trocador.
– Seu pai alguma vez diz algo sobre coisas assim? – pergunto de modo tão despretensioso quanto consigo.
Ela sacode a cabeça.
– Ele não tem permissão para falar sobre isso – diz ela, na defensiva.
– Entendo. Tenho certeza que é difícil para você. Acho que ficaria reclamando com meu pai o dia todo para tentar saber mais – digo, ainda em um tom que não condiz com a seriedade do que tinha visto naquele dia.
– Meu pai é um homem religioso e bom. Ele sempre fez tudo o que podia para ajudar os outros.
Ela joga a fralda suja na cesta e desliza um pano limpo sob o bumbum da garota.
– Isso é ótimo. Ajudar os outros, quero dizer. Meu pai está morto.
Vejo que o menino que estou trocando só está com a fralda molhada.
– Lamento saber – diz Mirjam.
Com isso, nossa conversa termina e nos concentramos inteiramente em nosso trabalho.

Com o rosto tenso, minha mãe desliza uma edição extra de *A Gazeta Judaica* para mim do outro lado da mesa.
– Veja isso.
– "Setecentos judeus foram presos hoje" – diz a primeira página. – "Se os quatro mil judeus designados não se apresentarem aos campos de trabalho na Alemanha esta semana, todos os setecentos detidos serão transferidos para um campo de concentração. Assinado, os presidentes do Conselho Judaico, A. Asscher e D. Cohen."
Percebo imediatamente que o grupo de pessoas reunidas como gado esta manhã está entre esses setecentos prisioneiros.
– Gerrit foi embora bem a tempo – diz minha mãe.
Ela limpa a mesa com um pano, aparentemente também descartando a questão de saber se os outros deveriam pagar por sua partida.

– Droga, ele devia ter aceitado minha oferta de trabalhar para o Conselho – diz Nol, frustrado.

– Acalmem-se! – Vovó cruza os braços sob os seios, como se os reorganizasse. – Quer trabalhemos para o Conselho ou não, eles não pouparão nossa família se pretenderem erradicar os judeus.

– Shhh, as crianças estão aqui – diz Engel, tentando acalmar as coisas.

– Não sou mais um bebê – diz Japie, indignado.

– Eles estão colocando todos nós uns contra os outros. – Leni está com a mala aberta na cômoda e coloca um pouco de comida extra nela. Amanhã, ela partirá para o Hospital Israelita Holandês, onde será enfermeira residente a partir de agora.

– Coma alguma coisa, Betty – diz minha mãe.

– Não estou com fome – digo. – Vou dormir. Tive um dia agitado.

Na cama, tento esquecer a imagem de todas aquelas pessoas desesperadas que vi esta manhã. A mãe cujo filho escapou, o velho que tropeçou. Os gritos na janela da mulher que gritou que o marido não era judeu porque era casado com ela.

Capítulo 7

QUINTA-FEIRA, 16 DE JULHO DE 1942

Na Gazeta Judaica, lemos que os judeus não poderão mais praticar esportes. Bicicletas e outros meios de transporte têm de ser entregues. A partir de agora só posso ir à creche a pé. Há um toque de recolher entre as oito da noite e as seis da manhã. Não temos mais permissão para usar o telefone ou visitar não judeus. Os mercados de peixe estão agora proibidos. E só podemos fazer compras entre quatro e seis da tarde, quando todo mundo já foi e as prateleiras estão vazias. Me pergunto quando os jornais dirão que não podemos mais respirar.

O escritório da diretora é mobiliado como uma aconchegante sala de estar: de um lado, uma área de estar com duas poltronas velhas de couro e um sofá de dois lugares de veludo verde-escuro, e do lado da janela uma grande mesa onde Pimentel se senta para fazer a papelada. É como se ela morasse aqui, porque toda vez que estou aqui ela está em algum lugar do prédio. Mesmo quando meu turno é até o fechamento, ela está sempre aqui com visitas – homens também. Eu sei que ela mora um pouco mais abaixo na rua com suas duas irmãs, mas ainda parece que esta é a sua casa e estou aqui de visita.

– Um momento, Betty. Por favor, sente-se – diz Pimentel, escrevendo algo no pedaço de papel à sua frente.

Não tenho certeza de onde ela quer que eu me sente: na cadeira em frente à mesa ou na área de estar?

Ela percebe minha hesitação, pelo visto.

– Ali, no sofá. Pode ir.

Vou para o sofá e afundo mais do que esperava, o que torna difícil manter as costas retas. Pimentel larga a caneta-tinteiro prateada e se levanta para se sentar em uma das poltronas à minha frente.

– Então, Betty. No geral, estou satisfeita com o seu desempenho. A reunião com minha equipe também confirma que você é uma jovem muito otimista e alegre, sempre disposta a ajudar. E as crianças a adoram, o que é ótimo de ver. Mas... – Há um longo silêncio. – Achamos difícil dizer às vezes quem é a criança e quem é o adulto aqui.

– Ah, isso não é bom – digo, contrita.

– Bem, você pode manter a brincadeira – continua Pimentel. – Mas certifique-se também de saber exatamente até onde pode ir. Temos uma grande responsabilidade aqui, as pessoas estão nos trazendo o que há de mais precioso no mundo para elas. Sempre tenha isso em mente, entendeu?

– Sim, diretora, vou me certificar disso – digo solenemente, conseguindo colocar um sorriso em seu rosto.

– Certo, a razão por que eu te chamei... Eu sei que sua irmã trabalha no hospital, certo?

– Sim. Leni. Agora ela mora lá também.

Mesmo que minha irmã e eu não tenhamos um vínculo particularmente forte, sinto que é uma pena ela ter saído de casa. Em primeiro lugar, porque agora sou a única garota a ajudar nas tarefas domésticas.

– Gostaria de lhe pedir que passasse no hospital de vez em quando. Para pegar remédios, ou quando houver algo errado com alguma das crianças. Mirjam, por exemplo, levou um bebê para o hospital NIZ, em Nieuwe Keizersgracht, ontem. Mas prefiro que ela fique aqui, como chefe do departamento.

– Entendo – respondo.

– Então, Betty, você acha que posso confiar essa responsabilidade a você?

– É claro.

Ando até o hospital naquela tarde com muito orgulho. O tempo bonito significa que as ruas estão cheias. Todas as cadeiras e mesas estão do lado de fora no café da esquina. Alguns atores em frente ao teatro estão distribuindo panfletos. Reconheço a atriz alemã ruiva Silvia, que vi atuar no ano passado, e aceno para ela. Tolamente, porque é claro que ela não sabe quem eu sou. Mas, com gentileza, ela acena de volta.

Na esquina da Plantage Kerklaan, posso ouvir os animais do zoológico Artis, e sentir o cheiro deles, e passo por um grupo de crianças animadas. Venho aqui com mais frequência, claro, mas nunca a esta hora do dia. Sinto, com esta caminhada inesperada, que é como se fosse meu dia de folga. Como quando eu era adolescente e andava cada vez mais longe de casa, em busca de aventura. Na ponte de Plantage Muidergracht, paro por um momento para olhar os barcos. Depois viro à direita ao longo do canal e ando em paralelo à água, que brilha ao sol. Uma senhora idosa me dá um aceno gentil.

– Que tempo, hein?

Em frente à ponte do hospital, sou subitamente confrontada com a guerra uma vez mais. Uma grande placa na qual se lê BAIRRO JUDEU não deixa dúvidas sobre para quem é essa prisão aberta. A cidade não é mais um lugar para eu vagar livremente.

No saguão, me pedem que eu espere um momento. A maioria das pessoas não gosta do cheiro de hospitais, mas eu gosto daquele odor típico, que é uma mistura de detergente e remédios. Olho em volta para ver se consigo encontrar minha irmã em algum lugar.

– Betty Oudkerk, certo?

Há um moço com um jaleco branco de médico ao meu lado, certamente não muito mais velho do que eu. Seus olhos são de um azul que nunca vi antes, como o oceano em cartões-postais coloridos. Várias mechas de seu cabelo penteado para trás pendem despreocupadamente sobre sua testa.

– Ahn, sim. Minha irmã trabalha aqui – digo sem pensar, impressionada com sua bela aparência.

– Ah, e ela é...

– Leni Oudkerk, mas não nos parecemos. Eu sou a mais graciosa das duas – deixo escapar, estendendo a mão. – Betty. Ah, não, você já sabia disso.

– Meu nome é Leo – diz o moço, rindo. – Leo de Leon, sem brincadeira.

– Sério? – digo, surpresa.

– Sim, meus pais acharam que seria uma boa piada. Então agora eu sempre tenho algo engraçado para dizer. Mesmo quando estou trazendo más notícias.

Ele contorce o rosto, me fazendo cair na gargalhada instantaneamente.

– Deve haver alguns remédios para mim aqui, para a creche – digo, me recompondo.

– Isso mesmo. Para a senhorita Pimentel, certo? Por favor, venha comigo.

– Você trabalha aqui como enfermeiro ou como médico residente?

– O segundo – diz ele, abrindo para mim a porta que nos leva a uma pequena sala cheia de armários de parede. – Mas eu realmente comecei agora. Ainda tenho um longo caminho a percorrer. E você?

– Professora de creche em formação, e falta pouco – digo, com meu sorriso mais cativante, que pratiquei muitas vezes na frente do espelho.

– Bem, agora... – diz ele, e abre uma gaveta, parando ao meu lado e roçando brevemente o braço no meu. Quando abre outra gaveta, me toca de propósito. Tenho certeza.

– É isso – diz ele, e me entrega o saco marrom de remédios. – A senhorita Pimentel já tem as bulas.

– Excelente. E se ela não tiver, eu volto aqui – digo, de improviso.

– Por favor, volte.

Saindo da sala, eu estava prestes a chorar e pular de empolgação. Esse foi definitivamente o moço mais fofo e engraçado que eu já conheci.

Capítulo 8

SEGUNDA-FEIRA, 20 DE JULHO DE 1942

Atualmente, 480 pessoas se reportaram voluntariamente ao Zentralstelle na Euterpestraat, onde os alemães fazem toda a papelada para a deportação de judeus. Mas, como ainda são poucos os homens judeus que atenderam ao pedido, as incursões continuam. Caçar judeus não é muito difícil com uma concentração tão alta de estrelas amarelas em Amsterdã.

Da sala da frente da creche, uma colega e eu olhamos para o luxuoso Mercedes estacionado em frente à porta do teatro. Um carro que já vi antes. A tinta preta brilha ao sol, e o oficial alemão ao volante tirou o chapéu e está recostado em seu assento, apreciando o calor em seu rosto. Do berçário, que fica na frente, tem-se uma boa visão daquele pomposo prédio branco. Mirjam finge que não nos vê, espiando de vez em quando.

– Duas de cada vez! – diz ela, com uma voz severa. – E fiquem no canto perto da cortina.

Na verdade, não há muito para ver, mas o fato de o carro elegante desse alto oficial estar estacionado em frente à porta com dois outros veículos do exército é incomum. Especialmente porque há uma matinê sendo encenada, e nenhuma de nós pode imaginar um comandante alemão vindo aqui para assistir a atores judeus. No início da guerra, ainda veríamos soldados alemães se divertindo, mas isso não é mais apropriado. Agora, alguém vem de vez em quando apenas para conferir se as peças não são políticas ou provocativas.

As especulações das meninas sobre o que pode estar acontecendo estão ficando cada vez mais absurdas: "talvez o comandante tenha uma queda por uma atriz?", "eles estão levando todos os atores para Camp Westerbork, para animar as coisas por lá", "estão fazendo um teste para um papel".

Finalmente, há algum movimento em frente ao teatro. Alemães usando uniformes cinza da ss saem do prédio, seguidos por um figurão, um homem alto de rosto fino. Minha colega acha que é Lages, o chefe do sd. Mas Mirjam nos diz que é Hauptsturmführer Aus der Fünten, o homem que está enviando todos os jovens para campos de trabalho.

O motorista se levantou e deu a volta no carro para abrir a porta ao seu superior. Ele então volta e dirige o Mercedes chamativo pela rua, seguido pelos outros dois veículos.

À tarde, tenho que levar uma criança para uma visita ao hospital. O garotinho está com o intestino terrivelmente preso, sem nada saindo. Pimentel marcou uma consulta com o médico do niz para que ele seja examinado. Talvez a pobre criança precise de algo para liberar-se.

Coloquei o menino em um carrinho e me sinto como uma jovem mãe quando o empurro para fora. Há vários atores do outro lado da rua, fumando. Esta é minha chance de perguntar o que aqueles alemães queriam com eles hoje. Espero até que uma carroça e dois carros passem, e depois atravesso a rua. A atriz ruiva, Silvia, também está lá. Ela suga um cigarro com os lábios pintados, ouvindo as conversas dos colegas.

– Não há nada que possamos fazer! – diz um deles. – Esse é todo o problema.

– E os espetáculos? – pergunta o outro – Os ingressos já foram vendidos.

Nos pôsteres pendurados ao lado da entrada, vejo que ela está no programa de matinê *Wiegelied* esta semana.

– O espetáculo não vai acontecer? – pergunto à bela atriz.

Ela me olha exasperada, o que me deixa desconfortável, como se eu tivesse dito algo errado.

– Aparentemente não.

– Foi cancelado?

Ela sai do grupo e dá dois passos em minha direção. Antes de falar comigo, lança um rápido olhar por cima do ombro para ter certeza de que ninguém está perto o suficiente para nos ouvir.

– Fomos proibidos de nos apresentar – diz ela, com aquela expressão facial dramática tão típica dos artistas de palco. – Você não ouviu isso de mim, mas o Hauptsturmführer Aus der Fünten subiu ao palco com suas botas de cano alto e reivindicou o teatro. – Sinto seu perfume forte misturado com a fumaça do cigarro em seu hálito. – O teatro servirá como centro de deportação a partir de agora.

Correndo o risco de parecer tola, pergunto:

– O que é um centro de deportação?

– Todos os judeus que são convocados para os campos de trabalho têm que se apresentar aqui. É tudo o que sei – diz ela, dando de ombros. – Não temos permissão para fazer perguntas. Não temos permissão para ir para casa ou entrar em contato com amigos ou familiares e temos que esperar aqui por mais instruções.

– Mas não há ninguém mantendo você prisioneira aqui, não é? – pergunto. – Eu simplesmente iria embora.

– Para depois ser colocada em um veículo? Não, obrigada. Eles anotaram o nome de todos aqui, então não há para onde ir. – Silvia joga o cigarro no chão e o apaga com o salto elegante. – Pena que você não poderá ver *Wiegelied* agora – diz ela com um sorriso triste. – Foi um ótimo espetáculo.

No hospital, não há sinal de Leo, o fofo médico residente. Depois que o médico de plantão examina o menino e me dá os remédios para seus problemas intestinais, caminho novamente em direção à saída. Quase torcendo o pescoço ao procurar Leo, que realmente tem que estar por aqui em algum lugar, não vejo minha irmã se aproximar.

– Betty? O que você está fazendo aqui? – ela fala tão alto que várias pessoas olham para nós. Fico irritada com a forma como sempre me vê como a irmã caçula.

– Tive que passar no médico com este homenzinho. E você? – pergunto.

– Eu trabalho aqui, é óbvio.

– Foi uma piada – digo secamente. – Você gosta do seu quarto aqui?

— É ótimo. Eu realmente precisava disso – diz ela, alisando o uniforme de enfermeira com as mãos. – As coisas não estão ficando mais felizes em casa.

— Nem me fale. Por outro lado, agora posso enfim dormir sem aquela sua lâmpada de leitura brilhando em meus olhos.

— Bem, então é melhor eu ir embora – diz minha irmã, indignada.

— Não foi isso que eu quis dizer.

Minha irmã e eu não falamos a mesma língua.

— Esta deve ser sua irmã! – Leo está de repente ao meu lado e estende a mão para Leni. – Leo, médico residente.

Leni se ilumina imediatamente em sua presença e lhe dá um sorriso charmoso.

— Minha irmã nunca me disse que conhecia um rapaz aqui.

— Bem, nós só nos vimos uma vez – diz Leo.

— Mas isso está prestes a mudar – diz Leni, de modo leviano. – Ela inventaria uma doença para ver um cara bonito, se fosse preciso.

Fico totalmente mortificada.

— Tenho certeza de que vai ficar bem, certo, Betty? – Leo diz antes que eu possa reagir.

Estou queimando de vergonha, mas quico a bola de volta:

— Ela está falando de si mesma. Minha irmã está desesperada por um homem. Eu preciso ir. Tenham um ótimo dia!

Empurro o carrinho entre minha irmã e Leo e pego meu caminho para a saída sem olhar para trás. Atrás de mim, ouço Leo dizer:

— Que bela irmã você tem.

Bem, isso certamente calou a boca dela. Minha irmã acha que estou flertando, mas não estou. Eu só tenho um senso de humor melhor. E seios maiores, mas não posso fazer nada sobre isso, posso?

Capítulo 9

QUARTA-FEIRA, 22 DE JULHO DE 1942

Todos os dias, trens cheios, principalmente de homens jovens, partem para o acampamento Westerbork, no vilarejo de Hooghalen, um antigo campo de refugiados judaico, criado há vários anos pelo governo holandês para abrigar refugiados da Alemanha e da Áustria. No entanto, o governo exigiu que o Comitê para Refugiados Judeus pagasse o milhão de florins dos custos de construção em parcelas.

O casamento de Nol e Jetty está acontecendo como planejado, apesar dos ataques. Eu vacilo um pouco na frente do meu guarda-roupa. As roupas são escassas atualmente, mas, como filha de pais que foram proprietários de uma grande loja de tecidos, não me falta nada. Ainda assim, sinto que não tenho nada para vestir hoje. O vestido que minha mãe deixou para mim está muito apertado em volta do peito, e é tarde demais para fazer algo a respeito. O conjunto que usei no casamento de Gerrit é muito quente.

No final, optei por uma blusa de seda azul-clara com manga curta bufante e uma fita azul-escura. Na parte de baixo, uso a saia escura que usei no Bar Mitzvah do Japie. Felizmente, não aumentei um único centímetro na cintura e nas coxas. Não que eu pudesse, pois há cada vez menos comida. O fato de meus seios ficarem maiores apesar disso pode ter a ver com meus genes. Ou talvez ficar com todos aqueles bebês tenha dado ideias ao meu corpo, e ele já está montando uma fábrica de leite.

Quando desço, vejo que todas as mulheres já estão vestidas. Mamãe está usando um vestido com uma blusa justa e uma saia rodada arrojada feita de um tecido rosa ornamentado com fios prateados. Vovó usa um vestido verde-acinzentado evasê, que cobre um pouco seu corpo curvilíneo. Nos punhos das mangas há tiras de pele macia, e ela está usando quase toda a sua coleção de joias. Engel também está vestida para a festa, com um tipo de vestido brilhante que parece algo que seria usado no carnaval. Troco olhares com Japie, e ele cai na gargalhada e ri a caminho da sala da frente. Mamãe me lança um olhar irritado:

– Qual é o problema?

– Acho estranho – digo.

– O que você acha estranho?

– Que estão todos vestidos como se fosse o aniversário do rei numa época em que estamos sendo tratados como leprosos. Que vamos celebrar um casamento judaico e ficar calados sobre o fato de que não há absolutamente nada para comemorar aqui.

– *Tais-toi*! – diz minha avó. – Você ainda tem que costurar sua estrela.

Na verdade, eu queria continuar: *é isso que quero dizer! Por que celebraríamos o amor quando há tanto ódio? Se Gerrit não pode estar presente porque fugiu? Algo que devemos fazer antes que seja tarde demais. Não, nós nos apegamos às nossas vidas diárias, ou ao que resta, e tentamos o nosso melhor para manter o equilíbrio na borda estreita que nos resta para nos mover.*

Mas só penso nessas palavras enquanto tiro a estrela amarela da capa de chuva e vou pegar uma agulha e linha para costurá-la na blusa.

Meu humor sombrio se deve principalmente ao fato de ainda não termos tido notícias de Gerrit. Com certeza ele já deve ter chegado à Suíça, certo? Não podemos mais ter um telefone, mas combinamos que ele ligaria para a creche. Pimentel providenciou para que pudéssemos manter um telefone lá, para emergências. Talvez ele tenha perdido o número, ou ainda não tenha tido acesso a um telefone na Suíça. Um cartão-postal levará muito tempo agora, mas ele poderia ter enviado um telegrama, não? Não me parece que Gerrit seja o tipo de pessoa que não entraria em contato de alguma forma no dia do casamento do irmão. E ninguém está falando sobre isso, como se ele não existisse.

– Podemos finalmente ir agora? – Nol, que está roendo as unhas na sala da frente há uma hora, espia pelo canto, impaciente.

Mamãe e vovó estão ocupadas resolvendo o complexo quebra-cabeça de colocar na geladeira todos os pratos de comida que prepararam. Quando enfim conseguem, gritam em uníssono:

– Sim, vamos!

Como os judeus não podem mais alugar carruagens, Nol não tem escolha a não ser ir pegar sua noiva a pé. Ele abre o caminho com seu terno cinza listrado. Apesar de mamãe ter ajustado o terno, ainda parece muito grande em torno de seus ombros redondos. A cartola que papai usou em seu casamento com mamãe está na cabeça de Nol. Está muito quente para um chapéu tão escuro, e vejo o suor escorrer por suas bochechas. O buquê de casamento em suas pequenas mãos está começando a murchar com o sol forte. Japie, que parece não saber o que fazer com seu corpo em rápido crescimento, se arrasta ao lado dele. Mamãe e vovó caminham atrás deles de braços dados, seus chapéus espalhafatosos balançando para cima e para baixo a cada passo. Fui encarregada de segurar Engel pelo braço, o que é quase insuportável por causa do seu cheiro de mofo, mas se não a mantiver firmemente pressionada contra mim, temo que ela tropece e não se levante mais.

Algumas tias, tios e primos se juntaram a nós na parte de trás, então somos uma multidão caminhando juntos ao sol de julho. Parece grotesco, e me sinto envergonhada quando passamos por pessoas no caminho. Agora, De Pijp tem mais não judeus do que judeus como habitantes, o que torna mais arriscado desfilarmos pela rua. Algumas pessoas reagem com bom ânimo: "Parabéns!" e "Mazzeltov". Um homem alegre de bicicleta pergunta se perdemos a noiva. Um adolescente crescido grita: "Ainda é uma longa caminhada até Jerusalém!", e seus amigos caem na gargalhada. De uma sacada, ouvimos: "ratos judeus!". Uma menininha aponta o dedo para nós e diz: "Olha, mamãe, judeus sujos". Sua mãe a pega imediatamente pela orelha, e ela começa a chorar e diz: "É o que papai sempre fala". Mas pior do que todas essas observações são os olhares condescendentes das pessoas que passam em silêncio.

Em Nieuwe Achtergracht, Nol sai para tocar a campainha da casa da família de sua noiva. Continuamos pela Rapenburgerstraat, até a sinagoga em Beis Jisroeil, o prédio da Associação Joodsch Ons Huis, para onde Leni também vai direto do hospital. Não a vejo desde o acontecido com Leo e, honestamente, também não estou ansiosa para revê-la. Ela me fez de boba na frente dele. Como se eu fosse uma colegial precisando desesperadamente de um namorado. Quanto mais penso nisso, mais tenho que concluir que ela estava tentando flertar com ele às minhas custas.

Já a vejo em frente à entrada. O conjunto que está vestindo lhe fica bem. De repente, ela parece uma mulher adulta. Sinto uma pontada de ciúme.

Depois que Leni cumprimenta a todos, vem até mim.

– Ei, mana, esse Leo com certeza é um fofo.

– Parabéns. Você pode ficar com ele – digo amargamente.

– Eu sabia que tinha arrepiado suas penas – diz ela, com uma risada.

– Eu? Você está louca? Eu realmente não me importo.

– Bem, se não se importa, acho que não preciso dizer o que ele disse sobre você – diz ela, fingindo desinteresse.

– Sim, precisa sim! O que ele disse?

Mamãe interrompe nossa conversa... temos que entrar.

– O que ele disse? – sussurro enquanto mamãe nos conduz para os assentos da primeira fila.

Ela olha para mim, conscientemente.

– Leni, por favor...

– Parem com isso, senhoritas – diz mamãe.

Cruzo os braços e olho para minha irmã com raiva. Ela não está nem um pouco intimidada, ao que parece, e olha para mim com um olhar triunfante, o que só me enfurece mais.

– Eles estão vindo! – grita Japie, que permaneceu na porta.

– Seja gentil, Leni.

– Ele achou você uma mulher muito bonita – diz minha irmã quando termina de me provocar. – Engraçada também. Fiz com que reconsiderasse essa última opinião, claro.

– Você não fez isso!

Ela sorri misteriosamente.

– Só um pouquinho. Não se preocupe, ele não pode mais ser persuadido do contrário. Até perguntou se você está saindo com alguém.

Meu mau humor melhora no mesmo instante.

Nesse momento, o coro canta "Baruch Haba" – abençoados sejam todos os que vierem – e Nol vem andando pelas portas da sinagoga, os braços dados com Jetty. Meu irmão brilha de orgulho ao lado da noiva, que decidiu ignorar a guerra e usar um vestido requintado com uma saia larga, mangas bufantes e um véu de tule. Quase não se vê a estrela amarela costurada na lateral.

Capítulo 10
QUINTA-FEIRA, 6 DE AGOSTO DE 1942

Mais de 6.600 homens judeus foram transportados de Amsterdã para Westerbork até agora. Westerbork é um campo de trânsito e consiste em um monte de quartéis que, juntos, formam uma espécie de vila. Dizem que se pode fazer cursos lá, que há lojas onde comprar coisas com um tipo de dinheiro especial, que se pode praticar esportes e até que tem uma competição de futebol. As crianças vão à escola normalmente, e há também uma creche para os menorzinhos, porque todos os pais têm que trabalhar. Há necessidade de professores para as escolas, e médicos e enfermeiras para o grande hospital. Os alemães estão muito preocupados com o aparecimento de doenças. Há uma chance maior de poder ficar em Westerbork para quem tiver uma especialização que possa ser útil, como fazer e consertar sapatos, soldagem, carpintaria, enfermagem ou ensino. Porque ninguém quer ser enviado para o leste.

Agora, há um homem da ss na porta do teatro branco o tempo todo, supervisionando as pessoas. E entram ali tantas pessoas que dá até para pensar que está havendo um espetáculo. E não são mais apenas jovens com mochilas. Eu vejo uma mulher grávida e o marido, que carrega um grande baú de madeira. Um pai com quatro filhos adultos e apenas duas malas pequenas. Duas mulheres que passam pela porta giratória de mãos dadas com suas bagagens. O guarda lhes dá uma ajuda. Uma mulher com um casaco de pele sobre suas roupas de verão e uma luminária de chão nas mãos. Um velho vovô com seu cachorro. Embora Pimentel insistisse para que não olhássemos, é impossível não dar uma espiada de vez em quando para ver todas essas pessoas desaparecendo dentro do prédio. Especialmente porque nunca vimos ninguém sair.

São duas horas, e a maioria das crianças está dormindo. Pimentel pediu a todas – se o trabalho permitisse – que se reúnam no salão. Em poucos minutos, a sala está cheia com mais de trinta formandas, cuidadoras e professoras. A diretora se dirige a nós da balaustrada.

– Senhoras, muitas de nós aqui na creche estão se sentindo um pouco nervosas ultimamente por causa do teatro, que agora serve como ponto de encontro para os judeus que estão prestes a partir. Eu entendo que todos são afetados por isso. Talvez vocês tenham família lá, ou amigos próximos. Ainda assim, pelo que sei, as condições de vida em Westerbork são razoavelmente boas.

– Mas o que está acontecendo na Polônia, para onde as pessoas estão sendo enviadas de Westerbork? É Sieny fazendo a pergunta.

Todas nós ficamos inquietas e a conversa enche a sala.

– Eu mesma estou ciente dos rumores que circulam – diz Pimentel, levantando a voz. – Minha fonte, que está em contato direto com a Inglaterra, me disse que essas histórias de horror estão incorretas. As pessoas são colocadas para trabalhar no campo de concentração de Auschwitz, assim como em Westerbork. Mas as instalações são um pouco piores, isso é verdade. Todo mundo sabe que os rumores ganham proporção errada quando vêm de boatos. E acho que não devemos concordar com essa histeria.

Levanto a mão por impulso e começo a falar antes mesmo de me darem permissão:

– Uma vez ouvi dois ss dizerem que na Polônia estão enfileirando judeus em frente a valas comuns e atirando neles.

– Betty, peço expressamente que você não semeie pânico nem espalhe boatos.

– Desculpe, só estou dizendo o que ouvi.

– Quero falar com você daqui a pouco.

Sieny pega minha mão e dá um beliscão rápido como um sinal para não deixar isso me incomodar.

– Por que os alemães iriam querer desperdiçar mão de obra gratuita? Eles precisam de nós para manter as fábricas funcionando. Portanto, não há sentido em fazer propaganda da desgraça. Temos que ficar de fora desta vez, mas tenho certeza de que vai acabar em algum momento. Os Aliados estão lentamente ganhando terreno, e o restante do mundo agora também entende que os direitos humanos estão sendo violados aqui. O mundo não vai deixar isso acontecer!

O grupo irrompe em aplausos.

Pimentel termina dizendo algo sobre as crianças e sua flexibilidade mental, que lhes permite sobreviver mesmo nas circunstâncias mais difíceis.

– Elas não têm a força física ou a destreza verbal dos adultos. Mas, ainda assim, são capazes de sobreviver sendo discretas, graças à sua capacidade de adaptação. Algo que nós, adultos, podemos aprender com eles, observando de perto as criaturinhas com quem trabalhamos todos os dias.

Minha raiva diminuiu, e me pergunto que tipo de bronca vou receber de Pimentel mais tarde.

– Entre! – ela diz do outro lado da porta.

Respiro fundo e pressiono a maçaneta para baixo.

– Você queria me ver.

– Sente-se, Betty.

Pimentel aponta para a cadeira na frente de sua mesa. Fecha a pasta na frente dela e se inclina para trás.

– Então você ainda não entendeu.

As palavras "entender o quê?" quase saem da minha boca, mas mantenho meus lábios selados.

– Quando vai aprender que não ajuda dizer sempre o que vem à sua cabeça? Você é uma garota inteligente. Não é muito difícil, é? – O cacho cinza em sua cabeça se move com cada palavra que ela enfatiza na frase. – Como acha que estaríamos se eu simplesmente dissesse tudo o que penso?

Presumo que seja uma pergunta retórica, então não respondo.

– Então? – pergunta Pimentel.

Ah, então parece que eu devo dizer alguma coisa.

– Eu, ahn...

Mas então ela me corta de novo.

– Desabafar livremente a primeira coisa que nos vem à mente em um momento como este não é apenas imprudente, é totalmente estúpido. – Ela se levanta de repente e olha pela janela. – Isso aqui! – Aponta para o teatro. – É uma operação vergonhosa, desgraçada e monstruosa. Mas nós, judeus, já somos o inimigo público número um, então, quaisquer que fossem as críticas que eu tivesse, expressá-las só me traria prejuízos. – Ela abruptamente se vira para mim. – Você, eu, todos nós aqui só podemos ganhar tempo ficando um passo à frente deles. E como fazemos isso?

– Ahn... pensando?

– Isso mesmo. Mantendo a cabeça no lugar. E isso significa não apenas pensar por nós mesmas, mas também por aqueles ao nosso redor, os vulneráveis. Garotas cujas famílias não são tão boas quanto a sua. Que podem ser menos inteligentes.

De repente, eu entendo tudo. Ela tem grande consideração por mim e todo esse tempo só quer que eu aja com mais responsabilidade. Para que eu amadureça.

– Compreendo perfeitamente, diretora Pimentel. E prometo que não vou mais desapontá-la.

– Espero que não. Você pode ir agora.

Como não posso demonstrar minha gratidão abraçando-a, faço uma pequena e ridícula reverência.

– Obrigada, diretora.

Sentindo-me especial, escolhida, quando estou prestes a sair de seu escritório, ouço Pimentel atrás de mim dizer:

– Sabe quem você poderia pegar como exemplo? Sua amiga Sieny. Ela sabe como as coisas funcionam.

E, nesse momento, meu alto-astral despencou.

– Farei isso.

– Ah, um segundo. – Ela pega uma lista de sua gaveta e me entrega. – Precisamos desses remédios do NIZ.

Está chovendo lá fora, e sinto o cheiro nojento de cabelo úmido e tecido sujo quando entro no hospital. Não vejo Leo desde aquela vez com Leni, e realmente espero encontrá-lo de novo na farmácia. Está muito mais movimentada do que o normal, como se todo mundo escolhesse este lugar para se abrigar do clima instável no meio do verão. A equipe do hospital diligentemente abre caminho entre a multidão de visitantes. Três vezes, um dos pacientes agarra meu braço, e eu tenho que explicar que não sou enfermeira aqui.

Enfim chego ao dispensário de remédios e vejo Leo trabalhando ao lado de um colega. Meu coração pula uma ou duas batidas de imediato. Desde a última vez que o vi, meus devaneios sobre ele adquiriram uma aura de conto de fadas. Ensaiei diferentes cenários na minha cabeça, nos quais eu não apenas respondo às suas perguntas fictícias com frases espirituosas, mas também o pego desprevenido com meu olhar autoconfiante.

– Olá, um ótimo dia para você – digo com alegria.

Infelizmente, não é Leo, mas seu colega, que vem perguntar o que pode fazer por mim.

Um pouco confiante demais, digo:

– O seu colega geralmente me ajuda. Ele sabe o que eu preciso.

– Também posso ajudá-la se você me der a receita.

Não tenho escolha a não ser entregar o pedido de Pimentel. Quando ele vai até o armário de remédios, eu me viro para Leo, que está sentado curvado sobre seu trabalho.

– Como está o doutor De Leon? – pergunto da maneira mais indiferente que consigo.

Leo olha para cima, irritado, mas então me vê ali e pula.

– Betty, que ótimo ver você! Desculpe, eu estava ocupado com esta lista de pedidos. É uma tarefa meticulosa.

– Eu estava começando a me perguntar... Será que não deixei uma boa impressão?

– Oh, não... Não... – Leo parece um pouco surpreso com minha franqueza.

A ousadia não é apenas minha maior força, é também minha principal fraqueza. Principalmente quando tento preencher os silêncios desconfortáveis que causo a mim mesma.

– Ah, tudo bem. Já desenvolvi um bom relacionamento com seu colega.

Eu aponto para o outro rapaz, que está pegando os vários remédios.

– Ah, mas você também está em boas mãos com ele – diz Leo, vindo em minha direção do outro lado do balcão.

– Talvez, mas ele está usando uma aliança de casamento e você não.

Às vezes nem eu mesma sei de onde tiro tanta audácia.

– Isso é absolutamente correto – diz Leo, com um sorriso torto no rosto. – Tanto você quanto eu não estamos usando uma.

O colega se junta a nós.

– Com licença – diz ele a Leo, que está no caminho.

– Claro – diz Leo, dando um passo para trás e fazendo uma cara engraçada pelas costas do colega. Eu tenho que fazer um esforço para não rir.

– Isso é tudo o que estava na nota. Se você puder assinar aqui.

Escrevo minha assinatura ornamentada e começo a pensar que já me causei comoção suficiente. Se Leo não morder a isca agora, provavelmente eu deveria desistir.

– Muito obrigada – digo ao colega. – Tenha um ótimo dia! Você também, Sr. De Leon.

Dou-lhe um último sorriso, me viro e vou embora. Não muito rápido, para que ele ainda possa vir atrás de mim. Infelizmente, isso não acontece. Quando chego à saída, respiro fundo e passo pela soleira para o ar livre, onde posso deixar a chuva persistente lavar esse encontro cheio de emoções.

Abro meu guarda-chuva e começo a andar, quando ouço atrás de mim:

– Betty, você gostaria de sair qualquer dia desses? – Leo, de jaleco branco, está atrás de mim na chuva. Ele me lança um olhar suplicante. – Desculpe, estava com medo de perguntar antes.

Capítulo 11
SÁBADO, 8 DE AGOSTO DE 1942

Sai mais uma edição extra da Gazeta Judaica. *Ela diz que todos os convocados para serem enviados para trabalhar que não se apresentarem serão enviados para Mauthausen como punição. O mesmo vale para os judeus que não usarem uma estrela na roupa ou que se mudarem de casa sem permissão. Como a maioria dos pais dos rapazes enviados para lá no ano passado já recebeu um aviso de morte – seu filho foi supostamente baleado enquanto tentava escapar ou morreu de alguma doença –, qualquer coisa é melhor do que ser enviado para a Áustria.*

Estou nervosa enquanto espero por Leo, que vem me buscar às quatro horas. As poças de chuva desta manhã já secaram e o tempo está perfeito para caminhar. Estou usando meu vestido favorito, feito de seda verde-menta com folhas verde-escuras. O vestido já tem vários anos, mas me serve melhor agora do que antes, e me sinto confiante em usá-lo, e bonita. Com um casaco curto por cima – que também tem minha estrela –, as roupas que escolhi não são muito chamativas. Não quero levantar suspeitas de mamãe. Menti para ela, dizendo que ia encontrar minha velha amiga Tineke Baller, de Amstelveen: "ela ainda tem permissão para andar de bicicleta e está vindo para a vizinhança, e depois vamos dar um passeio ao longo do rio Amstel".

Mamãe me olha surpresa. Tineke e eu ainda estávamos em contato? Como estava a família dela? E eu poderia, por favor, dar lembranças ao seu pai? Lamento não ter pensado em uma história diferente. Uma que levantaria menos perguntas.

Tineke era minha melhor amiga na escola de ciências domésticas e era de uma rigorosa família cristã reformada holandesa. Seu pai trabalhava para uma empresa comercial em Vijzelstraat e, quando foi despachado para uma subsidiária na Alemanha nos anos 1930, ficou tão chocado com o antissemitismo escancarado que decidiu voltar para a Holanda em menos de seis meses. Ele não queria ter nada a ver com isso. Na última vez que visitei a casa de Tineke, o pai dela me chamou de lado e disse, com uma insistência que eu só tinha presenciado em professores e rabinos, que sempre poderia recorrer a eles se fosse necessário. Isso foi há um ano. Lembro-me de ter pensado que essa era uma reação excessivamente preocupada do Sr. Baller na época.

A campainha toca. Digo à mamãe que ela está aqui e desço as escadas correndo. Em vez de Leo, há uma prima de mamãe na porta, uma mulher desagradável que está sempre procurando fofocas. A última vez que ela visitou nossa casa, ficou sabendo que a loja tinha sido tomada pela Sra. Koot. Mamãe contou à prima como era humilhante para ela ter que enfiar a correspondência de Koot sob a porta da loja pela manhã, e a prima disse:

– É horrível o que fizeram com você. Passar de tão rico a tão pobre! Você não tem mais nada?

Quando mamãe confirmou que esse era o caso, a prima mais uma vez teve um ataque de simpatia exagerada. Parecia insincero. Como se essa mulher ficasse contente com a nossa miséria.

– Betty, sua mãe está em casa?
– Sim, pode subir. Estou esperando alguém aqui.
– É mesmo? Quem?
– Uma amiga. Nada especial.
– Divirta-se, criança – diz ela, puxando-me pelo braço. – Aproveite enquanto você pode. Especialmente depois do que aconteceu com seu irmão mais velho.

Fico assustada.

– Gerrit? O que aconteceu com ele?
– Você não sabe? – diz ela, parecendo chocada. – Sua mãe está em casa?

Eu confirmo. Minha boca, de repente, está tão seca que sou incapaz de engolir.

– Venha comigo – continua ela enquanto sobe as escadas. – Estava pensando se deveria vir aqui, mas então disse a mim mesma: "Imagine se eles não estão sabendo... Eu nunca me perdoaria... Porque se eu fosse mãe...".

Eu a sigo e olho por baixo da saia, para a pele esburacada de suas coxas gordas cambaleando escada acima. Sempre verei essa imagem quando estivermos falando sobre o destino de Gerrit?

– Betty acabou de me dizer que você ainda não sabe – diz ela para mamãe, que está ocupada amassando a massa.

– Sei o quê? – Mamãe ergue as duas mãos gordurosas, como se estivesse se rendendo.

– Alguém denunciou Gerrit e sua esposa, e eles foram presos na fronteira francesa dois dias depois de partirem. Eu sei de boatos. Alguém recebeu uma carta de uma das pessoas do mesmo grupo. Eles desceram de barco por alguns rios menores até a fronteira francesa. Alguém da resistência devia estar esperando lá. O cara acabou sendo um traidor. Estão todos em um campo de prisioneiros em Drancy agora. Sinto muito, Jet.

Minha mãe continua ali de pé com os braços levantados, enquanto seu rosto se contorce e seus olhos se enchem de lágrimas. Eu fecho as mãos em punhos. Estou consumida de ódio por essa prima que achou necessário vir nos contar isso. Não consigo acreditar no que ela falou.

– Oh, meu... que horrível. Você não sabia mesmo! – exclama a prima. – Jetty, lave as mãos. Venha, deixe-me ajudá-la.

Ela empurra mamãe para a pia, onde abre a torneira. Minha mãe dá de ombros e deixa a prima lavar suas mãos.

E eu não posso acreditar. Não consigo acreditar que é realmente verdade. É apenas um boato. Algo que essa prima fofoqueira exagerou grosseiramente ou inventou.

A campainha me tira de meus pensamentos. Desço as escadas correndo e vejo Leo sorrindo feliz, parado ali. Estou tão abalada com o que está acontecendo lá em cima que ainda não coloquei minha capa habitual de alegria e audácia.

– Bom dia, Srta. Oudkerk, quer dar uma volta? – Aparentemente, pareço tão chocada que ele fica em dúvida. – Tínhamos um encontro, não tínhamos?

Sinto o cheiro de sua loção pós-barba, fresca e picante.

– Ahn, sim, claro...

Devo dizer a ele? Devo contar o que acabei de ouvir sobre meu irmão favorito?

– Se for inconveniente, também posso voltar outra hora.

Em vez do jaleco habitual de médico, ele está vestindo uma camisa polo esportiva que mostra seus grandes braços.

– Não, está tudo bem – digo, batendo a porta atrás de mim. – Vamos lá.

Começo a andar, rapidamente me recompondo. Quero permanecer na ignorância de quinze minutos atrás e concentrar toda a minha atenção no primeiro encontro oficial da minha vida.

– Koot? Essa não era sua loja antes? – pergunta Leo, agora andando ao meu lado.

Explico como foi que a Sra. Koot nos tirou nossos negócios.

– Que história – diz Leo, empaticamente. – E ela roubou todo o seu estoque também?

– Sim, todo o estoque da loja, mas no início da guerra minha mãe estocou centenas de latas de comida, que estavam no porão da loja. Quando soubemos que a Sra. Koot seria uma *Verwalter*, levamos as latas para onde moramos. A Sra. Koot nos pegou quando estávamos levando todos os pacotes de papel higiênico para o andar de cima. "Ah, ora", minha mãe disse, "pensando bem, você pode ficar com eles. Só para você saber como é limpar o traseiro com papel feito para esse fim, em vez da revista nazista *Volk en Vaderland*".

Leo dá uma boa risada da minha história.

Passamos pelo mercado Albert Cuyp, que agora também tem uma placa que diz PROIBIDO PARA JUDEUS. Digo a ele que, há vários anos, um terço de todos os comerciantes aqui era judeu. Que sempre comprávamos nossa carne e nosso pão aqui, mas que não se encontra uma única uma migalha kosher agora.

– O número 54 no café Bakker é onde os membros do Partido Nazista Holandês se reúnem. Isso diz tudo o que você precisa saber. Apenas a fábrica de polimento de diamantes, no número 2, ainda está trabalhando, e dobrado, para fornecer bens que os alemães possam usar para ajudar a financiar sua indústria de armas.

Enquanto continuamos nossa caminhada, falo sobre minha infância aqui em De Pijp. Como, quando criança, eu vasculhava o mercado todos os dias, procurando frutas e legumes que haviam caído dos carrinhos. Eu os limpava e, quando estava com a sacola cheia, entrava nas lojas e dava uma maçã para o açougueiro, uma pera para o vendedor de galinhas, ameixas para o vendedor de tabaco e assim por diante. Eles me davam toda vez alguns centavos pelo meu gesto gentil, o que, ao final, me rendia mais do que se eu tivesse vendido. Se eu visse um mendigo que não estivesse bêbado, às vezes lhe dava o saco inteiro de comida. Ou lhe dava o dinheiro que recebi, mas apenas se ele prometesse não comprar álcool.

Leo olha para mim e ri. Ele diz que sou uma garota incomum. Não tenho certeza se a observação é para ser um elogio. Mas, mesmo assim, agradeço. Melhor ser uma garota incomum do que uma garota chata.

Digo a ele que sempre conto as estrelas judias em Van Woustraat a caminho do trabalho, então agora sei que o número de judeus aqui caiu setenta por cento desde que as estrelas foram implementadas. Leo, que mora em Rivierenbuurt, está bastante chateado com a metamorfose do nosso bairro. Para mim, foi um processo mais gradual, mas quando olho para nosso bairro através de seus olhos, percebo que essa parte da cidade se transformou em um distrito de odiadores de judeus em pouco tempo. Aponto a loja de tecidos Pronker quando passamos. A janela diz: UNIFORMES JEUGDSTORM À VENDA. Eles não fazem apenas os uniformes do movimento da juventude nazista aqui, mas também as camisas pretas que o Movimento Nacional Socialista nos Países Baixos, o NSB, e o seu braço paramilitar, WA, usam. Há muito mais comerciantes desonestos aqui, como a empresa de mudanças de Abraham Puls, que envia caminhões para limpar todas as casas de judeus que fugiram ou foram deportados. Ninguém duvida mais que ele esteja colaborando com a polícia que, afinal, também está no bairro. O BPA, Batalhão de Polícia de Amsterdã, confiscou o mosteiro em Cornelis Troostplein. Tudo parece ter um uso diferente agora. Até alguns nomes de ruas foram alterados porque os alemães não querem homenagear os pintores judeus. Por exemplo, David Blesstraat foi transformado em Marius Bauerstraat, e Josef Israëlskade agora se chama Tooropkade.

Caminhar ao lado de Leo me acalma um pouco. A conversa que estamos tendo é muito mais séria do que os diálogos que inventei na minha cabeça, que não incluíam a frase "ocupação alemã". É um assunto que eu esperava evitar, mas acaba sendo impossível conhecer alguém sem falar sobre como a guerra impacta nossas vidas. Ao contrário da minha casa, onde não se fala disso. Na creche, sussurramos entre nós sobre o que está acontecendo, mas isso não vai além de compartilhar as últimas notícias e fofocas em meio às tarefas do trabalho.

Leo e eu passamos pela placa que diz BAIRRO JUDEU e estamos em Waterlooplein, que hoje em dia é chamada de Hollywood, porque está repleta de estrelas amarelas. Eu nunca o vi tão lotado antes. As lojas judaicas não podem ficar abertas mais de duas horas por dia agora, e hora do rush. Barracas de mercado são proibidas, mas há muitos negócios sendo feitos sob os toldos. Percebo que muitas pessoas estão vestindo trapos. Esta área é um pouco mais pobre do que De Pijp ou o bairro Plantage. As casas estão malconservadas, há muitas janelas quebradas e as paredes externas estão cobertas de fuligem. O cheiro pungente de lixo podre me deixa enjoada. Involuntariamente começo a me aproximar de Leo para que possa sentir mais o cheiro dele e menos o do meu entorno.

Mais tarde, Leo fala sobre como ele quer ser um bom médico, e como é frustrante não poder continuar os estudos agora. Quando tinha dez anos, decidiu que, quando crescesse, queria fazer as pessoas recuperarem a saúde. Não dando-lhes pílulas, mas operando. Não foi por acaso que essa ambição surgiu logo após a morte de sua irmã. Ele tinha ouvido o pai dizer à mãe que ela teria sobrevivido se eles tivessem um cirurgião melhor. Isso o fez decidir se tornar um cirurgião, mesmo que ainda não conhecesse essa palavra na época. Espontaneamente pego sua mão, mas a solto depois de um minuto ou dois, porque nossas mãos estão ficando suadas. Não faço ideia se é ele ou eu quem está transpirando tanto, mas ambas as possibilidades me deixam nervosa.

Um cheiro de castanhas assadas nos encontra pelo caminho.

– Quer castanhas? – Leo já está prestes a comprar algumas.

– Você vai ter que terminar o saco inteiro sozinho, porque eu odeio essas coisas.

– Mas todo mundo gosta de castanhas, não? – diz Leo, surpreso.

Eu dou de ombros.

– Não sou todo mundo. Costumávamos comer castanhas com frequência durante o jantar, e meu pai me obrigava a terminá-las. – Ainda me lembro dos pedaços mastigáveis na minha garganta quase me fazendo vomitar enquanto tentava terminar minha refeição. – Felizmente, meu irmão Gerrit roubava algumas castanhas do meu prato quando meus pais não estavam olhando.

Depois de dizer o nome dele, de repente não sou mais capaz de ignorar as notícias recentes, e começo a chorar. Leo fica surpreso com minha tristeza inesperada e coloca o braço em volta dos meus ombros trêmulos. Ele me conduz pela multidão até uma porta, onde tira um lenço dobrado do bolso para enxugar minhas lágrimas. Tenho vergonha do meu rosto manchado de lágrimas e da maneira certamente pouco atraente que tento explicar o que ouvi bem antes de ele chegar.

– Por que você não disse isso logo? – Leo pergunta. – Eu mesmo ficaria aflito se tivesse recebido uma notícia como essa. Não é motivo para se envergonhar.

– Não é isso... – Estou tropeçando nas palavras. – Eu não queria pensar no assunto.

– Mas, Betty, coisas horríveis não desaparecem só porque você não pensa nelas.

Ele gentilmente enxuga minha bochecha com o lenço.

Eu olho em seus olhos azuis e, em seguida, me inclino para a frente aos poucos. Mas antes de meus lábios tocarem os dele, há um apito da polícia, em seguida, um palavrão:

– Fique onde está!

Crianças começam a chorar, uma mulher grita. No meio da multidão, vejo um homem magrelo correndo em nossa direção, seguido por dois policiais. Um aviso final. Um dos policiais saca sua arma de fogo e atira duas vezes. O homem correndo cai sobre um carrinho de cebolas, que rola pelo chão enquanto o dono xinga. Ele se levanta e tenta sair cambaleando, mas os policiais já estão em cima dele e lhe dão uma surra terrível com os cassetetes. Então amarram suas mãos atrás das costas e o levantam.

– Você tem sorte de não termos explodido você.

A multidão se dividiu em duas. A vivacidade de centenas de pessoas cuidando de seus negócios se transformou em uma imagem quase estática. O som esmoreceu. Então vejo o que eles estão olhando. Um grupo de judeus com malas nas mãos e usando mochilas vem em nossa direção no meio da multidão. Estão sendo mantidos sob a mira de armas por quatro oficiais holandeses. Quando olho para trás, vejo para onde estão indo. Há caminhões do exército na esquina para levá-los embora.

– Circulando, pessoal. Nada para ver aqui!

– Droga, uma batida – sussurra Leo.

Como um animal encurralado, ele procura um lugar para escapar.

– Mas você tem uma isenção por causa do seu trabalho, não tem?

– Não estou usando uma estrela. Estava no meu casaco. Mas o tempo estava tão bom que tirei de última hora.

Agora eu entendo por que ele reagiu daquela maneira. Nem tinha notado que ele não estava usando uma estrela.

– Todo mundo que não está usando uma é enviado para Mauthausen, mesmo se tiver uma *Sperre* – diz Leo, me empurrando ainda mais para a porta de entrada. – Não olhe para eles – sussurra e pressiona a boca com força contra a minha.

Meu primeiro impulso é me libertar de suas garras, mas então entendo. Enquanto estivermos juntos, ninguém vai perceber que ele não está usando sua estrela. Me entrego. Para suas mãos segurando minha cabeça, sua boca me beijando febrilmente, tornando difícil para mim respirar, quanto mais retribuir seus beijos. Então ele enfia a língua na minha boca. Eu viro o rosto, em choque.

– Betty, por favor... – ele sussurra.

– Tudo bem, mas devagar, mais devagar.

Mais uma vez, ele pressiona a boca molhada contra a minha. Desta vez estou preparada quando ele toca meus lábios com a língua. Abro a boca, e quase automaticamente nossos movimentos fluem um para o outro. Isso é o que minha irmã sempre quis dizer com um beijo "de verdade". Era disso que as meninas da creche riam quando alguém beijava um menino. Essa interação íntima entre duas bocas uma contra a outra, línguas dançando uma em torno da outra. Nojento e altamente agradável ao mesmo tempo.

Apenas quando ouvimos os caminhões partirem, o beijo sem fim para. Minutos que poderiam ter durado horas, no que me diz respeito. Depois disso, sinto que sou uma pessoa diferente.

Quase em silêncio, voltamos para Van Woustraat, onde ele se despede formalmente e estende a mão. Me agradece pela tarde maravilhosa e se desculpa mais uma vez pela "medida de emergência", como ele chama o beijo.

– Quem era, Betty? – mamãe pergunta quando eu entro.

Ela deve nos ter visto pela janela.

– Apenas um amigo – digo, depois desapareço no meu quarto.

Quando, um pouco mais tarde, mamãe me chama para jantar, digo que estou doente. E não é mentira. Estou tão enjoada que poderia vomitar. Exultante e miserável ao mesmo tempo. Então isso é estar apaixonada.

Capítulo 12

SEXTA-FEIRA, 2 DE OUTUBRO DE 1942

Sperre é uma isenção provisória da deportação para os campos de trabalho, sob o argumento de que essas pessoas não estão disponíveis porque já estão sendo enviadas para o mercado de trabalho alemão indiretamente através do Conselho Judaico. Pimentel providenciou tal Sperre *para todas as educadoras da creche. No entanto, é válida apenas para uma pessoa, não para membros da família.*

Já tentei visitar Leo no hospital duas vezes. Ele não estava lá da primeira vez. Na segunda vez, poderia chegar a qualquer momento, então esperei mais de uma hora, e acabei deixando-lhe um bilhete.

Querido Leo, podemos nos encontrar? Estarei na creche.
Com amor, Betty.

Eu não conseguia pensar em nada melhor. Isso foi há três semanas. O silêncio é enlouquecedor. Converso sobre o assunto com Sieny, que me diz que devo esquecê-lo. Se ele não está mostrando interesse, há realmente apenas uma conclusão a ser tirada. Mas eu não posso estar errada sobre o que sinto, posso? Isso foi real e tem que ser mútuo, certo?

Celebramos Yom Kippur, o dia em que os judeus expiam seus pecados diante de Deus e celebram o perdão. Embora "celebrar" seja uma palavra grandiosa para um dia em que nada pode ser comido e você oficialmente não está autorizada a usar sapatos o dia todo. Na verdade, o trabalho também não é permitido, mas felizmente hoje a creche estava aberta como de costume.

Vovó achou importante que o celebrássemos de qualquer maneira, mas ela é a única que usa uma túnica branca e anda descalça o dia todo. Pendurou um lençol em Engel, o que a faz parecer um fantasma. Mamãe, que normalmente a acompanha para manter a paz, não presta atenção à sua mãe que ora, e não tem escrúpulos em comer o guisado na mesa da cozinha ao seu lado.

Para mim, é um alívio que ela esteja deixando de lado os rituais impostos a nós. Mas isso, ao mesmo tempo, me assusta. Mamãe não é mais mamãe. É como se outra pessoa tivesse entrado em sua pele. Ela não toca mais piano e está constantemente ocupada cuidando da casa, algo que preferia deixar para os outros. Todo maldito dia, está freneticamente lavando, passando, tirando o pó, varrendo e esfregando. Ela começa sua tarefa de deixar a casa em ótimas condições todas as manhãs, quando tudo já está tão perfeito. Mesmo nos quartos vazios, que pertencem a Gerrit, Nol e Leni, ela limpa os móveis todos os dias. Deixa Japie fazer as compras, ou a vovó, que aproveita a oportunidade para que Engel tome ar fresco, algo que antes achava desnecessário, mas até ela sente que nossa casa está se tornando um pouco sufocante. Todos os papéis foram invertidos. Ninguém é mais quem era. Estou feliz por poder sair de casa de manhã para ir à creche, que, neste momento, tem muito menos crianças e cada vez menos camas, mesas e assentos sendo usados.

As pessoas nem são mais notificadas, como acontecia antes do verão. A maioria dos judeus tem uma sacola de roupas, comida, sapatos e artigos de higiene prontos na porta da frente há semanas. Nunca se sabe quando eles vão tocar sua campainha, então é melhor estar preparado. Por causa do nosso trabalho, Nol, Leni e eu recebemos um carimbo de isenção em nossas carteiras de identidade, mas não conseguimos um para mamãe, vovó, Engel e Japie. No entanto, eles ainda não têm malas prontas no corredor. Mamãe se recusa.

São dez horas da noite e estou prestes a ir para a cama quando ouço caminhões se aproximando. Agora, estamos atentos a cada barulho. Nessa mesma hora, há uma semana, alguém tocou a campainha na casa dos vizinhos, da família Overvliet. A vizinha sempre me chamava de "enfermeira infantil". Meus pais sempre se deram bem com os Overvliets, que costumavam comprar coisas em nossa loja quando isso ainda era permitido. Um marido e uma esposa judeus viviam no andar de cima de sua casa, e foram presos pela polícia holandesa, que agora está amplamente mobilizada para ajudar os Ordnungspolizei. No dia seguinte, logo escrevi uma carta para minha velha amiga de escola, Tineke Bakker, na qual perguntei se ela podia falar com o pai. Não ousei escrever a frase "ir para o esconderijo" no papel. Ainda não tive notícias dela. E talvez seja tarde demais agora.

Corro até a janela para espiar por trás da cortina.

– Betty, espere! – mamãe grita, ansiosa. – Apague as luzes primeiro.

Uma vez que a luz do teto e o abajur estão desligados, puxo a cortina um pouco para o lado. Além dos faróis dos caminhões, não consigo ver o que está acontecendo por causa das ruas sem iluminação. Abro apenas uma fresta da janela. Já me tornei expert em escutar a esta altura. Passos caminhando em uma direção específica, uns trinta, quarenta metros de nossa casa. Batendo a uma porta.

– Abra! – diz a voz de um homem, ecoando na rua vazia.

Eu solto a cortina.

– Você tem que se esconder, antes que eles venham aqui.

– Esqueça – ouço a vovó dizer no escuro.

– Não consigo ver nada – diz Engel.

– Você nunca vê nada, Engel – retruca mamãe.

Vovó acende o abajur de chão.

– Mãe, pare com isso – minha mãe diz.

– Engel não consegue ver nada.

Mamãe quer apagar a luz, mas vovó a impede.

– Não importa, mamãe – sussurro. – As cortinas estão fechadas.

Mais uma vez, os gritos dos policiais holandeses.

– Polícia, abram!

Em seguida, um estrondo alto. Ouço vozes de mulheres nervosas, homens xingando. Oficiais avisam que terão que usar a força se tentarem resistir.

Japie começa a andar, nervoso, de um lado para outro na sala.

– Nós somos os próximos. Eles estão vindo nos pegar.

Eu ando em direção a ele e o levo para o sofá.

– Calma, Japie. Tenho certeza de que eles não estão vindo atrás de nós.

Mamãe limpa a mesa de centro e a cômoda pela enésima vez enquanto a vovó reza e Engel olha fixamente para longe.

O barulho de batidas nas portas, ordens gritadas e reações de pânico está ficando mais alto. Ninguém na sala emite sequer um ruído. Eu seguro o corpo trêmulo do meu irmão. Nossos corações ansiosos batem um contra o outro. Então, de repente, as vozes soam muito próximas.

– Boa noite, estamos tirando as pessoas da rua.

– Boa noite, senhores, como estão? – Sr. Overvliet diz em tom amigável aos oficiais. – Já não há muitos morando aqui, não é? Quantos estão na sua lista?

Então há alguns murmúrios de um lado para outro, os quais não consigo entender. Até ouvir nosso nome.

– Os Oudkerks. Não, não os vi. Eles já não foram embora?

O homem sabe muito bem que estamos em casa.

– Você tem uma chave? – ele é questionado.

– Uma chave? Não, eu não. Posso dar uma ajuda se você quiser arrombar o lugar.

Por que ele está se oferecendo para fazer isso?

– Mas agora é um pouco inconveniente – diz o vizinho. – Minha esposa está na cama. Ela tem estado um pouco febril nos últimos dias. Não tenho certeza qual é o problema.

A esposa dele não está doente. Eu a vi andando lá fora esta manhã. Seguro meu irmão ainda mais perto. Ele solta um soluço.

– Shh, estou aqui com você. Vai ficar tudo bem – sussurro, me preparando para o som da campainha.

Mas nada acontece. Ouvimos mais alguns gritos, e então o motor do caminhão começa a roncar e lentamente o som se dissipa pela rua.

Só quando vejo as lanternas do caminhão ficando menores é que me atrevo a respirar novamente. Tonta com a súbita onda de oxigênio, solto meu irmão. Ninguém diz nada. Ainda um pouco trêmula, me levanto e me viro para mamãe.

– Viu? Você tem que fugir. Ou quer mesmo ser deportada para um campo de trabalhos forçados com a vovó e Engel?

Vovó ainda está balançando para a frente e para trás em sua cadeira, rezando. Engel olha para mim com olhos semicerrados.

– Não fale assim com sua mãe! – ela raramente levanta a voz, mas agora flexionou as cordas vocais para me repreender.

Lanço um olhar desesperado para Japie, e ele olha para mim igualmente sem esperança.

– Eu não vou – ele então diz, resoluto. – Você pode fazer o que quiser, mas eu não vou.

Capítulo 13

SEGUNDA-FEIRA, 5 DE OUTUBRO DE 1942

A ferrovia em Westerbork, construída por prisioneiros, está terminada, então agora há uma conexão direta na linha Meppel-Groningen. Na noite de 2 de outubro, no Yom Kippur, todos os outros campos de trabalho na Holanda foram esvaziados e os homens foram reunidos com suas esposas e seus filhos que já estavam em Westerbork. Ouvimos dizer que essas famílias foram enviadas dos campos, já superlotados, para a Alemanha e a Polônia, às centenas. Nós, na Holanda, não sabemos exatamente o que acontece lá.

Quando chego a Plantage Middenlaan, há uma fila em frente à porta giratória do teatro. Uma a uma, as pessoas desaparecem no buraco negro. O monstro está sendo mantido bem alimentado novamente. Famílias com crianças, idosos, mães grávidas, bebês. Todos eles desaparecem em sua boca. Não suporto olhar para isso e fujo para a creche.

O que não melhora meu humor. Encontro professoras chorando, cujos pais, irmãos e irmãs foram presos no fim de semana. Nós falamos umas com as outras, mas o que há para dizer? Sieny diz que foi a maior operação até agora, e que toda a força policial holandesa foi mobilizada. Ela ouviu isso dos mensageiros do Conselho Judaico, meninos da nossa idade que entregam mantimentos aqui e às vezes ajudam com as coisas. Eles, por sua vez, ouviram de alguém do Expositur, o departamento judaico do Zentralstelle – o Escritório Central para a Emigração Judaica. Pimentel diz que devemos começar a trabalhar. Nossas lágrimas estão perturbando as crianças. Precisamos trazer alegria, como normalmente fazemos.

– Não somos máquinas – retruco.

– Não, Betty, mas agora você é professora profissional de creche, não é? Não somos amadoras. – Um olhar sombrio em seu rosto revela sua raiva. – Pois bem, senhoras, mãos à obra!

Antes de sair da sala, ela me chama de lado.

– Onze horas no meu escritório.

Me descontrolei novamente. Talvez essa seja a gota d'água antes que ela me demita, e então eu também não terei mais uma *Sperre*.

No escritório de Pimentel, me surpreendo ao ver Sieny e Mirjam no sofá também. Mirjam, caída no sofá e parecendo calma, está pálida em comparação com Sieny, que parece orgulhosa e transmite uma certa elegância, com as costas retas, as pernas dobradas sob o corpo, o rosto clássico. Para elas, sou espontânea, voluptuosa e engraçada, mas Sieny é elegante, misteriosa, inacessível.

Me sento no sofá ao lado de Sieny, que me dá uma leve cutucada e lança um olhar que diz que ela também não sabe por que estamos aqui. É um alívio que Mirjam e Sieny também estejam aqui. A diretora não teria chamado nós três para me demitir.

Pimentel se senta na poltrona à nossa frente e começa a falar.

– Vocês notaram que há muitas crianças saindo deste prédio. – Um breve suspiro escapa de sua boca. – Uma situação com a qual não estamos nada satisfeitas, para dizer o mínimo. Não preciso lhes dizer que tudo isso tem a ver com o que está acontecendo no teatro.

– Já vi crianças que costumavam vir aqui entrarem lá – diz Sieny.

– Isso mesmo, Sieny. Muitas crianças que cancelam o registro comigo são levadas ao teatro alguns dias depois, onde têm que esperar dias, às vezes até semanas, para serem deportadas. Isso, enquanto o local carece das instalações necessárias, principalmente para crianças menores de seis anos. Mirjam pode confirmar porque ela já esteve lá várias vezes para levar um bebê doente para o hospital, não é mesmo, Mirjam?

– Sim. O teatro está superlotado e sujo... Com certeza não é um lugar para crianças – diz ela, sem rodeios.

– Vamos poupá-las dos detalhes – continua Pimentel. – Mas, de qualquer forma, estejam preparadas para uma miséria horrível. Falei com o gerente do teatro, Sr. Walter Süskind, e, para encurtar a história: temos permissão do Hauptsturmführer Aus der Fünten, por enquanto, para acolher aqui as crianças que esperam para ser deportadas. É uma situação estranha: minha creche para mães trabalhadoras está fechando e agora servirá de anexo ao teatro para as crianças que esperam a partida do trem.

Pimentel balança a cabeça brevemente, como se uma mosca a estivesse incomodando. Então respira fundo e continua:

– De qualquer forma, na prática, não vai mudar muito, afinal, vocês já conhecem algumas dessas crianças. O que vai mudar é que, a partir de agora, vamos acolher também crianças de sete a treze anos. Para garantir que tudo corra bem, eu queria pedir que vocês três supervisionem isso. Além de suas tarefas normais aqui no prédio, vocês serão as pessoas de contato para os pais do outro lado da rua, terão autorização para entrar e sair do teatro e da creche e irão buscar as crianças e levá-las de volta quando chegar a hora de irem embora. Assim, apenas vocês três terão autorização para entrar e sair do teatro. Alguma pergunta?

Sieny levanta a mão.

– Quando isso entra em vigor?

– Depois de amanhã. Isso significa que a creche em sua forma atual estará aberta por exatamente... – Ela olha em seu pequeno relógio de pulso dourado. – Mais um dia e seis horas. Algo mais?

Nós três ficamos em silêncio. Quando Pimentel respira fundo para voltar a falar, pergunto rapidamente:

– Por que nós?

Pimentel me olha com uma expressão estranha no rosto. O cacho grisalho que seu cabelo prateado forma invariavelmente em sua cabeça lembra um ponto de interrogação, com sua testa franzida como o ponto.

– Você está querendo elogios agora, Betty?

– Não, não – murmuro, envergonhada. – Só quero saber por que você acha que estou à altura da tarefa, para que eu possa me preparar melhor.

– Mas, Betty, você não se conhece? Você não tem medo de ninguém. Nem mesmo de me contradizer – continua ela. – Agora, vamos voltar ao trabalho, meninas.

Nós três nos levantamos, mas eu caio para trás imediatamente, porque estava com os pés muito para trás embaixo do sofá. Sinto-me mais desajeitada do que nunca.

Quando Mirjam e Sieny já estão saindo pela porta, Pimentel diz:

– Senhoras, há mais uma coisa que esqueci de mencionar. Essas crianças estarão aqui também à noite. Isso significa que terão de morar aqui também a partir de agora. Vocês acham que seus pais vão concordar com isso?

Penso de imediato em Japie. Morar fora de casa significa abandonar Japie. Meu irmãozinho, de quem cuido desde que nasci, que levei no meu carrinho de boneca, a quem ensinei as primeiras palavras e com quem fiz todo tipo de travessuras. O que acontecerá com ele se eu não estiver lá para confortá-lo ou animá-lo?

Mas ainda assim, quanto mais penso nisso, mais nítido fica na minha cabeça. Eu posso deixar nossa casa sombria. Não precisarei passar todos os dias pela vitrine de nossa antiga loja, onde a viúva Koot muitas vezes estará trocando um manequim de roupa e me dando um olhar altivo. Onde os grandes retratos de Mussert e Hitler atrás do balcão podem ser vistos através da vitrine. Onde ela está andando em círculos porque não tem uma fração dos clientes que tínhamos. E onde, depois de fechar, seu namorado nazista, que cuspiu em mim uma vez, passa para pegá-la em um carro de corrida caro. Não terei mais que me conter para não jogar uma pedra pela janela todos os dias. Não ficarei mais acordada à noite pela adrenalina correndo em minhas veias por causa dos assassinatos que estou tramando. Não preciso mais ver a tristeza de minha mãe, uma mãe que agora é apenas uma sombra da linda mulher que fez minha infância tão brilhante. Ou o orgulho ridículo da vovó, que não faz o menor sentido. Já que não há nada que sustente esse orgulho, porque estamos afundando cada vez mais. Todos os dias. Não terei mais que ver as camas vazias de papai, Gerrit, Nol e Leni. Eu prefiro deixar para trás uma cama vazia.

Ensaiei minha história muito bem. Para apoiar meu pedido, recebi uma carta da Srta. Pimentel dizendo que tinha sido uma requisição sua que eu morasse na creche a partir de agora, e que é importante para tranquilizar as crianças judias nestes tempos difíceis. Ela também escreveu como minha atitude flexível e pronta para solucionar problemas me torna a pessoa certa para essa tarefa.

Volto para casa com a carta dela na bolsa para obter permissão. Sigo o caminho, que normalmente levaria quase quarenta minutos, em vinte. Quando me aproximo de nossa casa, mantenho a mão ao lado do olho esquerdo, formando uma espécie de proteção como a que os cavalos usam, e passo pela loja. Então corro pela porta e subo as escadas, onde espero ver minha mãe atrás do fogão e vovó e Engel na mesa da cozinha com uma tigela de feijão verde e batatas.

Mas a cozinha está vazia.

– Mãe? – Ouço um baque na sala de estar.

– Cuidado! – Ouço vovó dizer.

Eu coloco a cabeça no canto da sala.

– Vovó, você sabe onde a mamãe está?

– Na sinagoga – responde ela, curvada sobre uma colcha de lã. – Você poderia me dar uma ajuda, Betty?

– Por que mamãe foi à sinagoga?

Ela não vai há semanas.

– Mandei-a para lá. Ajude-me, Betty. Engel caiu.

– Ela caiu?

Corro em sua direção.

– Pensei em colocar um cobertor sobre ela. Não consegui ajudá-la por causa das minhas costas...

Só então vejo o pequeno saco de ossos debaixo do cobertor, ao lado da cadeira de fumar de papai.

– Como isso aconteceu? – pergunto enquanto vovó e eu levantamos o corpo frágil de Engel.

– Se eu soubesse, contaria a você – responde a vovó, com naturalidade. – Em um momento ela está sentada naquela cadeira, no outro está no chão ao lado dela.

Nós cuidadosamente a colocamos de volta na cadeira.

– *Lellit, po lellit* – geme Engel.

– Você entende o que ela está dizendo? – pergunto à vovó.

– *Aucune idee*! – nenhuma ideia.

– Você está com dor em algum lugar? – pergunto a Engel.

– *Lellit, não lellit* – murmura Engel novamente, depois põe as mãos no rosto.

– Talvez ela esteja tendo uma hemorragia cerebral – digo à vovó.

– Eu não acho. Para isso, seu sangue tem que ser capaz de correr em suas veias e ainda não estar coagulado.

– Bem, isso não é nada bom!

Estou surpresa com a reação feroz que tenho diante da minha avó. É uma regra não escrita nunca contradizê-la, mesmo que esteja falando besteira. Automaticamente me preparo para sua resposta afiada. Mas vovó continua focada em Engel, que faz um valente esforço para se levantar da cadeira.

– Agora fique sentada até se acalmar, Engel. *Allez!*

Algo no piso de parquet chama minha atenção.

– Isso é um rato?

Vovó imediatamente pula no sofá e joga as pernas para o ar. Ela morre de medo de ratos, porque seu falecido marido – meu avô, que nunca conheci – uma vez foi alvo de um rato, que subiu na perna da sua calça, direto até a virilha, mas vovó não deixou chegar tão longe. Porque, *smack!*, ele o golpeou na coxa. Foi uma sujeira terrível, de acordo com vovó, mas o bicho nunca alcançou as joias da família.

– Onde? Onde? – pergunta vovó, em pânico. Aponto para a coisa cinzenta ao lado do sofá onde vovó está encolhida. Ela se inclina para a frente para dar uma olhada melhor, depois exclama com alegria: – Aí está a dentadura, Engel! – Então, para mim: – Procuramos a tarde toda.

Depois que vovó enxagua a prótese suja na torneira, ela a enfia na boca de sua velha empregada.

– Pronto, agora você pode tagarelar de novo – diz ela, dando um afago tranquilizador nos cabelos brancos de Engel.

– Pobre Gerrit – diz Engel imediatamente.

Gerrit é seu favorito. Ela cuidou dele por mais tempo.

– *Tais-toi!* Não vamos mais falar sobre isso, lembra?

– Qual é o problema com Gerrit?

Vovó balança a cabeça, furiosa.

– Não há nada de errado com Gerrit. Sim, ele está vivo. Isso é uma boa notícia, não é? – Ela mantém o rosto perto de Engel e repete mais uma vez, a plenos pulmões: – Boas notícias! – como se a pobre mulher não fosse cega, mas surda.

– Vovó, o que você ficou sabendo?

Ela dá um suspiro profundo, então caminha, com aquele andar bamboleante de alguém arrastando muito peso, até a cômoda, onde pega um cartão-postal.

– Ele nos escreveu. Está tudo bem, só precisa de um terno. Aqui, leia você mesma.

Gerrit está vivo! Ele conseguiu! Sim, meu irmão não se deixaria apanhar tão facilmente. Ele sempre foi mais esperto que as outras pessoas, e é mais corajoso do que qualquer um que eu conheça. Meu herói! Vovó me entrega o cartão esfarrapado com a caligrafia torta, que reconheço ser do meu irmão, sem dúvida, porém mais desleixada, mais grosseira. QUERIDA MÃE, ESTAMOS EM DRANCY, diz. PODERIA ME ARRUMAR UM TERNO? SAUDAÇÕES A TODOS DA FAMÍLIA. Nem uma única palavra dirigida a mim. Nem mesmo mencionou meu nome. E o que há com ele para precisar de um terno? Para que diabos Gerrit precisa de um terno em Drancy?

– Onde é Drancy?

– Perto de Paris. Eu já verifiquei.

– Mas isso é uma boa notícia, não é?

– A França também está sob ocupação alemã, Betty. Leia um jornal de vez em quando! E Drancy também é um campo de concentração.

Uma palavra que instantaneamente faz meu estômago revirar. Engel começa a chorar.

– Mas ele precisa de um terno – digo, pensando em voz alta. – Então talvez ele tenha recebido uma boa posição...

– Foi o que eu disse para a sua mãe também. Mas ela continuou gemendo "más notícias, más notícias". Eu disse: "Você não sabe, Jetty. Pare com isso!". Então eu a mandei para a sinagoga. – Vovó afunda no sofá com um gemido e cruza os braços sob o peito. – Isso é o que você ganha quando vira as costas para Deus. Ele vai abandoná-la também, e você não será capaz de conseguir nada. Entende o que quero dizer, Betty? A única razão pela qual sou capaz de aguentar ficar aqui é porque sei que Deus está do meu lado e estou em contato regular com Ele. Mas parece que sou a única aqui mantendo a cabeça um pouco erguida.

Só por volta das oito horas, pouco antes de começar o toque de recolher e fazermos uma refeição de pão seco e peixe em conserva com vovó, Engel e Japie – que já voltou para casa –, mamãe entra na cozinha. Seu rosto está manchado e vários tufos de cabelo se projetam sob o chapéu.

– Crianças, Gerrit foi pego – diz ela para Japie e para mim.

Japie, que já tinha ficado sabendo das notícias, parece despreocupado.

– Não pode ser tão ruim se ele precisa de um terno, certo?

Não sei se o próprio Japie acredita nisso, mas de qualquer forma foi o que vovó lhe disse.

– Ouvi na sinagoga que ele e Lous foram ao cinema em Paris. Que comeram em uma brasserie perto da Torre Eiffel e que encontraram a família de Lous na Avenue des Champs-Elysées. Algum de vocês entende isso?

Nenhum de nós responde. Eu empurro meu prato para longe, a fome passou. Mamãe continua.

– Por que ele não teve tempo de nos telefonar se podia tirar férias em Paris? Por que só temos notícias dele agora, que está em um campo e precisa de roupas? Essa história não faz o menor sentido!

Engel começa a chorar novamente.

– Filha, sente-se e coma alguma coisa. Isso é mais sensato – diz vovó, puxando uma cadeira para mamãe. – É um bom sinal que você esteja orando novamente. É aí que tudo começa. Tudo vai dar certo, contanto que você mantenha sua fé em Deus.

Mamãe baixa os olhos e se junta a nós à mesa. Pela primeira vez, não vejo minha mãe, mas a filha da vovó. Uma filha teimosa como eu, que está sendo forçada a ouvir. Ela discorda da mãe, mas está cansada demais para argumentar.

– Mãe, estou me mudando.

O comportamento passivo de minha mãe se torna ativo instantaneamente, e assume o papel que eu estou acostumada a ver nela.

– Desta casa? Não seja boba, Betty!

Pego a carta de Pimentel, que guardei o tempo todo no avental da cozinha, e a desdobro.

– É um pedido da diretora – digo, entregando-lhe a carta com certa cerimônia. – Apenas três meninas foram escolhidas, então é uma grande honra. E eu posso passar aqui nos meus dias livres...

Mamãe me dá um olhar perplexo, como se o significado de minhas palavras não combinasse com as más notícias naquela carta.

– Você vai ter que dormir na creche de agora em diante?

– Você não pode fazer isso! – diz meu irmão. – Então eu sou o único que resta!

– Desculpe, Japie.

Sinto uma pena genuína dele. Devo me desviar de minha missão por ele?

– Você é uma das professoras mais jovens da creche, deixe que escolham uma mais velha – diz vovó, em um tom indiscutível. – De qualquer forma, quem mais vai ajudar por aqui? Ou você acha que Engel ainda é capaz de trabalhar duro?

— Eu posso esfregar — rebate Engel. — E fazer conservas.

— Você não consegue fazer conservas há séculos, Engel. Além do fato de que há pouca conserva para ser feita ultimamente. Mas, para isso, é preciso ferver tudo primeiro, e isso é muito perigoso para você. Lembra quando deixou aquelas ameixas no fogão por tanto tempo que ficaram secas? A casa inteira quase pegou fogo, e se eu não tivesse sentido o cheiro de que algo não estava bem no andar de cima da loja, aquilo poderia ter terminado muito mal.

Enquanto minha avó continua dando sermão em Engel sobre todas as coisas de que ela não é mais capaz, mantenho os olhos focados em minha mãe, que ainda está olhando para a carta. Então ela levanta o queixo e diz:

— Está tudo bem. Vá fazer as malas, Betty.

Vovó interrompe imediatamente o discurso que está fazendo para sua empregada.

— Eu não aprovo. Ou não tenho mais voz nesta casa?

— Se for sobre isso, não. Betty está indo — mamãe diz com calma. — Ela vai ter uma chance melhor de ter permissão para ficar em Amsterdã. Ponto-final.

Ela então se levanta e começa a limpar a mesa. Eu gostaria de caminhar até ela e abraçá-la, mas isso só aumentaria o insulto à vovó. Então fico sentada e pergunto se alguém gostaria de outra xícara de chá.

— Eu te odeio! — Japie grita, então corre para seu quarto, muito irritado.

Quando quero visitá-lo em seu quarto mais tarde, tento puxar a maçaneta da porta e vejo que está trancada.

— Japie, por favor, abra.

Tudo o que ouço de volta é:

— Você é uma idiota, vá embora!

Capítulo 14
TERÇA-FEIRA, 6 DE OUTUBRO DE 1942

A creche em Plantage Middenlaan para o cuidado de crianças judias de pais trabalhadores está fechando suas portas hoje.

Mesmo na agitação do último dia, a creche ainda é apenas uma creche, e tenho pouco tempo para pensar, menos ainda para me distrair com aquele idiota do Leo. Foi insensível da parte dele me fazer pensar que gosta de mim e depois evitar qualquer contato. Eu até chamaria de grosseria ele não ter me procurado o mais rápido possível depois do meu bilhete. Sim, estou bastante chateada com isso. Ainda assim, meu coração salta quando uma colega me chama para me dizer que tenho uma visita. Corro para o banheiro para me olhar no espelho. Passo a língua sobre os lábios para adicionar um pouco de brilho, belisco as bochechas para adicionar cor e acerto o chapéu em linha reta. Então, vou para a porta da frente.

Em vez do belo médico residente, é a amiga que não vejo há um ano e meio.

– Tineke!

Eu abro os braços, mas ela é um pouco mais fria e não se mexe.

– Posso entrar?

– Claro, por favor – respondo, um pouco confusa sobre por que meu gesto espontâneo não é correspondido. Minha amiga também já não é a mesma?

Felizmente, ela relaxa um pouco na sala dos professores, e logo se parece mais com a velha Tineke com quem eu me divertia tanto na escola.

– Não consigo acreditar que você ficou tão alta – digo. – Eles te deram muita beterraba?

Tineke começa a rir, revelando seus dentes irregulares.

– Bem, você também cresceu bastante, Betty.

– Sim, na lateral e na frente – digo, com as mãos demonstrando primeiro a largura dos meus quadris, depois o tamanho dos meus peitos.

Tineke balança a cabeça.

– Você não mudou nem um pouco. Incrível quando se pensa... – Ela baixa os olhos.

– Quando se pensa no que está acontecendo aqui?

Ela acena com a cabeça e depois olha para mim novamente com seus olhos azul-claros.

– Recebi sua carta e conversei sobre isso com meu pai. Ele prometeu ajudar.

Eu seguro as mãos dela.

– Obrigada, Tineke. Eu sabia que podia contar com vocês.

– Mas papai disse que não pode haver mais contato entre nossas famílias. Quando chegar a hora, venha para nossa casa pela porta dos fundos. Você sabe como chegar lá.

– Sim, pelo nosso caminho secreto.

Mesmo que esse caminho, que nós mesmas fizemos arrancando arbustos do chão, pisando em ervas daninhas e quebrando galhos, sem dúvida esteja coberto de mato novamente, eu conseguiria encontrar os fundos de sua casa com os olhos vendados.

Quando repassamos tudo, Tineke sai tão apressadamente quanto entrou. O encontro foi uma pequena luz, um brilho de esperança neste dia sombrio. Ao mesmo tempo, a visita de Tineke me deixou ainda mais consciente do quanto minha vida mudou em comparação com a dela. Ela ainda está mais ou menos vivendo sua antiga vida, enquanto nós estamos sendo puxados cada vez mais para o lado escuro da existência, até estarmos cercados pela escuridão total. Meu humor fica ainda mais alterado por ter que me despedir das crianças, muitas das quais estão aqui todos os dias desde bebês. Há muito choro entre os pequenos. A tristeza também contagia as crianças, que não entendem bem o que está acontecendo e começam a chorar. Uma jovem professora de creche, que trabalha aqui há apenas alguns meses, chora tanto que Pimentel a chama de lado e ouço a diretora dizer com severidade que ela precisa se controlar. A pobrezinha fica tão surpresa com a repreensão que enxuga furiosamente as lágrimas e se cala por completo. Mas assim que Pimentel sai da sala, começa a soluçar de novo, os ombros tremendo.

Quando chega o momento de me despedir de Greetje, engasgo um pouco. A menina continua gritando:

– Greetje fique, Greetje fique com Betty!

Depois disso, ela me abraça tão forte que quase me tira a vida.

– Ai, Greetje! Deixe-me ir, querida – e tento soltar seus dedos fortes. – Greetje, isso machuca Betty.

Mas Greetje está tão dominada pela tristeza que não me ouve. Com os olhos bem apertados, seu rosto vermelho e quente jogado para trás, ela geme em um volume que faz meus ouvidos zumbirem.

– Greetje, shh. Greetje...

Como faço para tirá-la desse estado? Respiro fundo e expiro em seu rosto com tanta força que ela se assusta. Deixando-a perplexa, digo rapidamente:

– Vamos nos ver de novo! Quando a guerra acabar, você pode visitar Betty todos os dias.

Ela já está ofegante e se preparando para uivar novamente, mas bem nessa hora o significado das minhas palavras a atinge.

– Eu prometo – reforço, para adicionar peso às minhas palavras.

Ela suaviza seu aperto e olha para mim com os olhos vesgos.

– Promessa é dívida?

– Sim, Greetje, promessa é dívida.

Ela então agarra minha cabeça e me puxa para perto, seu rosto molhado de lágrimas, ranho e saliva, me sufocando com beijos.

Não digo uma palavra sobre os eventos dramáticos do dia durante o jantar. É minha última noite em casa, e mamãe realmente se superou cozinhando uma refeição com vegetais extras e um pouco de carne kosher que conseguiu. Mas o clima está longe de ser festivo. Japie evita meus olhos de propósito, na esperança de me fazer sentir sua indignação.

Mamãe enche nossos pratos com um olhar severo no rosto, lutando para manter seus sentimentos sob controle.

– Hum. Você realmente está cozinhando melhor, Jetty – diz vovó, que nunca espera para comer até que todos sejam servidos, mas sempre exige que o restante de nós o faça. – Você não servia para isso antes.

– Obrigada, mamãe – responde minha mãe, secamente.

Engel, que sempre é servida por último, coloca as mãos sobre o prato.

– Sinto muito, Jetty – diz ela. – Receio que eu esteja sem apetite.

– Você vai comer alguma coisa, Engel! – diz vovó, afastando com firmeza as mãos de Engel e deixando mamãe encher seu prato. – Você vai pesar menos que um gato em uma semana ou duas se continuar jejuando assim. E então quem vai cuidar de mim se eu cair? Hein?

Engel abaixa os cantos da boca para indicar que também não sabe, depois começa a comer, chorando.

Eu realmente não posso mais suportar lágrimas em um dia.

– Escute, Engel, tenho boas notícias.

– Por que para Engel? – pergunta vovó, alerta.

– É uma boa notícia para todos vocês – apresso-me a dizer. – Falei com Tineke Baller hoje. O pai dela, Karel, quer nos ajudar a encontrar um lugar para nos escondermos.

Mamãe coloca o jarro de água na mesa.

– Não vamos discutir isso durante o jantar. Você está me ouvindo, Betty?

Enquanto faço a mala, mamãe entra no meu quarto.

– Não podemos nos esconder – diz ela, afundando na minha cama em cima das roupas que eu tinha separado. – Vovó não quer, além disso ela é diabética. Engel é deficiente visual e tem dificuldade para andar, e Japie é um adolescente, você não pode prendê-lo.

– Não, não em um acampamento! – Pego a mão dela e a pressiono contra o meu peito. – Por favor, mamãe, é realmente o melhor! E você também não pode me deixar aqui em Amsterdã sozinha, pode? – Lanço um olhar suplicante.

– Quantas vezes eu tenho que dizer "não"? – Ela puxa a mão com raiva. – Não vamos nos esconder em um pequeno sótão ou galpão. Isso não vai acontecer, e pronto.

– Mas, mamãe...

– E você vai parar com isso agora! – Ela se levanta e começa a sair do quarto, virando-se mais uma vez ao parar na porta. – Nunca pense que sabe o que é melhor para nós, Betty. Entendeu?

Ela bate a porta atrás de si. Eu chuto minha velha mesinha de cabeceira, fazendo com que a lâmpada em cima caia, e então, de uma vez, meu quarto de infância fica escuro.

Na manhã seguinte, parece que todas as brigas da noite anterior tinham sido esquecidas. Depois que vovó, Engel, mamãe e até Japie me abraçam, eles se despedem da janela. Mamãe enxuga os olhos com um lenço, a quase cega Engel olha para o espaço e vovó estica o peito. Japie é o único que não move o braço levantado para a frente e para trás, mas o mantém imóvel, o que faz com que pareça mais um gesto militar do que uma saudação de despedida. Com um sorriso forçado, aceno de volta para minha família e tento ignorar a pontada no estômago. Continuo então o caminho que já andei tantas vezes, só que nunca com a intenção de não voltar à noite.

Minha mala nem está toda cheia, mas tenho que trocar de mão constantemente ou fica muito pesada. As malas deveriam ser feitas com rodinhas embaixo. Meus braços estão dormentes quando chego a Plantage Middenlaan.

Há um caminhão na frente da porta do prédio. Na lateral, em letras grandes, lê-se: G. MARCHAND E FILHO, CAMA E COLCHÕES. Camas pequenas estão sendo descarregadas do caminhão e levadas para a creche. Eu reconheço alguns rapazes do Conselho que vieram para ajudar. Mesmo que não conheça todos pelo nome, nos cumprimentamos educadamente. Há alguns muito fofos, que, agora que tirei Leo da cabeça, não me importaria de conhecer um pouco melhor. Com a maior elegância possível, passo por eles e carrego minha bagagem para dentro, fazendo uma piada à minha esquerda e estendendo a mão à direita. Eu sinto seus olhos grudados em mim enquanto desapareço na sala dos professores.

Sieny está ao lado da mesa, curvada sobre um desenho e resmungando.

– Bom dia!

– Só um segundo – responde Sieny, sem olhar para cima.

Eu olho por cima do ombro e a vejo arrastando pequenos retângulos recortados na planta baixa. Estes, aparentemente, deveriam representar camas.

– Onde fica isso?

– A sinagoga vai ser o dormitório.

A grande sala na frente do primeiro andar não é um local de culto há algum tempo, mas ainda é assim que a chamamos.

– Você está administrando? – pergunto.

– Eu tenho que organizar a disposição, mas é complicado fazer isso quando não se sabe exatamente quantas crianças serão.

– Eles não disseram quantas? – pergunto, tirando o casaco e pendurando-o no cabide.

– Claro, eles me deram uma lista. Mas Mirjam está agora no teatro contando-os, porque parece haver muito mais.

– Pimentel não saberia?

– Ela está negociando lençóis, cobertores, pijamas e outras coisas.

– Ela vai conseguir arranjar as coisas.

Pelo que ouvi, Pimentel conhece muitos judeus ricos.

– Isso é inútil – diz Sieny, por fim. – Eu preciso saber os detalhes primeiro: quantas camas realmente estamos recebendo, porque isso ainda não está claro também.

Ouço os rapazes do Conselho rindo no corredor.

– Pelo menos eles estão se mantendo ocupados... – digo, sugestivamente.

Mas Sieny não morde a isca.

– Como foi em casa?

– Ah, dizer adeus nunca é divertido – digo. – Especialmente na minha família, onde as emoções de todos estão sempre à flor da pele.

Sieny ergue os olhos de seu plano.

– Minha mãe agiu como se eu fosse pegar um pacote de farinha – e encolhe os ombros. – Sempre tem alguma coisa.

A família dela é tão respeitável que às vezes parece que a minha família é um bando de animais selvagens que não consegue ser civilizado. Incluindo eu mesma.

– Vou levar minhas coisas para o meu quarto e volto para ajudá-la – digo a Sieny.

O quarto de Sieny fica na frente do prédio, onde também está o quarto de Mirjam. A mim, foi dado o pequeno sótão na parte de trás do edifício. É um espaço pequeno e humilde, com uma cama de solteiro, uma pequena escrivaninha e um guarda-roupa. Coloco minha mala na cama e vou até a janela. Através dela, posso ver os pátios de Plantage Middenlaan e Plantage Fransenlaan. Tudo parece bem-arrumado. Esta será a minha vista nos próximos dias. Bem diferente da única vista que eu já tive da janela do meu quarto, na Van Woustraat, onde podia ver carroças, bicicletas de carga e veículos motorizados passando abaixo. Era tão acostumada com a agitação das ruas que sempre tive dificuldade para dormir durante as primeiras noites das minhas férias de verão em Putten, por causa da falta de barulho lá fora. De repente, sinto-me atingida por um sentimento de grande solidão. Como se tivesse sido cortada da minha infância para sempre.

Mesmo antes de entrar, sinto o cheiro de café na sala dos professores.
– Onde você conseguiu isso? – pergunto a Sieny.
Quase ninguém mais bebe café de verdade porque é muito caro. Em vez disso, bebemos *Pitto*, uma espécie de substituto do café, feito de raízes de plantas torradas.
– Um dos meninos acabou de me dar. Também não sei como eles conseguiram.
– Parece que eles queriam causar uma boa impressão – digo, para provocá-la.
– Sim, claro – diz ela, sem muito interesse. – Ah, Betty, você vai precisar usar essa faixa no braço de agora em diante. Ela aponta para um pequeno pedaço de pano na cômoda.
– As letras não serão mais usadas? – pergunto, segurando a faixa branca. – Isso não significa nada, não é? Os rapazes do Conselho Judaico pelo menos têm um "CJ" impresso nos deles.
O meu não tem nada, só um número.
– Desde que funcione – Sieny amarra as tiras em volta do meu braço e vira o lado liso para fora. – Lindo!
– Então, com este trapo em volta do meu braço, estou livre para entrar lá? – pergunto a Sieny.
– Basicamente, sim. Ah, e você também pode costurar uma estrela em seu uniforme, para quando precisar ir e voltar.

– Acho que vou lá então – digo, com alegria, depois de ter costurado a Estrela de Davi extra que Sieny me deu. – Vamos ver se funciona.

E já sigo em direção à porta.

– Mas o que você vai fazer lá agora? Não temos que pegar as crianças até amanhã. – Sieny me lança um olhar investigativo.

– Vou ajudar Mirjam a contar. Não há mal nenhum nisso, certo? E aproveitar para ver de quanta comida vamos precisar amanhã.

Na entrada do teatro, há um homem da ss que já vi antes: ele é magro e tem um rosto jovem e fino. Seu cabelo é escuro, quase preto, e se destaca por baixo do boné, que usa virado para o lado. Ele olha ao redor com olhos que expressam tédio e impaciência ao mesmo tempo.

– Bom dia, oficial, senhor.

Seu comportamento muda instantaneamente. Ele me dá um olhar assustado e defensivo.

– Sou da creche e tenho permissão para entrar aqui.

Eu mostro a faixa em volta do meu braço.

Ele me deixa passar com um aceno rápido. Assim que passo pela porta giratória, fico desorientada com o grande número de pessoas e o fedor. Logo esbarro em um jovem.

– Perdão – nós dois dizemos ao mesmo tempo. Reconheço a faixa em seu braço: CJ. – Betty Oudkerk, da creche. Tenho que me reportar a Wouter Süskind.

– *Walter* Süskind – ele me corrige.

Curiosamente, imaginei que Süskind fosse mais velho do que aquele garoto com sobrancelhas grandes e barba por fazer na minha frente.

– Bem, foi rápido – digo.

– Ah, não, não sou eu. Meu nome é Joop. É melhor perguntar lá onde está Süskind.

Ele aponta para o foyer, onde, em meio a todas as pessoas, vejo uma fileira de mesas. Agradeço ao garoto e me espremo passando pelas pessoas que gritam em iídiche, alemão e holandês ao mesmo tempo. Só pego pedaços do que estão dizendo: "temos direito a uma *Sperre*!", "ajude-me, meus filhos ainda estão em casa sozinhos!", "não me sinto bem, onde fica a enfermaria?", "não tive tempo de arrumar meus pertences!".

Consigo chegar ao lado da fileira de mesas, onde duas mulheres e um homem estão sentados atrás de máquinas de escrever.

– Seu registro foi concluído. Você pode continuar até o saguão, aqui à esquerda – diz um dos datilógrafos a um marido e uma esposa judeus. – Você pode entregar as chaves de sua casa lá.

– Prefiro ficar com as chaves da minha casa – diz o marido.

– Nós entendemos, mas infelizmente isso não é permitido. Não se preocupe, nós mantemos um bom controle de tudo em nossas listas, então quando voltar, pode vir buscar suas chaves.

O homem quer se opor, mas a esposa o arrasta.

– Poderia me dizer onde posso encontrar o Sr. Süskind? – pergunto, antes que ela atenda a próxima pessoa na fila.

– Você é do outro lado da rua, suponho? – a datilógrafa pergunta em um tom amigável.

– Sim, estou aqui para ajudar minha colega Mirjam.

– O Sr. Süskind provavelmente está na *cartotheque*. É a bilheteria à esquerda, que também é onde fica a ss.

A mulher me vê hesitar.

– Você pode também seguir até o auditório, que é onde sua colega está. Pegue as portas aqui à sua esquerda, depois passe pelo saguão e continue pelo corredor até chegar lá.

À medida que caminho pelo saguão, o fedor fica cada vez pior: um odor fétido de suor, excremento e comida podre. O burburinho de pessoas falando ao mesmo tempo faz meus ouvidos zumbirem. A iluminação fraca torna difícil distinguir as pessoas das sombras. Alguém agarra meu braço e eu pulo. É uma senhora idosa que me olha com os olhos cheios de medo.

– Irmã, eu não sei para onde ir. Onde está o palco?

A mulher deve ter acabado de entrar, porque ainda está de mochila.

– Venha comigo. Eu estou indo para lá.

O sino de abertura toca, como se houvesse um espetáculo prestes a começar.

– Esta é uma mensagem do Conselho Judaico – diz uma voz através do sistema de alto-falantes. – Vocês estão proibidos de receber cartas de fora, bem como de enviar cartas. Se desejarem entrar em contato com amigos ou familiares, podem ditar uma mensagem ao Conselho Judaico no saguão.

– Deixei uma carta sobre a mesa para minha família em casa – diz a mulher, agora segurando meu braço com as duas mãos.

— Assim é melhor. Tenho certeza de que seus filhos vão encontrar — digo, para confortá-la.

— Não tenho filhos — diz ela. — Nem marido. Os vizinhos me trouxeram.

Imediatamente sinto pena dela.

— Seus vizinhos denunciaram você?

— Ah, não, eles são maravilhosos. Fui convocada e fiquei com medo de vir sozinha. Então pedi que me trouxessem.

— Ah, entendo.

Nós paramos de andar para ter essa conversa. O guarda alemão na saída do saguão grita para continuarmos andando.

— Talvez seja melhor você andar atrás de mim.

— Sim, claro.

Ela solta meu braço e fica atrás de mim.

A multidão começa a se mover mais uma vez. Há um pouco mais de espaço no corredor, e vou direto para as grandes portas vaivém. Olho para trás, para ver se a mulher ainda está me seguindo, e tropeço na perna estendida de uma mãe que está no chão amamentando seu filho.

— Você não pode tomar mais cuidado? — grita ela.

NÚMEROS ÍMPARES, lê-se acima do auditório. Quando abro a porta pesada, mal reconheço o teatro que já teve fileiras de cadeiras dobráveis de veludo vermelho, camarotes dos dois lados e um grande palco com arco dourado, pesadas cortinas de veludo e belos cenários. O que vejo é uma espécie de chiqueiro humano. As cadeiras estão dispostas ao acaso, e há pessoas em pé, sentadas e deitadas por todo lado. As crianças correm por entre as pessoas no palco. Uma cacofonia de vozes enche o grande e alto salão. Uma mulher está gritando sem parar. As crianças estão chorando. Vozes de homens raivosos. Risos. Estou tentada a me virar imediatamente, mas não posso voltar agora. Já estou aqui, com os pés na lama. Além disso, a mulher segura meu braço de novo, como alguém se afogando agarra uma boia salva-vidas.

— Posso levar sua mochila? — ouço uma voz ao meu lado dizer. É o garoto de antes, com a barba por fazer: Joop. — Os bagageiros estão na parte de trás do palco.

— Hum... Sim, isso é necessário? Prefiro guardá-la comigo — diz a mulher, ansiosa.

— Eles deveriam ter lhe dito durante o registro que toda a bagagem é transportada pela central. Mas você pode ficar com sua bolsa.

– Ninguém me falou nada – diz a mulher. – Onde faço meu registro?

O garoto me olha como se eu fosse responsável pelo fato de essa mulher não ter se registrado.

– Acabei de conhecê-la aqui – digo. – Acho que deve ter passado direto pelo registro.

– Fiz algo de errado? – a mulher pergunta, apreensiva. – Não estou acostumada com isso...

– Ninguém está acostumado com isso – digo. Então me viro para o garoto novamente: – Se ela não se registrou, ainda poderia sair, certo?

Sua expressão facial não mostra o que ele de fato está pensando. Talvez seja um erro sugerir isso tão abertamente. Ele então se inclina para a mulher.

– Você tem alguém com quem possa ficar?

Assustada, a mulher olha para mim, depois para Joop e de volta para mim. Então, baixinho, mas ainda sendo possível escutar, diz:

– Trabalhei como contadora para uma empresa de móveis de escritório toda a minha vida. Meu antigo chefe disse que estava disposto a me ajudar. Mas eu não queria colocá-lo em apuros.

– Vá, por favor – digo. – A maioria das pessoas aqui não tem essa chance.

Vejo que minhas palavras têm efeito. O susto nos olhos da mulher abre caminho para a determinação.

– Mas então como eu saio daqui?

– Eu cuido disso – diz o garoto do Conselho. – Venha comigo.

Como um filho cuidando da mãe, ele a leva consigo.

Quando olho para o corredor novamente, vejo Mirjam andando no palco. Eu me dirijo até ela o mais rápido que posso.

– Mirjam!

– Onde está o fogo, irmã? – diz um homem, soprando a fumaça do charuto na minha cara.

Eu o ignoro e passo por um homem com uma perna só, uma senhora idosa falando sem sentido, um rabino rezando com um grupo de pessoas ao seu redor, dois adolescentes rindo, uma família se arrumando e uma garotinha chorando com o rosto cheio de lágrimas e ranho.

– Mamãe, mamãe, cocô...

Eu não posso ignorá-la.

– Onde está sua mãe? – Ela me responde com um olhar questionador. – Venha, deixe-me levá-la ao banheiro.

— Ali ao fundo do corredor à sua esquerda — diz um homem gentil. — Pode demorar um pouco, pois muitas vezes há uma grande fila.

— Teremos que descobrir por nós mesmas — digo à criança, que não deve ter mais de quatro anos. — E então vamos procurar a mamãe, certo?

Ela assente e enfia o polegar na boca.

O homem não estava brincando. Há uma fila de pelo menos quinze senhoras na frente do banheiro.

— Essa garota aqui poderia ir primeiro? — pergunto. — Ela não aguenta mais.

Ouço alguns resmungos abafados, mas felizmente as duas senhoras na frente se colocam de lado para abrir espaço. Há apenas dois banheiros, e o cheiro é insuportável. É como se urina velha, diarreia e vômito lutassem entre si para ver quem é o mais forte. Até a menina está segurando o nariz com a mãozinha. Abro a porta e testemunho as catástrofes pessoais que aconteceram ali. Até as paredes estão cobertas de fezes.

— Escute, querida, vou abaixar sua calcinha e depois te levantar e te segurar sobre a privada. Tudo bem?

Ela assente com uma carinha séria. Só quando eu levanto seu vestido e puxo sua meia-calça e sua calcinha que eu entendo o que esse olhar significava. Ela já se sujou.

Eu descarto a calcinha suja e devolvo a menina para sua mãe. Mas, é claro, agora Mirjam não está em lugar algum. Então vejo um homem de jaleco branco passar correndo. Eu vou atrás, enquanto ele sobe as escadas e abre uma porta que diz: ALA DE ENFERMAGEM — SOMENTE PESSOAL AUTORIZADO. Quando está prestes a fechar a porta atrás dele, eu o chamo.

— Doutor, posso...

O homem olha para mim.

— Você é...

— Professora da creche do outro lado da rua — digo rapidamente.

— Betty? Betty Oudkerk?

Só então o reconheço. É o doutor De Vries Robles, que costumava visitar nossa casa muitas vezes antes da guerra. Ou melhor, antes de papai morrer.

— Doutor De Vries Robles, como vai?

– Bem, considerando as circunstâncias... – Ele rapidamente olha ao redor. – Como está sua mãe?

– Teimosa como sempre – digo, sorrindo. Não estou com disposição para lhe dar uma resposta completa. – Tudo bem se eu lavar as mãos? Eu tive que lidar com um pequeno acidente.

– É claro – e, enquanto me leva pela enfermaria, ele começa a falar com uma voz animada. – Você pode dizer que é um milagre não termos tido um surto de febre tifoide ou disenteria aqui ainda. Embora eu não esteja tão certo sobre o último. Reclamei com Walter sobre isso porque algo tem de ser feito. Estão instalando alguns chuveiros agora, mas mesmo assim. – Ele aponta para uma pia. – É muito melhor para as crianças se elas puderem ficar com vocês de agora em diante. Eu realmente tiro o chapéu para Pimentel por ter arranjado isso!

– Vou falar para ela – digo, ensaboando as mãos.

– Por favor, fale! E também diga à sua mãe, e certamente também à sua avó, que eu mandei um "olá". – Ele ri. – Ela é uma figura.

Ele passa pela porta da enfermaria, onde vejo de relance as pessoas deitadas na cama. Pelo menos as janelas da frente permitem que a luz do dia entre no quarto.

Lá embaixo, passo pela cabine onde costumavam vender ingressos, mas que agora serve de escritório para os guardas da ss. Olho pela abertura semicircular, que alguns meses atrás ainda tinha um caixa vendendo ingressos para o espetáculo. Há um homem vestindo um terno de espinha de peixe com uma estrela amarela, sentado com os homens da ss. Só pode ser Walter Süskind. Com sua cabeça redonda e cabelo ruivo penteado para trás, ele se parece com qualquer outro alemão. Mas um judeu alemão? Acho difícil imaginar. Ele parece bastante à vontade entre os homens da ss, com uma perna cruzada de modo despreocupado sobre a outra, recostado confortavelmente e apoiando o pescoço com as mãos cruzadas.

– Faz sentido, os acordos devem ser mantidos – diz ele, em alto alemão. – Caso contrário, poderíamos muito bem não fazê-los.

O homem de costas para mim está enchendo os copos na mesa baixa.

– Vou passar, Ferdinand. Caso contrário, posso não manter tudo sob controle aqui – diz Süskind. Uma observação que, mais uma vez, provoca comentários jocosos.

– Temos que despachá-los vivos – diz um deles.

– Mas seria um pouco mais fácil empilhá-los – diz o homem chamado Ferdinand.

Quem é esse Süskind, me pergunto? Que tipo de judeu fica rindo com os alemães?

De repente, ele dirige sua atenção para mim.

– Ei, irmã, entre – diz ele em alemão.

Eu estava pronta para ir embora. A contragosto, abro a porta da bilheteria e entro em uma sala que cheira a fumaça de cigarro e desinfetante.

– Bom dia, cavalheiros – me forço a dizer. – Você deve ser o Sr. Süskind.

– Inteiramente correto.

– E você não está curiosa para saber quem somos? – diz uma voz atrás de mim.

Eu me viro e olho para o rosto estreito do homem chamado Ferdinand. Ele me olha com um sorriso torto. Eu o reconheço como o figurão que vi pela primeira vez neste verão quando saiu de seu Mercedes. O homem da ss cujo nome é falado em voz baixa entre as meninas do berçário.

– Hauptsturmführer Aus der Fünten, certo?

– Correto. Prazer em conhecê-la, irmã.

– Elisabeth Oudkerk, prazer em conhecê-lo.

Eu dou um pequeno aceno e dobro meus joelhos um pouco.

– Ora, ora, uma judia bem-criada – diz ele zombeteiramente. – Isso merece aplausos.

Ele começa a bater palmas, e o restante começa a bater palmas junto com ele. Eu mantenho os olhos baixos e me preparo para o que vem a seguir.

– Você queria alguma coisa? – pergunta Süskind.

– Estou procurando minha colega, Mirjam.

– Mirjam geralmente fica ao lado do palco, onde fez uma espécie de área de recreação para os pequenos – diz Süskind.

– As crianças brincam enquanto nós coçamos o saco – o comandante--chefe ri.

– Estamos fazendo um inventário do número de crianças para que possamos levá-las para a creche amanhã – digo.

– Então é melhor você dar uma olhada na *cartotheque* – diz Aus der Fünten. – Estão todas lá.

Süskind se levanta.

– Venha comigo, Betty. Eu vou te mostrar.

Ele me conduz pela porta. Fora do escritório, é imediatamente abordado por pessoas.

– Sr. Süskind, ajude-me. Por favor.

– Você pode registrar seus pedidos no saguão – diz ele, com gentileza.

– Você tem sorte – Süskind me diz. – Aus der Fünten normalmente não é tão tolerante.

Ele me conduz para o outro lado do saguão, onde há uma bilheteria idêntica. Três secretárias judias estão trabalhando em uma mesa, monitoradas por um homem da ss gordo e desleixado. Süskind os cumprimenta gentilmente, ao que o homem da ss tenta ficar em posição de sentido tão rápido que perde o equilíbrio e cai para trás em sua cadeira. As secretárias riem, cobrindo a boca com a mão. Süskind me diz que tenho permissão de Aus der Fünten para ver as listas e abre um armário. Me mostra os índices dos cartões e explica como as crianças são registradas.

– Mirjam esteve ocupada a manhã toda, mas é mais fácil contar no papel – diz ele. – Então diga a ela o número correto depois. Pelo menos você saberá com certeza que contou todos. Aqui.

Ele me entrega uma caneta e papel.

Mirjam está nos bastidores, onde conversa com um grupo de mães e filhos.

– É mais tranquilo na creche para as crianças, mesmo que seja difícil ficar sem vocês no começo – diz ela, visivelmente lutando para levantar a voz acima do barulho.

– É obrigatório ou também posso manter meu filho comigo? – pergunta uma mãe com uma criança no colo.

– Eles tornaram isso obrigatório. A menos que seu filho esteja doente ou tenha algum tipo de enfermidade.

– Maravilhoso – outra mãe exclama, com ironia. – Primeiro eles levam nossas casas, depois nossas bagagens e agora nossos filhos.

– Nós não vamos tirar seus filhos de vocês, eu prometo – diz Mirjam. A maneira como está sentada ali, com os olhos ampliados por óculos grossos e a mão direita no peito, faria até o maior cínico acreditar nela. – Se não tiver mais perguntas, vejo todos vocês amanhã.

Só então Mirjam me vê. Ela se levanta e caminha em minha direção.

– É impossível. – Ela suspira. – Ainda não contabilizei tudo.

A voz soa pelos alto-falantes novamente, como uma espécie de deus.

– Há uma entrega para S. Levi que deve ser retirada no saguão. Há uma *Sperre* disponível para a família Weil. – Aplausos de várias pessoas no salão. – A partir de agora, o almoço não será mais fornecido pela Instituição Judaica de Cuidados aos Inválidos, mas pelo Café de Paris, e pode ser retirado por uma pequena taxa no saguão do andar de cima. Por favor, certifique-se de fazê-lo de forma ordenada, ou então teremos que tomar medidas. Obrigado e aproveitem sua refeição.

Sigo Mirjam, que já parece conhecer muito bem o lugar.

– Posso mostrar o lugar para você.

– Acho que já vi tudo – digo.

– Bem, tenho certeza de que você não esteve lá embaixo – diz ela, me dando um olhar de cumplicidade. – É para lá que estão mandando os rebeldes, que são enviados imediatamente para o leste. Eles não podem nem mesmo sair para tomar ar fresco ou… você sabe. E depois há o armário de adereços e o espaço abaixo do palco. Já tive que puxar crianças brincando de esconde-esconde de lá em inúmeras ocasiões. – Ela aperta o nariz e continua: – A única vantagem é que é tão imundo que você também não verá ninguém da SS ou SD lá.

– Pisque contra a luz! – ela avisa antes de sairmos pela porta.

No pequeno pátio, a luz do sol forte realmente machuca meus olhos.

– Nenhum raio de luz entra no teatro – diz Mirjam. – Aqueles que nunca têm permissão para sair, em poucos dias já não sabem se é dia ou noite.

– Eles não apagam a luz à noite?

– Não, senão os guardas não podem ficar de olho nas coisas. As pessoas estão reclamando que não conseguem dormir por causa disso.

Ela tira um maço de cigarros da saia e o segura na minha frente.

– Agora não, obrigado.

Não estou acostumada a fumar e, para ser sincera, nem gosto, mas não quero admitir isso. Mirjam tira um cigarro do maço e coloca-o entre os lábios. Ela pede fogo a outro fumante que está ali parado. Percebo que está nervosa, como se sua disposição não estivesse à altura deste lugar, embora sempre pareça calma e composta como chefe da seção de bebês.

– Quantos guardas há realmente neste lugar?

Mirjam dá de ombros.

– Muitos. Quinze, talvez vinte. É o braço holandês do SD que ajuda aqui durante o dia. À tarde e à noite, é apenas a SS que guarda o local. – Ela acena com a fumaça para longe e se inclina em minha direção. – Eles são mais agradáveis quando estão bêbados. Mas se estiverem muito bêbados, e não apenas embriagados, então é melhor sair daqui se você for mulher.

– E esse Süskind... não é um colaborador judeu?

– Parece, não é?

É a primeira vez que uma sugestão de sorriso aparece no rosto sempre sério de Mirjam.

Eu dou de ombros.

– Pode ser, certo?

– O jogo principal aqui é navegar entre o que se espera de você e o que você pode fazer e passar despercebido.

Eu tento memorizar sua frase para refletir mais tarde e entender o que isso significa.

– Copiei os nomes das crianças da *cartotheque*.

Abro a folha de papel, na qual listei 71 nomes de crianças com 27 nomes de família diferentes.

Mirjam puxa a folha.

– Como pode ser? Já contei 75, e desconfio que nem são todos.

– Seja como for, não estão todos registrados.

– Vou consultar o Sr. Süskind sobre o que devemos fazer – diz Mirjam.

Novamente, há um som crepitante de um alto-falante. Espero ouvir outro anúncio, mas uma música começa a tocar. O som do gramofone vem de uma janela aberta de uma das casas vizinhas. "*Wenn du jung bist, gehört dir die Welt*", diz a conhecida canção alemã. As pessoas no pátio começam a balançar enquanto olham para cima, como se o próprio Joseph Schmidt estivesse lá em cima cantando da janela. Mirjam e eu paramos de conversar e ouvimos a música alegre: "*Vamos curtir nossas vidas. As preocupações são para quando formos velhos... Vamos dançar e cantar, agora ainda somos jovens...*". Como essas palavras são amargas neste lugar, neste momento. Mas talvez por isso são principalmente os jovens que cantam em voz alta. Para que se ouça que isso vale para nós também. Que também temos o direito de ser jovens. Não olho para Mirjam e prefiro voltar para a creche.

– Vamos? – digo quando o som diminui.

Mirjam apaga o cigarro contra a parede e enfia uma mecha solta de cabelo sob o turbante.

– Estou fazendo uma última rodada.

A porta está bloqueada por uma cadeira de rodas sendo empurrada para fora. A garota sentada nela está usando as mãos para proteger os olhos.

– Pronto, um pouco de sol vai te fazer bem.

Eu conheço essa voz. É Leo. Será que ele trabalha aqui agora? Antes que eu possa pensar em uma boa frase inicial, ele me vê.

– Betty, que coincidência!

– Bem... A creche fica do outro lado da rua – digo.

– É verdade. – Ele ri.

– Hum... Sim. Essa é Mirjam. Talvez vocês dois já se conheçam.

– Quem não conhece o Leo? – diz Mirjam, inexpressiva.

Leo solta uma risada ruidosa.

– Não é tão ruim assim.

Leo é conhecido por ser um paquerador? Ou a própria Mirjam saiu com ele? É difícil de imaginar.

Um sino estridente toca. O guarda entra em ação.

– O tempo acabou. Todos façam fila dupla.

– Vamos nos ver de novo? – Leo sussurra de passagem.

– Quem sabe – digo com altivez. Mas realmente estou pensando: *dane-se*. Primeiro ele não fala comigo por dois meses, e agora quer me encontrar novamente. Sem chance.

Capítulo 15

QUARTA-FEIRA, 7 DE OUTUBRO DE 1942

O grande salão de dança, no que costumava ser a sinagoga, foi transformado em sala de jogos e dormitório para crianças de seis a doze anos. As camas foram colocadas o mais próximas possível para deixar espaço para as crianças brincarem. Um dormitório para os pequenos de dois anos e meio a cinco anos foi feito nos fundos. Os mais novos dormem na sala dos bebês, no andar de baixo. No porão, ao lado da lavanderia, foi aberto um espaço para quando as crianças precisarem descansar um pouco ou não se sentirem bem. A grande sala dos fundos no térreo foi transformada em uma grande sala de jantar, onde alimentaremos as crianças em turnos. Como antes, todos as professoras regulares da creche vêm durante o dia. Apenas Mirjam, Sieny e eu moramos aqui.

Nós três atravessamos a rua para o teatro, que agora tem um guarda diferente na frente da porta. Sua postura é ainda menos formal que a de seu antecessor. Ele está encostado no prédio, as pernas cruzadas, um cigarro no canto da boca e o chapéu inclinado para a frente, o que, imagino, torna difícil ver muita coisa, quanto mais tomar conta de algo. Ele acena antes mesmo de pedirmos permissão para entrar. Está menos ocupado do que ontem. O barulho de vozes ressoando todas juntas diminuiu um pouco também. Ou é assim que me parece, agora que superei o choque inicial?

– Espere um segundo – diz Mirjam.

Ela vai até a bilheteria à esquerda. O rosto de Süskind aparece atrás do vidro, e ele lhe entrega uma folha de papel dobrada ao meio.

– Esta é a lista definitiva. Boa sorte, senhoras.

Há um homem SD bloqueando nosso caminho quando queremos continuar para o foyer.

– Espere, irmã, quem está doente aqui?

Ele é holandês.

– Ninguém. Estamos vindo buscar as crianças – digo.

– Por ordem de seu superior – acrescenta Sieny.

– Outra enfermeira novata – diz o homem do SD, fingindo surpresa. – Acho que vou ter que me deitar agora para que você possa me fazer um exame...

Seu colega do outro lado da entrada acha isso tão engraçado que solta uma gargalhada ruidosa, revelando sua garganta.

– Pare de enrolar, vá em frente! – late um SS alemão, que aparentemente não compartilha o senso de humor de seus colegas holandeses.

Há principalmente mulheres com crianças e bebês no saguão agora, que ainda ontem estava lotado de homens querendo defender suas causas.

– Crianças, por favor, façam fila em pares ou trios e fiquem ao lado de seus irmãos ou irmãs – diz Mirjam com firmeza. – Vocês podem nos entregar seus bebês ou crianças pequenas, ou podem vir rapidamente conosco para o outro lado da rua.

– Posso ir também? – pergunta uma mulher ao meu lado. Uma criança está agarrando sua perna, chorando muito. – Acabamos de chegar...

– Receio que isso não seja possível – digo. – Mas não se preocupe. Nós cuidaremos muito bem dele.

Eu me agacho para poder olhar o garoto diretamente nos olhos.

– Oi, eu sou a irmã Betty. Qual o seu nome? – mas a criança não tem intenção de responder. – Você pode vir conosco?

O menino balança a cabeça, com teimosia. Quando tento tirá-lo da mãe, ele começa a berrar.

– Silêncio! – os guardas alemães rosnam.

Mas, em vez de se acalmar, ele se junta a outras crianças chorando a plenos pulmões. Sieny e eu nos olhamos. Como diabos vamos administrar isso?

– Apenas pegue as meninas – diz a mãe, tirando seu filho dos meus braços.

– E qual é o seu nome? – pergunto para a garotinha segurando minha mão.

Do canto do olho, vejo Sieny pegando um bebê, que não pode ter mais do que algumas semanas, de sua mãe perturbada.

– Olha, lá está Betty! – diz uma voz atrás de mim.

Eu me viro e reconheço Loutje, um menino que conheço desde que comecei a trabalhar na creche. O garoto de cabelos escuros normalmente tem um rosto travesso, e seus olhos se fixam em mim no instante em que ele percebe quem sou.

– Você vem com Betty, não vem?

O garoto acena com a cabeça e pega minha mão livre.

O bando de crianças começa a se mover devagar, ainda soluçando incansavelmente. Quando atravessamos a rua, há uma menina de uns quinze anos que reconhece Loutje.

– Ei, Lou, garotão! Vejo você em breve em casa, certo?

– Ela é sua amiga?

– É minha irmã – diz Loutje.

Me pergunto por que ela não está usando uma Estrela de Davi se ela é irmã dele. O mistério é resolvido logo:

– Anna não precisa ir porque tem uma mãe diferente – diz o menino. – A mãe é católica, assim como nosso pai.

Temos que ir e voltar três vezes para levar todas as crianças para o outro lado. Percebo o cheiro de urina quente vindo de todos os pequeninos que se molharam de susto. Vejo os rostos contorcidos de dor das crianças mais velhas: entendem que precisam permanecer fortes para não aumentar a tragédia.

– Shh, *Miem*, vamos nos ver de novo quando formos transportados – uma menina diz à mãe, que está fora de si.

– Vou ficar bem, pai. Eu prometo – ouço outra criança dizer.

Assim como:

– Por favor, mãe, pare de chorar. Vou rezar todos os dias.

Várias crianças estão tão perturbadas que é impossível convencê-las a irem. Quando o barulho quase faz nossos tímpanos estourarem, Süskind e sua simpática secretária vêm em nosso auxílio. Ele diz que teremos que deixar os "casos difíceis" com as mães. Lidaremos com isso amanhã. Tenho vontade de dizer a ele que todas as crianças são casos difíceis porque estão sendo separadas de suas mães e precisam se juntar a mulheres que nunca viram antes, em uma situação já ameaçadora. Mas mantenho a boca fechada.

Felizmente, muitas colegas estão prontas para pegar as crianças conosco quando atravessamos a rua. Pimentel disse que devemos manter as rotinas habituais. Então, primeiro, elas são verificadas quanto a piolhos e recebem uma bolsa para guardar seus pertences. Os mais novos recebem aventais do berçário e um punhado de passas como recompensa, antes de serem levados para os quartos que lhe foram designados.

Capítulo 16

SEXTA-FEIRA, 9 DE OUTUBRO DE 1942

O número de educadoras de infância está aumentando, e são principalmente jovens judias alemãs que, do contrário, seriam as primeiras a serem colocadas num transporte e, desta forma, têm direito a uma Sperre. *Todos os dias, Pimentel vê mães passarem em seu escritório com suas filhas de quinze ou dezesseis anos. Elas imploram para que ela dê um emprego às filhas.*

As mãos extras tornam nosso trabalho um pouco mais leve, mas também é difícil, porque as meninas ainda são crianças. Além disso, as cuidadoras falam cada vez mais alemão entre si, algo que as educadoras holandesas não apreciam, resultando em tensões crescentes. Às vezes também surgem problemas entre alunas que tiveram uma educação decente e aquelas de famílias menos abastadas.

– Enfie seus dedinhos sujos no nariz mais uma vez, e eu vou cortá-los! – diz uma nova professora de berçário com seu jeito bruto.

Vejo Pimentel ficar vermelha.

– Não é assim que falamos aqui.

Troco olhares com Sieny. Mal conseguimos conter o riso.

– Os nomes de todas as cuidadoras estagiárias que precisam obter aulas extras de boas maneiras estarão no quadro de avisos esta tarde.

Isso é tão típico de Pimentel. Ela identifica um problema e apresenta de imediato uma solução prática. Felizmente, não sou parte da solução desta vez. Agora que estamos morando aqui, Pimentel nos agrupa com a equipe sênior, o que é maravilhoso. Sieny também está crescendo em seu papel a cada dia.

Pimentel se vira para nós.

– Senhoras, quem de vocês pode numerar as camas e fazer um esquema de qual criança está em qual cama?

Me voluntario antes mesmo que Sieny possa reagir.

– Eu faço isso!

– Ótimo, quero que termine antes do meio-dia.

Quando ela sai, Sieny me dá um olhar e balança a cabeça.

– Sempre super zelosa.

– Ah, você queria fazer? – pergunto, fingindo inocência.

– Não, não seja boba – diz ela, descartando a sugestão. – Já tenho o suficiente em minhas mãos.

E então vai embora, rindo.

Mas eu senti que ela estava me provocando.

Eu amo escrituração. Eu gostava de ajudar meu pai a acompanhar nosso estoque e fazer novos pedidos. Talvez seja por causa dessa experiência que eu saiba identificar tão bem quando algo não bate. As crianças a mais que descobrimos no teatro de repente não estão mais lá. Um ou dois nomes que tinha visto antes nas listas desapareceram. Está claro que algo está acontecendo, que estão escondendo de nós. Mas não faço perguntas, por mais curiosa que seja.

Em breve, aprendo por que é tão importante saber qual criança está em qual cama. É porque estamos recebendo os nomes das crianças que serão colocadas no transporte esta noite. Cerca de um terço das que apanhamos anteontem terão de partir já hoje com os pais. Me pergunto qual foi a utilidade dessa separação dramática, se estão todos indo no mesmo trem hoje. Mas também não faço perguntas sobre isso.

Mirjam entra e olha por cima do meu ombro para ver o que estou fazendo.

– Está conseguindo administrar?

Eu me pergunto se posso confiar nela com minhas dúvidas, mas decido não dizer nada.

– Ah, claro, está indo tudo bem.
– Eu tinha que te dar isto. – Ela coloca um bilhete dobrado na mesa à minha frente. – Boa sorte – diz misteriosamente, e então sai de novo.
Desdobro o bilhete e leio:

Oi, Betty!
Que bom ver você no outro dia.
Quer dar um passeio comigo de novo?
Com amor, Leo.

Leio mais uma vez. Por que primeiro ele me ignora por meses a fio, apenas para começar a me perseguir novamente em seguida? Algo mudou nesse meio-tempo? Parece um pouco evasivo. Minha mãe sempre diz: "Os homens logo se saciam quando podem comer o que quiserem". Bem, deixe-o passar fome então! Eu amasso o pedaço de papel e o jogo no lixo.

Às dez horas da noite, Sieny e eu acordamos as crianças do nosso dormitório.
– Venha, se levante. Mas fique quieto. Você pode ir ver seus pais.
Essa última frase em particular funciona como mágica, e em poucos minutos estão ao lado de suas camas de acampamento com seus bichos de pelúcia, escovas de dentes, livros e roupas extras em suas mochilas.
Isto é, até acordar um menino cuja reação é bem diferente da das outras crianças.
– Você encontrou mamãe e papai? – ele pergunta, olhando para mim com olhos arregalados.
Imediatamente percebo que cometi um erro. Este menino de cerca de dez anos com um rosto pálido não disse nada o dia todo. Só agora me lembro que esteve escondido, separado dos pais, e foi traído pelos vizinhos. Os pais do menino estão escondidos em outro lugar e provavelmente nem saibam que seu filho está aqui. Ele não vai ver os pais de novo.
O menino rapidamente se veste, enquanto continua a fazer perguntas.
– E mamãe, sabe que estou aqui? Para onde estamos indo? É seguro lá? Posso ficar com mamãe e papai o tempo todo agora?
Não sei como dizer que cometi um erro e que ele terá que ser transportado sozinho.

As crianças estão sentadas à mesa comendo uma tigela de mingau quentinho para, pelo menos, não estarem com fome quando entrarem no trem, quando vejo Pimentel andando pelo corredor e me aproximo rapidamente. Conto a ela sobre o meu erro.

– Você já deveria saber. Está listado bem ao lado do nome com que família no teatro cada um está – diz ela, irritada. – Já solicitei que o colocassem junto com alguém para acompanhá-lo em sua jornada. Apenas se apresse, não há muito tempo.

Estou prestes a sair, mas então penso em algo.

– Por que uma criança de dez anos deveria ir para Westerbork sozinha? Qual é o sentido disso?

– O sentido? – Ela me dá um olhar ainda mais agitado. – Alguém foi capaz de explicar o sentido de toda esta situação para você? Não? Eu também não, então não faça mais perguntas estúpidas e faça seu trabalho.

Está escuro como breu lá fora. Sieny e eu colocamos as crianças em fila dupla na calçada em frente à creche. Mirjam, que vestiu e trocou os bebês, espera lá dentro com eles para entregá-los às mães no último momento. As ruas estão vazias por causa do toque de recolher. A falta de iluminação pública significa que teremos que nos contentar com o luar. Apenas os contornos das janelas não totalmente escurecidas são visíveis. Pimentel nos instruiu a esperar até recebermos um sinal para atravessar a rua e reunir as crianças com seus pais. O grupo de 32 crianças que espera aqui está surpreendentemente quieto. Como se estivessem prendendo a respiração para ver seus pais de novo. Duas luzes, movendo-se independentemente uma da outra, estão vindo em nossa direção. São os rapazes do Conselho Judaico andando de bicicleta.

– Vamos escoltá-los pela rua – diz um deles.

– Mas devemos esperar as instruções da diretora – ouço Sieny dizer. – Então só iremos quando ela estiver aqui.

Eles vão para o teatro. Nuvens obscurecem uma lua crescente e uma rajada de vento congelante atinge nossos rostos. O som dos cascos dos cavalos ao longe. Uma garota atrás de mim começa a soluçar.

De repente, os faróis de um pequeno caminhão estacionado em frente ao cinema se acendem. Ele avança um pouco e agora temos uma visão clara da entrada do teatro. Há uma luz atrás da porta giratória. Uma lanterna sendo balançada para a frente e para trás vem em nossa direção. É Pimentel.

– Vocês podem ir quando todos os pais estiverem do lado de fora. É importante que as crianças permaneçam calmas. Não queremos pânico.

De repente, vejo algo se mover. Silhuetas escuras saem pela porta giratória. Como um moedor de carne produzindo salsichas, a porta continua cuspindo pessoas. Um murmúrio crescente. Lanternas apontando o caminho. Ordens alemãs.

– Formem um grupo!

– Parem no portão!

– Sem conversa!

O caminhão dá meia-volta e joga a luz dos faróis nas pessoas que esperavam. Um par de policiais montados projeta longas sombras na rua, enquanto dois bondes com um número nove iluminado na frente se aproximavam.

Podemos então deixar as crianças se juntarem aos pais. Apesar das ordens da ss para ficarem quietos, essa movimentação é acompanhada de muitos gemidos e choros, tanto dos pais quanto das crianças. Um alemão grita que, se eles não se calarem, ele fará com que ninguém diga mais nada. O som diminui, mas uma criança continua choramingando.

– Cale-se! – uma mãe sussurra para o filho e lhe dá um tapa na orelha.

Mirjam vem para a fila com dois bebês em um carrinho. Ela chama seus nomes, então entrega as crianças para suas mães. Volto para o berçário com ela para pegar mais dois bebês. Segurando um bebê enrolado em um cueiro, volto para o teatro.

– A mãe de Lena Papegaai?

Uma mulher alta e magra levanta a mão. Entrego a garota e estou prestes a ir embora quando a mulher, em pânico, exclama:

– Este bebê não é a minha filha.

Percebo que misturamos os bebês por acidente: dei o menino a ela. Rapidamente me aproximo de Mirjam:

– Para quem você deu o outro bebê? – Mirjam aponta para uma mãe que colocou o bebê em um carregador.

– Por quê?

– Nada.

Eu ando até a mãe com o bebê em meus braços.

– Desculpe, mas eu lhe dei uma garota por acidente. Aqui está seu filho.

A mulher fica pálida, olhando para a criança em seu carrinho e a criança em meus braços.

– Pelo amor de Deus, como você é incrivelmente estúpida! – ela sibila, provavelmente envergonhada por não ter percebido a confusão.

– Sim, sou – digo, sentindo-me culpada. – Graças a Deus temos pessoas que estão prestando atenção. – Entrego-lhe o menino e, em seguida, pego a menina do berço. – Tudo bem então, vamos encontrar sua mãe agora.

Dou um aceno rápido para a mãe. Ela está segurando o filho com um olhar que diz: *ninguém nunca mais vai tirar ele de mim*.

E se a mãe da menina não estivesse tão alerta? Elas poderiam ter descoberto só amanhã que a criança não era delas. Quem sabe se teriam seus próprios filhos de volta? Posso parecer uma professora de creche certificada, mas não sou menos propensa a cometer erros graves.

Os rapazes do Conselho estão levando toda a bagagem para o carro de transporte. Um abajur cai na rua. As vozes abafadas ficam em silêncio por um segundo. Então, um homem baixo e corcunda se afasta do grupo.

– Pare, fique onde está!

Um policial montado bloqueia seu caminho. Mas o homem apenas anda em volta dele e continua, sem se intimidar. O oficial saca o revólver.

– Pare ou eu atiro!

O homem nem olha ao redor e continua andando, curvando-se para a frente. Dois tiros soam. As pessoas que esperam na fila suspiram de horror. O homem faz uma espécie de queda livre na calçada e depois fica imóvel.

– Eu o avisei – diz o oficial holandês, em defesa própria.

Olho para a pilha disforme na calçada e tenho a estranha sensação de que nada disso é real. Que é uma cena de um filme ou uma peça, e que o ator que interpreta o homem corcunda vai se levantar a qualquer momento e fazer uma reverência.

Uma voz baixa em alemão ressoa em um megafone:

– Mais uma tentativa de fuga como essa e todos vocês serão colocados contra a parede!

Eu aperto minha mão. Isso é definitivamente real. Preciso ficar calma, fazer o que me mandam e suprimir quaisquer outros impulsos.

– Estamos abrindo os bondes. Entrem todos rapidamente e se sentem – ordena alguém pelo megafone.

As pessoas correm em direção ao estribo e se espremem como se fosse um jogo de cadeiras musicais. Eu ajudo uma mãe nervosamente trêmula a colocar seu bebê no carregador. Pego um cobertor que escorregou de um ombro e coloco de volta na avó. Acaricio a cabeça de uma garota e prometo que vamos cantar juntas novamente quando ela voltar. Um dos últimos passageiros a embarcar no bonde é o menino que parte sem os pais e está segurando a mão de uma mulher desconhecida. Quando meus olhos encontram seu olhar assustado, olho para o outro lado.

Em dez minutos, os carros lotam com mais de duzentas pessoas. O bonde parte tão ameaçadoramente quanto veio, mas agora cheio de judeus, deslizando lentamente ao longo dos trilhos brilhantes, como uma lagarta gigante. O caminhão cheio de todos os seus pertences começa a se mover também. Por fim, os cavalos trotam violentamente atrás da procissão.

– Todos de volta aos seus postos! – ordenam os alemães.

O guincho do bonde, o barulho dos cascos dos cavalos, o zumbido dos motores, as ordens dos homens da ss, tudo se esvai lentamente até o silêncio completo. Finalmente, uma rajada de vento afasta quaisquer vestígios remanescentes do que aconteceu aqui. Além do homem sem vida, que jaz largado na calçada, nada resta do que acabou de se passar. Olho para Sieny, que também está olhando para o homem.

– O que vai acontecer com... – eu aponto para o homem.

– Eles virão buscá-lo em um instante, eu acho – sussurra ela.

Eu a vejo murmurar suavemente uma oração.

Me pergunto se devo fazer o mesmo, mas então ouço a voz de Mirjam atrás de nós.

– Vocês vão entrar também? – ela pergunta, secamente.

Prendo meu braço no de Sieny, e juntas voltamos para dentro da creche.

Capítulo 17

SEXTA-FEIRA, 6 DE NOVEMBRO DE 1942

"Primazia do Ideal Germânico", *lê-se na manchete do periódico* De Waag. *"O império em expansão – que é mais do que uma concepção política e que será a personificação de uma filosofia de vida – este Império não apenas oferece todas as possibilidades para tal desenvolvimento, mas precisa disso para sua existência. Desde que, acima de tudo, a irmandade de sangue germânico seja reconhecida como condição para a vida individual de todos." A primeira página da* Gazeta Judaica *anuncia cursos de artesanato para pessoas que queiram aprender modelagem em argila, desenho ou marcenaria. Outro artigo recomenda três agências de tradução diferentes para pessoas que desejam enviar cartas para aqueles que estão trabalhando na Alemanha.*

As coisas se acalmaram um pouco na creche na semana passada porque menos pessoas estão sendo levadas ao teatro. Será que o pior já passou? De qualquer forma, a calma me dá a oportunidade de tirar um dia de folga. É meu primeiro dia de folga desde que me tornei residente, e acordei cedo para caminhar até a casa da minha família. Ontem à noite, assei um bolo feito de sêmola e migalhas de pão. Sei que não sou a melhor cozinheira do mundo, mas copiei a receita da Mirjam, que a fez algumas vezes quando era aniversário de alguém, e posso dizer que deu muito certo. Estava tão ansiosa para visitar minha casa que mal dormi. Nol e Jetty também disseram que viriam para o chá, e Leni também pediu a manhã de folga. Parecem férias, depois de todos aqueles dias e noites que se confundiam. Quando quase toda semana via a deportação de crianças que eu tinha acabado de conhecer. Semanas dormindo sempre que podia, mas com um alerta nas veias para sair da cama e entrar em ação a qualquer momento.

Enrolo a assadeira com o bolo em uma toalha de chá e coloco meu casaco de inverno. O clima é cinzento e outonal.

– Ei, senhora, o que você tem aí?

Há um homem pedalando ao meu lado que instantaneamente me lembra meu pai. A mesma cabeça calva, as bochechas franzidas, os grandes olhos escuros.

Ele é um policial à paisana, ou o que quer de mim?

– Isto é um bolo, senhor.

Eu mantenho um ritmo constante.

– Eu amo bolo – arrulha ele.

– Desculpe, senhor, este é para outra pessoa.

– É mesmo? Para quem? Certamente ele não é tão legal quanto eu, é?

– Obviamente, gosto mais do meu pai do que de você, senhor.

Não tenho ideia por que eu disse que o bolo é para o meu pai.

– Posso vir e me apresentar ao seu pai, então você e eu podemos continuar expandindo a família logo depois.

Sua risada me dá calafrios.

– Meu pai não gostaria que eu voltasse para casa com alguém mais velho que ele.

O homem imediatamente percebe que o estou insultando.

– Você devia ficar feliz se um holandês não achar que é bom demais para você, putinha. Eu devia lhe dar uma boa surra.

– Você sabe que pode ser processado por tocar em uma garota judia?

Lanço um olhar altivo, esperando que ele vá embora agora. Mas, em vez de andar de bicicleta, ele bloqueia meu caminho.

– É por isso que todo mundo odeia vocês. É porque vocês são um bando de arrogantes. – Ele me agarra pelo pulso. – Eu poderia denunciá-la em um segundo, sua judia imunda! Posso garantir que seja colocada em um trem amanhã. Ou pode vir comigo agora.

A súbita percepção de que estou presa me faz congelar de medo. Posso dizer pelo olhar vazio do idiota que ele está falando sério.

– Desculpe... Deixe-me ir.

– Você gostaria disso, não gostaria? Venha aqui!

Segurando-me pelo pulso, ele começa a me puxar. O homem é completamente louco. Preciso ir embora antes que ele me arraste para sua casa. Além de alguns pedestres e ciclistas, as ruas estão vazias. Quem virá me ajudar se eu começar a gritar? *Fique calma, não mostre a ele que está com medo. Pense.*

– Senhor, pode até me levar com você, mas então nós dois estaremos em apuros – eu blefo.

O homem olha para mim, sem entender.

– Como assim?

– Você, porque é crime estuprar uma judia, e eu porque já tenho feridas dolorosas lá embaixo. O médico disse que é melhor não... porque é transmissível...

O rosto do homem, castigado pelo tempo, fica branco por alguns segundos enquanto prendo a respiração. Então produz um sorriso, abrindo os lábios e mostrando um conjunto de dentes podres. Através das lacunas escuras, ele sussurra:

– Sei o que você está fazendo, sua puta imunda.

Ele então derruba o bolo das minhas mãos e parte na bicicleta. Vejo a assadeira cair de debaixo da toalha de chá. Só quando a assadeira para de rolar é que me atrevo a me mover novamente. Pego a bandeja na rua, com as mãos trêmulas. Mordo o lábio quase a ponto de sangrar, só para não aparecer em minha casa com o rosto manchado de lágrimas. Mantenho um ritmo acelerado, percebendo que tudo isso poderia ter dado terrivelmente errado se eu não tivesse aprendido o que são doenças venéreas durante meu treinamento médico.

Ainda tremendo com o incidente, chego enfim a Van Woustraat, onde a Sra. Overvliet, nossa vizinha, acaba de sair da loja de Koot. Percebo que sua aparência ficou mais arrumada nos últimos anos: o cabelo enrolado e penteado, um casaco de lã sob medida, saltos elegantes. Espero que ela não me veja.

– Oi, Betty, que ótimo vê-la aqui na nossa rua novamente – diz a Sra. Overvliet. – Como está sendo a vida de enfermeira?

– Professora de creche. Bem, é ótima.

– Você sempre amou crianças – diz ela, sorrindo para mim. – Lembra quando veio até nossa casa com seu carrinho de boneca?

Eu me lembro muito bem. Visitava o marido e a esposa sem filhos principalmente porque sempre me davam chocolate.

– Levei um susto enorme quando você trouxe um bebê de verdade no carrinho.

– Japie costumava ser minha boneca grande – digo.

Ela se aproxima de mim.

– Aquela loja da Koot não é o que costumava ser – sussurra ela, em tom de conspiração. – Nada que valha o seu dinheiro, e o serviço é terrível. Não, é uma vergonha absurda vocês terem saído.

– Não poderia concordar mais – digo, com a voz fraca.

– Ah, bem, eu não vou mais lá. Estamos nos mudando para Weesperzijde na próxima semana. Número 87.

Fico imediatamente alarmada. Até agora, ela e o marido serviam como um escudo contra o SD.

– Isso é muito ruim... – sussurro.

Então, tão baixinho que mal consigo entender, ela diz:

– Betty, se precisar de alguma coisa de nós, agora sabe nosso endereço, certo?

– Cozinhar não é o seu maior talento, é? – Leni brinca quando me vê retirar o bolo amassado da assadeira e tentar recolocá-lo de volta à sua forma original.

– Apenas espere até provar.

Sirvo minha criação nos pratos de porcelana floral que vovó trouxe de Paris quando ficou lá um mês. Isso foi antes de ela se mudar para nossa casa, e quando Engel ainda era uma empregada de verdade, e não parte da mobília.

Eu corto e divido o bolo, e estou prestes a me sentar quando Japie entra.

– Na hora certa. Bolo? – confirma ele.

– Onde você esteve? – vovó pergunta em tom severo.

Japie dá de ombros.

– Com Jur.

Estou surpresa com sua voz grossa.

– Ora, a voz de alguém está mudando.

– Sim, você consegue escutar? – meu irmão zomba.

– Você não sabe, mas nosso irmãozinho está se tornando um homem – diz Nol, provocando-o.

– Japie está se transformando em um grande Jaap – Leni entra na conversa.

– Um jovem Jaap robusto – digo.

– Se ao menos as mudanças fossem limitadas à sua voz – diz Nol sugestivamente, ao que Japie fica vermelho de imediato. Isso desata uma crise de riso em nós três.

– Não deixe que isso o incomode, Japie – diz a esposa de Nol, defendendo-o. – Mais tarde, quando estiverem velhos e enrugados, você ainda será um homem bonito.

– Bem, ele poderia agir como um homem de vez em quando e nos dar uma ajuda em vez de sair o dia todo – diz mamãe.

– Jur está sendo transportado esta noite – meu irmão diz sem rodeios. – Foi a última vez que pude vê-lo.

Ele vai para o quarto e fecha a porta atrás de si. Não estamos mais rindo.

– Como eu poderia saber? – diz mamãe, fazendo uma careta.

– Mais chá, alguém? – minha irmã pergunta.

– *L'absence ne tue l'amour que s'il était malade au départ* – vovó canta. – A ausência não mata o amor, a menos que já estivesse doente ao partir. – Depois, virando-se para Leni: – Vou tomar outra xícara, querida. Pode encher aqui.

– Como vão as coisas lá no seu trabalho? – Nol pergunta quando terminamos os assuntos mais leves.

– Ah, não presto muita atenção – respondo evasivamente.

– Ora, Betty, você está bem no meio de tudo – diz meu irmão.

Eu dou de ombros.

– Nós apenas cuidamos das crianças. Não sei o que mais está acontecendo.

– Ouvi de um colega que a creche agora está aberta apenas para crianças que serão deportadas – diz Nol. – Ele não conseguiu mais cuidados para seus próprios filhos.

– Sim, isso é um incômodo – digo.

Meus olhos se voltam para Leni, que se levanta e serve mais café. Ela sabe, como eu, que coisas muito piores estão acontecendo.

– É verdade que os enjeitados também são trazidos às vezes? – pergunta Jetty.

– Sim, às vezes – digo.

– Você consegue imaginar? Abandonar o filho recém-nascido assim? – Ela suspira.

Só agora percebo que a esposa do meu irmão engordou um pouco. Sua mão repousa levemente em seu colo. Poderia ser isso que despertou seu interesse? Porque ela já teme pelo embrião crescendo em sua barriga?

– A menos que você seja colocado em um transporte e queira salvar seu filho – diz minha irmã.

– Há alguns dias, um bebê foi trazido para o berçário, um menino. Ele foi encontrado na porta de uma vila em Bloemendaal. Deram-lhe o nome de Remi van Duinwijck. Remi do livro *Sem família*, e Duinwijck porque esse é o nome da rua onde foi abandonado.

Remi é um bebê de bochechas rosadas de cerca de seis meses. Fiquei instantaneamente apaixonada quando o vi nos braços de Pimentel, olhando em volta tão sério com aqueles grandes olhos castanhos. Assim como todas as outras professoras da creche. Ele pode muito bem ser o bebê mais lindo que eu já vi.

– Esse carinha vai morar conosco a partir de agora – disse Pimentel. – O nome dele é Remi, mas está longe de ser menino de ninguém porque tem nada menos que trinta mães e cem irmãos e irmãs. Não é, gracinha? – Remi respondeu com um arroto. Todo mundo riu.

– Então você nem sabe o nome dele? – pergunta Jetty.

– Não, não sei nada sobre ele.

Engel levanta a mão.

– Sim, Engel, pode falar – diz a vovó.

– Então como sabem que ele é judeu? – ela pergunta baixinho.

Vovó revira os olhos.

– Engel, você sabe o que os homens têm nas calças, não sabe?

– Sim, sim... – diz Engel, hesitante.

Duvido que Engel saiba, e pela cara de todos, não sou a única que duvida.

– Bem, você sabe imediatamente olhando para ele!

– Remi não é circuncidado – digo.

– O *schnozzle* dele deve ter meio metro de comprimento então – Nol ri da própria piada.

– Ele tem um nariz pequeno. Mas um médico da NSB o examinou e parece que tem orelhas judaicas.

Todos me encaram incrédulos.

– Orelhas judaicas? O que são orelhas judaicas? – pergunta mamãe.

Ninguém sabe a resposta.

Olho ao redor da sala para minha família. Todos parecem perdidos em pensamentos sobre o que permanece não dito. Mamãe está esfregando as mãos sem parar nas pernas, como se fosse algum tipo de tique, e de vez em quando olha para a porta do corredor por onde Japie saiu. Vovó, que é trinta centímetros mais alta que Engel encurvada, olha para a parede, os braços cruzados sob os seios. Eu me pergunto o que está olhando. A foto de papai que ainda está pendurada lá? A paisagem pintada por um primo distante? Ou as flores secas que mamãe emoldurou?

Nol passa os dedos pelo prato de sobremesa e os lambe. Jetty fixa os olhos nas mãos em seu colo. E Leni olha pela janela.

Mamãe se levanta e começa a limpar a mesa de centro.

– Quem vai ficar para o jantar esta noite? Porque já vou começar a cozinhar.

Eu a ajudo a limpar e a sigo até a cozinha.

Mesmo que sua resposta da última vez tenha sido bastante clara, decido tentar uma última vez.

– Mãe, acabei de ver a Sra. Overvliet. Ela está se mudando.

– Sim, eu sei – diz mamãe, em uma voz desprovida de emoção.

– Ela me disse que eles estariam dispostos a nos ajudar se estivéssemos em apuros.

– Aquele negócio da NSB? – grita mamãe. – Pouco provável! Prefiro deixar que me levem.

– Mas eles não nos ajudaram algumas vezes? – sussurro, para diminuir um pouco o tom da nossa conversa.

– Acha mesmo? Você sabe para onde eles estão se mudando? Para uma grande casa de judeus que foram deportados. Eles não estão do nosso lado, Betty. E você é uma completa idiota se ainda pensa que estão.

Fico tão frustrada que levanto a voz também.

– Mas, mamãe, não tem outra escolha. Você não entende? Esses campos no leste não são colônias de trabalho comuns. São prisões onde podem muito bem prendê-la pelo resto da vida. Por favor...

– Você pode se aquietar um pouco? – vovó espia pelo canto.
– Está tudo bem, mãe. Betty, você vai jantar conosco?
– Não, eu preciso voltar.
Vovó me lança um olhar acusador enquanto eu passo.
– Eu sei, vovó – digo secamente. – Preciso saber meu lugar.

Capítulo 18
DOMINGO, 29 DE NOVEMBRO DE 1942

Um jornalista escreve: "ainda há muitos que, independentemente de considerar ou não a ciência racial uma tolice, não reconhecem como tal a visão de mundo que deu origem ao renascimento da ciência racial, com medição de crânios e cultura de gêneros. Sentem que há muito a elogiar no nacional-socialismo, como o combate aos abusos, a luta pela justiça social, o renascimento da consciência nacional, e por isso sentem-se atraídos. Mas esse nacional-socialismo não é meramente uma combinação do velho socialismo e do velho nacionalismo, e sim uma nova visão de mundo que se baseia na experiência consciente de nossa própria natureza, e isso é algo que poucos estão dispostos a compreender. Talvez porque haja muitas consequências? Essa atitude vaga é típica do cinismo das pessoas".

Eu respiro de alívio quando saímos para o vento frio que sopra lá fora. Todas nós atravessamos a rua juntas ao mesmo tempo.

– Ei, homenzinho, qual é o seu nome? – pergunto a um menino chorando, que resiste a ser retirado à força do teatro.

– O nome dele é Jacob. Jacob Meijer – diz Mirjam.

– Não vi esse nome em lugar algum – digo. – Como você sabe?

Ela encolhe os ombros.

– Oficialmente, ele não existe.

– O que você quer dizer?

– Eu tenho que explicar tudo? – Mirjam acelera o passo e entra sem dizer mais nada.

Olho para Sieny, que acena para ela.

– Deixe, ela está de mau humor.

Mesmo que Mirjam esteja de mau humor, raramente demonstra. Acho que é outra coisa.

– Acho que ela sabe alguma coisa mais – digo a Sieny. – Só que ela não pode falar sobre. E nos culpa por isso.

– O que ela sabe?

Dou de ombros.

– Você saberia se eu soubesse.

Dois dias depois, o menino ainda está chorando. Segurando sua lebre de madeira nos braços, ele continua gritando por sua mamãe e seu papai. Decido de novo tentar me aproximar.

– Jacob? Ei, homenzinho. Você verá seus pais novamente em breve!

O garotinho me dá um olhar nervoso e continua a soluçar.

– Eles estão lá, no teatro – diz ele, bufando e apontando o dedo mindinho para o teatro.

– Você quer dizer no palco? No salão principal?

Ele confirma. Pela primeira vez, olha diretamente para mim com aqueles olhos escuros.

– E quem o trouxe ao teatro? Sua mamãe e seu papai?

Ele balança a cabecinha.

– Não... Eu estava com a tia Juf, mas ela está doente.

– Você estava com sua tia quando os soldados vieram buscá-lo?

– E com o tio. Mas eles tiveram que ficar em casa.

– E então você teve que vir sozinho.

– Sim... – e me dá um olhar que diz: *finalmente alguém entendeu*. – Mas mamãe e papai estão lá, e eu quero ficar lá com eles.

Agora que voltamos ao assunto de sua mãe e seu pai, ele começa a chorar novamente.

Resolvo levá-lo para Pimentel.

– Esta criança realmente precisa voltar para seus pais – digo quando entro no escritório de Pimentel com o garoto e sua lebre.

Pimentel está segurando o pequeno Remi nos braços. O menino parece ter se tornado uma extensão de si mesma. Nas primeiras semanas, seu cachorro estava com tanto ciúme do novo amigo de sua dona que a menor coisa o faria rosnar como um marido rabugento e ciumento. Até mordeu a mão de Sieny. Não muito forte, mas essa foi a gota d'água para Pimentel, e ela trancou o animal rebelde no galpão por dois dias. Agora que está de volta, parece ter se resignado ao seu novo lugar e age de forma superprotetora tanto com sua mestra quanto com Remi. Em vez de rosnar, agora late sempre que alguém entra. Talvez tenha seguido o exemplo dos pastores alemães guardando seu território nas noites dos transportes.

– Bruni, sente-se! O que você estava dizendo, Betty?

Eu empurro o menino para a frente, encolhendo os ombros.

– Jacob foi preso na casa dos tios e viu os pais novamente no teatro. Mas antes que pudesse ir até eles, teve que vir para cá.

Pimentel olha para o menino e se abaixa.

– Você é Jacob Meijer, não é?

Ele confirma.

– Por que você não vem aqui comigo, meu querido? – Pimentel me entrega Remi, que está longe de ser tímido e imediatamente agarra meu nariz. – Ele precisa de uma calça limpa.

Recebo Jacob uma hora depois, e ele ainda está chorando. Pimentel me lança um olhar exasperado que diz: *teimoso como uma mula*. Então ela se vira para o garotinho e diz:

– Você prometeu que ficaria bem e iria dormir agora, certo?

Jacob acena com a cabeça, os olhos marejados.

– Então eu prometo que você pode ir ver sua mamãe e seu papai depois.

Jacob não parece totalmente convencido, mas enfia o polegar na boca e me deixa levá-lo comigo.

Quando o coloco em uma das camas, seu corpo ainda está trêmulo de um desespero incessante, mas, em um esforço para cumprir sua promessa, ele fecha os olhos.

– Que bom que você está disposta a levá-lo para os pais dele – digo a Pimentel quando passo por ela no corredor.

– Não para os pais dele – ela diz. – Eles já se foram. Mas ele será pego esta noite.

– Para ir a Westerbork também? – pergunto.

– Não, não para lá. Para outro lugar – diz ela, entrando em seu escritório. Então se vira para Remi e diz: – Tudo bem, homenzinho, você vem aqui com a tia Henriëtte novamente.

No dia seguinte, Jacob parte.

Capítulo 19
SEXTA-FEIRA, 4 DE DEZEMBRO DE 1942

A enfermaria fica no antigo canto do café do teatro. É uma das poucas salas do teatro onde a luz do dia entra. Há alguns anos, havia cadeiras e mesas em frente à janela em vez de camas, e os judeus mais ricos de Amsterdã bebiam seu café ou chá aqui com os dedos mindinhos levantados. Era possível ouvir as conversas e risadas do lado de fora. Vovó também vinha aqui regularmente para ver e ser vista. Com uma estola de raposa sobre os ombros, acompanhada por minha mãe, que usava seu vestido de seda mais caro.

Está ficando escuro lá fora. A sala fica com uma tonalidade pálida e parece drenada de todos os pigmentos, como em uma fotografia.

– Você poderia pegar as coisas para Betty? – o doutor De Vries Robles pergunta ao jovem que está ocupado na frente do gabinete. Só então noto que é Leo. Não o vejo há meses.

– Ah, oi, Betty – diz Leo, com alegria, quando se vira. – Pimentel disse que você viria.

Seu cabelo cresceu e agora se enrola alegremente em volta do pescoço.

Tento não deixar transparecer o quanto estou fisicamente afetada por sua presença.

– Engraçado como as outras pessoas às vezes sabem mais do que eu – gargalhei.

– De fato – diz Leo, então me dá uma piscada que faz os pelos dos meus braços se arrepiarem. – Aqui está o pacote. Se tiver um segundo, eu vou pegar meu casaco. Acabei de terminar meu turno também.

– Seu turno acabou há mais de uma hora – diz o doutor De Vries Robles.

Quando Leo vai embora, ele sussurra provocativamente:

– Ele esperou uma hora inteira por você.

Estou confusa. O que eu fiz para merecer essa atenção renovada de Leo, assim, de repente?

– Gostaria de dar uma pequena caminhada? – pergunta ele quando saímos.

– Assim? – aponto para o meu uniforme.

– Posso esperar você se trocar – diz Leo. – Meia hora a mais não fará diferença agora.

Seu sorriso travesso mais uma vez causa arrepios na minha espinha. Uma reação que não se encaixa com o que sinto por ele.

Ele me vê hesitar.

– Lamento não ter entrado em contato depois do nosso encontro. Eu estava muito ocupado e, bem, talvez ainda não estivesse pronto para nada sério.

– Caramba, é muita informação em uma frase – digo, genuinamente surpresa.

Leo pega minha mão e a beija.

– Acredite, tentei tirar você da minha cabeça, mas não consegui.

Dez minutos depois, deixei os remédios lá dentro, coloquei um vestido bonito, escovei rapidamente os dentes e coloquei meu casaco de inverno sobre os ombros.

– Você conseguiu ser mais rápida que minhas irmãs – diz Leo, satisfeito.

Ele me dá o braço, e eu passo o meu no dele.

Nossa conversa é um pouco truncada no início, mas gradualmente nós dois conseguimos relaxar. Leo faz muitas perguntas, mostrando que seu interesse é genuíno. Quando pergunta sobre meu irmão Gerrit, deixo de lado minhas últimas reservas.

– O estranho é que nunca pensei que eles levariam a melhor sobre meu irmão – digo baixinho. – E ainda espero que seja assim, mas temo...

Leo se vira para mim e coloca o dedo em meus lábios.

– Shh, não diga isso. Você precisa manter a esperança. Conhece seu irmão melhor do que ninguém. Certamente, ele é esperto o suficiente para sair dessa, mesmo que ainda não possa contar a nenhum de vocês.

Ele me olha de um jeito sério. Seus olhos parecem do mesmo azul escuro do céu, agora que a noite caiu. Uma baforada de hálito quente escapa de sua boca. Então, lentamente, ele se inclina e me beija. Não como da primeira vez, áspero e agressivo, mas de modo gentil e suave. Envolve seus braços em volta de mim enquanto continuamos a nos beijar cada vez mais ansiosamente, de maneira mais apaixonada. Nossos corpos entrelaçados formam um casulo de calor contra o vento frio enquanto ele carinhosamente passa a mão pelo meu cabelo. Só quando alguém assobia atrás de nós volto à realidade.

Os olhos de Leo brilham, assim como seus lábios.

– O que você acha de vir para o meu dormitório? É muito mais quente lá – diz ele.

– Mas o toque de recolher da noite...

– São apenas cinco e meia. Também podemos ir para a creche, desde que o aquecedor esteja ligado.

– Não podemos receber visitas do sexo masculino.

– Sério? Então não temos outra escolha... – e olha para mim, quase suplicando. – Eu não vou morder. Nem qualquer um dos caras da minha casa.

– Ou rosnar?

Ele ri.

– Isso também não.

De mãos dadas, caminhamos por Herengracht até a residência estudantil de Leo. Ele não consegue superar o fato de que homens não podem visitar a creche, e chama isso de puritano.

– Não é tão incomum, é?

– Só não esperava isso de Henriëtte – diz Leo. – Ela é bastante... como dizer isso, progressista, ela mesma, no que diz respeito ao amor.

Eu lhe lanço um olhar em busca de esclarecimento.

– O que você quer dizer, exatamente?

– Bem, vamos apenas dizer que ela não gosta da coisa tradicional de homem e mulher. Mais como mulher e mulher...

Havia rumores, mas ainda acho ofensivo falar de Pimentel de forma tão depreciativa.

– Talvez ela fosse, mas você não conseguiria dizer isso olhando para ela agora.

– Conheço-a toda a minha vida através de seu irmão, que é o diretor do hospital em Amstelveen. Ele é um bom amigo do meu avô. Por causa dele fui estudar medicina.

– E é por causa dela que passei a trabalhar com crianças. Parece que a família Pimentel trouxe coisas boas para nós dois.

Com isso, espero encerrar a conversa.

A vida dos estudantes numa casa de canal é bem diferente do que eu esperava. Cinco rapazes estão jogando cartas quando entramos, e a sala está cheia de fumaça. A lufada de cigarros, suor e fumaça da chaminé penetra profundamente no meu nariz. O chão está cheio de jornais e revistas velhos, enquanto os móveis estão cobertos de peças de vestuário. Há uma garrafa vazia e outra meio vazia de *jenever* na mesa. O clima está acalorado. Não por causa da minha entrada ou das outras duas senhoras que parecem entediadas no sofá, mas porque eles estão jogando por dinheiro e cupons de comida. Parece decadente e vergonhoso. Dou-lhes minha saudação mais amigável, mas sou totalmente ignorada.

– Não se importe com meus colegas de casa – diz Leo. – Eles são bárbaros.

Acho que teria me virado e ido embora se Leo não tivesse se desculpado imediatamente.

– Quer ver meu quarto? – ele pergunta. – Pelo menos lá podemos conversar em paz.

Ele me dá um olhar como o de um cachorro que pensa que vai ganhar um pedaço de salsicha. A sensação de vibração na minha barriga me envia sinais mistos. Devo ir com ele para o quarto ou ficar por aqui? Mais uma vez, lembro-me da observação de minha mãe sobre os homens se fartarem. "Você tem que mantê-los com fome e alimentá-los com pequenos pedaços de cada vez." Só que minha mãe não está aqui.

– Claro – respondo.

– Bem-vinda ao meu pequeno palácio.

Leo acende a luminária de chão. Seu quarto é um muquifo, e menor do que eu esperava nesta casa enorme. Mal cabe uma cama e um guarda-roupa. A pintura das paredes está descascando e há um cobertor pendurado na frente da janela. Ele me puxa para sua cama e, mais uma vez, pressiona sua boca na minha. Um beijo que retribuo, mas que não me domina como da última vez. Então gentilmente me empurra de volta para o colchão. Beijando-me por toda parte, sua boca procura meu pescoço, e eu tento não estremecer com as vibrações que isso está me causando. Suas mãos deslizam sobre meus ombros, até meus seios.

– Você é tão macia, tão linda – ele ofega, acariciando o tecido do meu vestido. – Posso senti-los nus? Seus seios realmente me excitam.

Parece um pouco impraticável com meu vestido e sutiã.

– Sim, mas...

Ele não espera pelas minhas objeções. É como se eu tivesse lhe dado o sinal verde. Ele apressadamente desabotoa meu vestido, abaixa as mangas e chega atrás das minhas costas, onde habilmente desabotoa meu sutiã. Estou surpresa com a rapidez com que tudo está indo, e como, simples assim, agora estou deitada aqui sem a blusa. Tento me render às suas mãos.

– Oh, Betty, é tão gostoso – geme em meu ouvido. – Você gosta disso também?

– Sim, sim, ótimo – murmuro, mas ele só está apertando meus seios.

Não é isso que eu fantasiei antes? O que uma vez me fez acordar de um sonho excitada e com uma sensação entre as pernas que nunca havia sentido? Ainda assim, não consigo ter esse mesmo sentimento agora. Ou mesmo apenas para me manter no momento. Lembro-me de uma época em que eu passava os dias de férias em uma fazenda que recebia hóspedes e tinha permissão para ordenhar uma vaca. Lembro-me de como era tocar seu úbere, com aquelas tetas compridas que você tinha que puxar com muita força. Perguntei ao fazendeiro se não estava machucando a vaca; ele riu alto, e não respondeu à minha pergunta. Penso nos pedaços de algodão que Engel põe entre os seios para proteger a pele da fricção quando eles se esfregam, no seio macio de minha mãe onde eu inclinava a cabeça quando criança.

– Eu vou continuar, ok? – Leo arqueja.

– Tudo bem.

Eu tento soar como se estivesse animada para estimulá-lo. Tenho certeza de que sentirei mais se conseguir me concentrar. Se eu parar de olhar de longe esse jogo banal e tentar estar dentro do meu corpo. Enquanto ele continua a amassar meu peito com uma mão, tenta puxar minhas meias para baixo com a outra. Sua respiração acelerada faz cócegas no meu pescoço. Eu poderia ajudá-lo, mas não quero parecer lasciva. O que, claro, não faz sentido, considerando o que estou fazendo agora. Eu o sinto pressionar a virilha contra mim cada vez mais forte. Sua mão agora está alcançando minha calcinha, quase quebrando o elástico da liga.

– Você quer? Você quer?

Eu gostaria de dizer que não, mas seus olhos brilhantes, como mágica, fazem alguma coisa comigo. Eles brilham com desejo, com o desejo de me possuir.

– Tudo bem, mas não termine...

– Eu entendo.

Será que esta é a primeira vez dele como é para mim?

Ele solta minhas meias de lã da liga, mas então o gancho fica preso na renda da calcinha. Ele estava habilidoso no começo, mas agora está desajeitado. Ele se move para baixo, e eu sinto vontade de rir de nervosismo. Quando o elástico finalmente se solta, o acerta bem no olho.

– Droga!

– Caramba, você é tão desajeitado – eu rio.

De repente, ele para o que está fazendo e se levanta com a mão no olho.

– Como se você estivesse ajudando muito!

– Desculpe, você está bem? Seu olho ainda está aí? – pergunto, esperando aliviar a tensão.

Mas Leo se afasta de mim.

– Ei, Leo, foi uma piada. Vamos continuar?

Ele está de costas para mim.

– Não se for assim – ele diz para a parede.

Estou confusa. Estraguei as coisas de alguma forma?

Só quando estou apresentável novamente é que ele se vira para mim.

– Desculpe, Betty. Me adiantei.

Ele me traz para casa, mas ficamos em silêncio quase todo o caminho. Quando nos despedimos, ele me beija na bochecha.

– Nós vamos nos ver, certo?

– Claro – respondo.

– Você saiu com Leo? – pergunta Sieny, em tom sugestivo, quando entro. Ela cutuca Mirjam. – Nós sabíamos!

– Vocês vão se ver de novo? – pergunta Mirjam, dando uma tragada em seu cigarro.

Eu dou de ombros.
– Não sei.
Mirjam sopra a fumaça.
– Eu não apostaria nisso.
– O que você quer dizer? – pergunta Sieny.
– Não sei – diz Mirjam. – Acho que ele é um pouco arrogante.

Capítulo 20

SEXTA-FEIRA, 18 DE DEZEMBRO DE 1942

O conhecido filósofo Victor Manheimer saltou de uma janela do último andar do teatro. O colega que o viu pular disse que ele parecia um morcego por causa do casaco esvoaçando.

A nova canção de Natal, "I'm Dreaming of a White Christmas", pode ser ouvida muitas vezes nas casas das pessoas. Poderia ser um ato de protesto, entendendo "Natal branco" como uma metáfora para a paz? Os alemães cantarolam com alegria, embora não gostem de música americana. A música seria banida se eles soubessem que foi originalmente escrita por um judeu.

Harry é o mensageiro do Conselho Judaico que pode ser encontrado com mais frequência na creche. Ele é um cara legal, e muito fofo também, mas com seu sotaque de Rotterdam e piadas grosseiras, se esforça um pouco demais para parecer atraente. Entra com uma garota magricela, com um grande laço rosa no cabelo.

— Olá, senhoras, olhem quem eu tenho aqui. Roosje Poons. — A criança parece mais curiosa do que assustada. — Essas são as irmãs que cuidarão bem de você. Esta aqui em especial – e coloca o braço ao redor de Sieny. — Ela é muito legal.

— Todos eles estariam sob minhas asas, se dependesse de você – diz Sieny, balançando a cabeça. — Venha comigo, querida. Vou levá-la até seus companheiros de brincadeiras.

– Sem tempo para uma conversinha hoje, suponho? – ele chama por ela. Mas Sieny já se foi. – É sempre trabalho e nada de diversão com essa garota – diz ele com seu sotaque forte, o que me faz rir.

– Eu não desistiria ainda, Harry. Talvez ela tenha um pouco mais de tempo esta noite.

– Ah, bem – diz ele, fazendo uma careta. – Sparta Rotterdam também nunca ganha o título da liga nacional, mas continuo acreditando que isso acontecerá.

As meninas sussurram que ele tem uma queda por ela. Eu mesma já insinuei isso várias vezes quando falei com Sieny. Mas ela rejeita qualquer sugestão, alegando que ele é legal assim com todas as mulheres. Sei que secretamente ela sente que ele é muito comum para considerá-lo um candidato sério. Mesmo que gostasse dele, ela nunca poderia levar um rapaz como aquele para casa. Eu mesma não ligo a mínima para isso. Agora estou convencida de que é melhor conhecer um cara que faça um esforço extra por você do que alguém que seja cheio de si. Não tive mais nenhuma notícia de Leo.

– De onde veio essa Roosje Poons? – pergunto a Harry.

Peguei o caderno para anotar as informações dela.

– Realmente não sei – responde Harry. – Ela foi colocada com alguém que ficou com medo e a deixou no depósito de roupas aqui na esquina. Havia apenas um bilhete que dizia que o nome dela é Roosje Poons e que tem quatro anos.

Mais tarde, vou procurar a menininha porque preciso de mais detalhes do que apenas seu nome. A encontro na sala principal das crianças, onde está em uma mesa, colorindo sozinha.

– Ei, Roosje, querida. Você gosta daqui? – pergunto, me sentando ao seu lado.

Ela timidamente baixa os olhos e continua a colorir.

Tento chamar a atenção de Sieny. Ela está perto da pia, enchendo copos, mas depois vem até mim quando me vê.

– Eu estava curiosa sobre como Roosje está indo – digo. – E se ela pode me contar um pouco mais sobre si mesma.

– Roosje nos disse que vai para um acampamento de férias, não é mesmo, Roosje? – diz Sieny.

Roosje de repente olha para cima e acena com a cabeça, com os olhos arregalados.

– Mamãe disse.

– Isso é ótimo! E qual é o nome da sua mãe?

– Manja.

– E você também tem um irmão, certo?

– Izak. Mas ele é pequeno demais para sair de férias.

– Ah, quantos anos ele tem?

Ela dá de ombros, depois dobra o polegar e levanta quatro dedinhos.

– Eu já tenho tudo isso.

– Não consigo tirar mais nada dela – digo quando estou na mesa de Pimentel com o caderno, um pouco mais tarde. – Mas posso perguntar no teatro se há alguém com o mesmo sobrenome. Talvez tenha família que possa nos contar mais sobre ela.

Espero que Pimentel fique satisfeita com minha meticulosidade, mas, em vez disso, ela rasga a última página do caderno e me manda escrever tudo de novo, só que sem Roosje.

– Ela não existe – diz, levantando-se e dando a volta na mesa até o enjeitado Remi, que está deitado no cercadinho. – Ei, homenzinho. Adormeceu de novo? Isto é para você brincar. Sua cama é para dormir. Ainda não entendeu isso, não é?

Ela cobre o menino com um cobertor e move alguns brinquedos para o lado. Enquanto Pimentel cuida de Remi e o mima como se fosse seu próprio filho, parece menos envolvida com o cuidado ativo de todas as outras crianças, como se elas já não lhe interessassem tanto. Ou seria apenas minha imaginação?

Olho para o belo menininho moreno dormindo de costas. Ele inclinou o rosto para a direita, e está com os bracinhos ao lado da cabeça.

– Remi não tem que ir para o transporte também?

– Não, os pequeninos não precisam ir – diz ela, de repente irritada.

– Graças a Deus, eu estava com medo...

– É melhor você ir embora – ela me interrompe. – E feche a porta com cuidado para que ele não acorde.

Engulo minha irritação e me levanto. Pouco antes de eu sair pela porta, ela me chama de volta por um segundo.

– Betty, a maneira como as coisas estão indo agora pode parecer um pouco aleatória. Mas não é. Isso é tudo que posso lhe dizer.

A maneira como ela me olha, com calor maternal e autoridade natural, me conquista novamente.

Das 87 crianças, 63 serão colocadas em um trem esta noite. Parece que este será o último transporte por enquanto, então eles também querem levar as crianças que estão aqui sem os pais. Apenas bebês e crianças cujos pais trabalham no hospital ou para o Conselho podem ficar. Mirjam e eu acordamos as crianças mais velhas. Risco cada nome para ter certeza de que estão recebendo os filhos certos. Quando estão vestidos e com as mochilas, vão para a sala de jantar comer uma tigela de mingau. Um menino de treze anos está desaparecido. NIZ, diz por trás de seu nome. Pimentel o levou para o hospital hoje. O que parece estranho, porque a criança estava em perfeita saúde ontem. Desconfio que Pimentel o "deixou" doente para que ele não tivesse de ir para Westerbork.

Todas as crianças estão prontas. Mirjam está parada na porta da frente no início do corredor, enquanto sou a última da longa fila. Só não sei onde Sieny está agora. Enquanto esperamos por um sinal para levar o grupo para fora, ouço alguém sussurrar meu nome.

– Betty, aqui. Betty.

Reconheço a voz de Sieny, mas não tenho ideia de onde está vindo.

– Andar de cima. Venha aqui!

Olho para a escada, mas também não a vejo lá. Passo correndo pelas crianças e vou até a frente.

– Mirjam, precisamos esperar até que Sieny chegue.

– Sieny? – Mirjam pergunta, surpresa. – Ela está em seu quarto. Não estava se sentindo bem.

Isso é estranho.

– Tente esperar um pouco, mais dois minutos.

Rapidamente corro para os fundos de novo e subo as escadas para o primeiro andar.

– Sieny? Sieny?

Não recebo resposta, mas então ouço uma criança chorando baixinho. Parece abafado, como se alguém estivesse tentando silenciar o som. Ando em direção à fonte na ponta dos pés. É mais fácil ouvir no patamar entre o primeiro e o segundo andar. Quando coloco o ouvido no painel, sinto que uma parte está solta. Eu a deslizo para o lado facilmente, criando uma lacuna. O som vem claramente daqui.

– Oi? – falo através da brecha.

– Betty! – a voz responde imediatamente. – Estamos aqui. Por favor venha.

Os homens da ss devem ter entrado no corredor, porque ouço vozes altas.

– Estão todos prontos aqui?

Não consigo ouvir a resposta de Mirjam, mas ouço a do alemão.

– Então? Certamente não precisamos esperar por uma professora. Se todas as crianças estiverem aqui, podemos começar a andar. Avante, marcha!

Do lado de dentro, o painel agora está totalmente aberto e Sieny rasteja para fora.

– Você vai ter que fazer isso – ela ofega. – Ela não confia em mim, e não consigo fazê-la se acalmar.

– Deixe que eu cuido. Você volta para baixo, rápido – digo.

Sou bem menos magra do que Sieny, mas consigo rastejar para dentro do buraco escuro de apenas um metro de altura com mais agilidade do que esperava de mim mesma.

– É Roosje – acrescenta Sieny antes de fechar o painel.

– Onde está a lanterna? – pergunto.

– Está quebrada.

Então tudo escurece.

Bato a cabeça contra uma viga, tento ignorar a dor e me espremer para alcançar a garota que chora. Nenhuma luz entra no espaço apertado, e só posso seguir meus ouvidos. O choro soa tão perto que devo estar próxima. Eu tateio com os braços estendidos até sentir seu cabelo.

– Roosje. Sou eu, Betty. Shhh, está tudo bem – digo, tentando acalmá-la, acariciando sua cabeça. Entendo que a criança está apavorada. Esse espaço me deixa claustrofóbica. – Já nos vimos hoje, lembra? Escute aqui, sua mamãe... – O choro diminui um pouco quando ela ouve a palavra "mamãe". – Lembra que mamãe disse que você iria para um acampamento de férias para crianças? Bem, olha que sorte! Este é o primeiro jogo no acampamento, e se chama "esconder-se no escuro". E sabe o que as pessoas fazem quando precisam se esconder? – sento-me no chão e puxo a garota para o meu colo. – Elas contam histórias maravilhosas umas para as outras no escuro.

A menina respira curta e superficialmente, como as crianças fazem depois de ter um ataque de choro.

– Venha apoiar seu rosto aqui em mim – digo, gentilmente direcionando sua cabeça para o meu peito. Muitas vezes eu deitava na minha mãe assim, e gostava do jeito que sua voz ressoava mais do que a história que ela estava me contando. – Agora ouça com atenção, Roosje, porque esta é uma história que você não apenas ouve, mas também sente. Era uma vez uma linda princesa. Ela morava em um castelo com lindas rosas crescendo ao redor. Em uma manhã fria de inverno, a garota acordou e todas as flores haviam se transformado em sorvete. A princesa achou que estavam tão deliciosas que escolheu uma...

Ouço botas masculinas subindo as escadas. Não uma, mas várias. Roosje parou de chorar.

– Vou te contar o que aconteceu em alguns segundos – eu sussurro, segurando seu ouvido contra meu coração batendo. – Mas agora precisamos ficar bem quietinhas.

Um pequeno pio escapa de sua boca, e então ela prende a respiração.

– Como vocês ousam! – ouço Sieny gritar. – Comandante, as crianças estão dormindo. Vocês vão acordá-los com toda essa correria. Este não é um lugar para soldados, saiam!

Céus, de onde ela tira coragem? Ela mesma poderia ser colocada em um transporte por isso. Ouço o comandante – Aus der Fünten? – gritar alguma coisa, depois mais passos nas escadas.

Sinto Roosje ficar mole em meus braços.

– Querida, não se esqueça de respirar! Ei! Roosje?

Então eu a ouço respirar fundo e expirar novamente.

Algum tempo se passa antes que Harry finalmente me liberte do esconderijo. Sair do buraco com a garota meio adormecida não é fácil. Tropeçando e cambaleando, consigo chegar à saída. Harry fica surpreso ao ver não Sieny, mas eu saindo.

– Onde está Sieny?

– Estou aqui – diz Sieny. – Viva e bem.

Harry a pega pelo braço. É um gesto espontâneo que claramente pega Sieny de surpresa.

– Meu Deus, garota. Eu estava tão preocupado com você – diz ele, aliviado.

Sieny olha para a mão em seu braço, depois para o rosto dele. Eu vejo a mudança em seus olhos acontecer.

– Que bom que você estava preocupado, Harry – diz ela, suavemente.

– É bom saber que vocês também estavam um pouco preocupados comigo – digo categoricamente, esticando meus membros rígidos com a criança pesada ainda em meus braços.

Os dois ao mesmo tempo olham para mim.

– Desculpe, Betty, você salvou minha vida.

Harry pega a criança de mim, e Sieny me abraça.

Depois, todos conversamos sobre o que aconteceu na cozinha.

– Eu estava ocupado carregando a bagagem – diz Harry – quando os ouvi falando sobre "aquela mulher atrevida". Achei que estivessem falando de Pimentel, mas então era sobre você?

– Sim, temo que sim – diz Sieny.

– Mas ela é *sua* mulher atrevida, certo? – digo a Harry.

Ele pega a mão dela.

– Sim, espero que sim.

Sieny fica vermelha.

– Tudo bem, vocês podem fazer o que quiserem, eu vou para a cama – diz Mirjam.

– Sim, eu também.

Fecho a porta atrás de mim com cuidado, sabendo que ele vai beijá-la e que ela vai deixar. De repente, me sinto totalmente sozinha.

Capítulo 21

DOMINGO, 3 DE JANEIRO DE 1943

O secretário de Relações Exteriores britânico, Anthony Eden, fez um discurso na BBC no qual disse que dezenas de milhares de judeus foram mortos com gás ou usados como cobaias em campos de concentração poloneses.

Eles esvaziaram todas as casas de repouso da cidade, então agora há quase apenas idosos no teatro. Como consequência, está surpreendentemente silencioso na creche. Procuro as duas únicas crianças no teatro. Quando as encontro nos bastidores e faço meu discurso habitual aos pais sobre como as crianças têm que atravessar a rua, o pai é inesperadamente lacônico.

– Você não vai levá-los. O tempo que ainda temos juntos antes de sermos mortos com gás é precioso demais para mim.

Não entendo muito bem o que ele quer dizer, mas decido deixar quieto, e estou prestes a sair do salão quando um homem da SS entra.

– Droga, todo mundo está de mau humor aqui também? – grita ele. – Qual é o problema com vocês, porcos?

Reconheço o guarda como o terrível Grunberg, com sua cabeça quadrada e dentes quebrados.

– Quero ver judeus felizes! Entendem? Eu quero que vocês cantem. Cantem!

O murmúrio suave ao fundo diminui, e todos ficam em silêncio. Estou de pé ao lado das portas vaivém, mas ainda assim parece melhor esperar alguns segundos antes de sair. E se a porta ranger? Chamaria mais atenção para mim do que gostaria.

– Então, o que estão esperando? – diz o homem da ss.

Um homem então se levanta, hesitante, mas afinado, começa a cantar as primeiras notas de *Hatikvah*, a canção do movimento sionista.

– Ai está! Cante!

Outros se juntam ao cantor. Primeiro uma mulher, depois mais e mais pessoas começam a cantar e cantarolar junto com a melodia conhecida. O alemão ri com sarcasmo, embora não tenha ideia do que significam as palavras cantadas.

– Nossa esperança ainda não está perdida, a esperança de dois mil anos... – canta o homem em hebraico.

No corredor, encontro Joop, o mensageiro alto com rosto simpático, sobrancelhas grandes e olhos castanho-escuros, que agora conheço bem. Ele vem muitas vezes com Harry para trazer coisas para a creche.

– Betty, você escondeu todas as crianças? – brinca ele.

Estou abalada demais com o que acabei de ver e ouvir para responder.

– Você está bem? – pergunta ele, inclinando-se na minha direção.

– É verdade? – sussurro perto de seu rosto. – É verdade que estão nos envenenando com gás?

– Gás? Enfiando nossas cabeças em fornos? – ele pergunta com um sorriso no rosto. – Eu duvido muito. Onde conseguiriam tantos fornos?

– Mas alguém acabou de dizer...

Joops me pega pelo braço e me puxa para um canto onde ninguém pode nos ouvir. Sua expressão facial mudou, e ele me dá um olhar solene.

– Não fale nada, mas é verdade.

– Como você sabe?

– Eu ouvi uma gravação ilegal de rádio através de pessoas que conheço na clandestinidade.

– Clandestinidade?

– A resistência. Há um monte de grupos de resistência agora, pessoas fazendo coisas em segredo para ajudar os judeus e burlar os alemães. Eles distribuem jornais ilegais, copiam cupons de comida e documentos de identidade. Arranjam esconderijos para judeus que querem escapar da deportação.

Eu sabia que havia coisas acontecendo em segredo, mas não fazia ideia de que grandes grupos haviam se organizado.

– Mas gás? Como?

– Não falaram, mas depois ouvi dizer que as pessoas são preparadas para tomar banho, só que não é água vindo das torneiras, mas gás...

É uma história tão bizarra que as palavras não se encaixam. Em vez disso, sinto um vazio se abrir dentro de mim, dos dedos dos pés ao topo da cabeça. Um buraco infinitamente grande de nada, se preenchendo com ainda mais nada. Até que lentamente começo a subir, como um balão sendo levado pelo vento. Um dirigível navegando pelo céu, para outro mundo.

– Betty – ele me olha preocupado. – Você está bem?

– Eu simplesmente não posso acreditar que pessoas seriam capazes disso...

Joop dá de ombros.

– Nem eu, mas, há meio ano, você não teria acreditado em nada do que está acontecendo agora, não é?

– Essa resistência, eles precisam de mais alguém por acaso?

Ele coloca a mão no meu ombro e me dá um olhar penetrante.

– Você fica e cuida dessas crianças. Elas precisam muito mais de você.

Agora que sei o que está reservado para nós, preciso garantir que minha família receba uma isenção antes que seja tarde demais. É por isso que estou esperando há mais de uma hora em frente ao Expositur na minha única tarde livre. Há xingamentos e brigas na longa fila. Quando uma mulher sai feliz e diz a um amigo que foi resolvido, alguém na fila diz que ela provavelmente teve que abrir as pernas para isso. Um cavalheiro com um charuto consegue irritar a todos quando fala que conhece Cohen, presidente do Conselho Judaico, de Leiden, onde ambos estudaram línguas clássicas. Ele mostra uma foto dos dois como prova.

Quando finalmente chega a minha vez, defendo com paixão que toda a minha família está fazendo coisas para o Conselho: minha irmã no hospital, meu irmão na distribuição de alimentos, eu na creche, e que cada um de nós merece uma *Sperre* extra para nossa mãe, vovó e meu irmão. Deixo Engel de fora para tornar as coisas mais simples. O funcionário parece cansado e diz que vai investigar o meu caso. Eles não podem prometer nada.

Capítulo 22

SEGUNDA-FEIRA, 18 DE JANEIRO DE 1943

A última portaria afirma que todos os enjeitados serão rotulados como judeus a partir de agora, independentemente de sua aparência. Ao fazer isso, os alemães desejam acabar com o grande número de enjeitados surgido nos últimos meses. Todos esses bebês agora são trazidos para o nosso berçário.

Um colega acabou de dizer que há uma ligação telefônica para mim. O choro da seção de bebês, que fica ao lado da sala dos professores, torna difícil ouvir quem está do outro lado.

– Olá, Betty falando. Espere um segundo, não consigo ouvir você.

Fecho a porta rapidamente e volto para o telefone de parede no canto. Só então ouço que a pessoa do outro lado também está chorando. É o choro não de uma criança, mas de um homem adulto.

– Betty... Eu... é a mamãe – a voz gagueja.

Meu coração começa a acelerar.

– Japie, qual é o problema com a mamãe?

– Elas foram presas... Todas elas.

Me inclino contra a parede e seguro o telefone com as duas mãos.

– Japie, onde você está?

– Naquele café, foi... Foi... horrível – ouço-o hiperventilar.

– Calma, Jaap, calma. Inspire e expire, lentamente. Mais uma vez.

Ouço Jaap suspirar.

– Agora me diga o que aconteceu.

– Eu tinha acabado de chegar em casa, mamãe estava fazendo o jantar, e eu estava olhando pela janela quando, de repente, vi um furgão. Avisei a mamãe, e logo depois a campainha tocou. Polícia Verde. Eu sabia que tinha que correr para o sótão, mas não havia tempo, porque teria encontrado eles na escada, então fugi para o quarto ao lado e me escondi debaixo da cama.

Ele faz uma pausa para respirar fundo depois de sua enxurrada de palavras, então continua falando, com a voz embargada.

– Ouvi tudo, Betty. Como eles subiram as escadas e entraram no quarto da vovó. Ela gritava a plenos pulmões. Também arrastaram Engel para fora da sala. Claro, ela não pode ver nada, e acho que caiu, porque houve tropeços e mais gritos, também da mamãe. Ela gritou que aqueles alemães eram loucos, todos eles. Eles próprios não tinham mães? Eles também as tratavam assim? Vovó gritou: "Mantenha suas mãos longe de mim. Não vou deixar você me pegar. Vou andando sozinha". Mas eles a agarraram mesmo assim porque... – Japie não consegue continuar.

– O que Japi? O que aconteceu então?

– Eu nunca ouvi a vovó gritar assim...

Quase não suporto ouvi-lo. Pressiono a cabeça contra a parede com força, para que a dor física anule suas palavras.

– E então suas vozes desapareceram, e tudo o que ouvi foram botas pesadas pisando em nossa casa. Também na sala ao lado de onde eu estava. Eu pensei: é isso, agora eles vão me encontrar.

Ele solta um soluço.

– Estava com tanto medo... Fiquei com medo de respirar. Então a porta foi fechada com um estrondo. Os passos diminuíram e a luz foi apagada. Então ficou tudo quieto. Mas eu estava com medo de sair. Tinha que ficar abaixado, pensei, para o caso de alguém ter ficado para trás. Ou talvez ainda estivessem na porta. E quando meia hora se passou e eu estava prestes a sair do esconderijo, de repente ouvi alguém descer as escadas. Eles realmente ainda estavam esperando! Então fiquei mais um pouco e só saí e vim para cá quando tive certeza que estava seguro.

– Alguém viu você entrar? Viúva Koot?

– Acho que não...

— Foi ela. Tenho certeza. Ela ligou para eles e disse que ainda havia mais alguns aqui.

Ouço novamente meu irmão chorar do outro lado. O som trêmulo da sua voz jovem.

— Betty, o que devo fazer?

— Japie, você tem que ficar calmo.

Mas meu irmão não vai se acalmar.

— Você as viu no teatro?

— Não, acho que elas não estão aqui. O lugar está lotado. Sei que levam algumas pessoas diretamente para a Estação Amstel.

— Estou indo para lá. Preciso ver a mamãe...

— Jaap, espere. O que você vai fazer lá? Eles vão te prender. É isso que quer? Espero que não.

— Vou.

A linha é desconectada.

Sieny está atrás de mim.

— Betty, você está bem?

Eu apenas balanço a cabeça. *Não. Não estou, droga*. Eles as pegaram, as levaram antes que o Expositur pudesse me dizer se meus pedidos tinham sido atendidos. Minha família, meu farol. Está acontecendo de novo. É como se o vazio crescente dentro de mim estivesse me fazendo pairar no ar. Estou sendo preenchida com ar que me levanta do chão como um balão, e eu me vejo. Vejo Sieny colocando o braço no meu ombro. Ela está falando comigo. Estou ouvindo e acenando. Me vejo enxugando as lágrimas dos olhos e dizendo que estou bem. Prometendo não ir pessoalmente à Estação Amstel e tentando me concentrar no meu trabalho. Nas crianças que precisam de mim. Eu vejo e ouço tudo isso, mas é como se não fosse eu.

A loja de Koot está fechada. Passo pela nossa antiga vitrine com fria indiferença. Minha hora vai chegar. Subo as escadas para a nossa casa e giro a fechadura. Está tão escuro lá dentro que preciso dar um segundo para meus olhos se ajustarem antes que eu possa ver alguma coisa. Acho que ouvi algo lá em cima, e de repente sou tomada pelo medo. Talvez Japie não esteja mais aqui, mas sim alguém da ss com olhos brilhantes, esperando para me pegar? Ou o homem na bicicleta que queria me arrastar para sua casa. Devo dizer que sou eu ou, em vez disso, me esgueirar pela casa em silêncio, para ter certeza de que está tudo bem? Há um rangido repentino no andar de cima. Alguém está andando por lá. Num impulso, eu grito:

– Jaap! Japie, é você?

– Shhh! – diz uma voz lá em cima. – Não deixe que eles nos ouçam.

Ele está parado no topo da escada, como um fantasma. Nós caminhamos um em direção ao outro, e eu o agarro no meio da escada. Seus ombros estão tremendo de segurar as lágrimas.

– Querido, shhh, está tudo bem.

A eletricidade foi cortada, mas o gás felizmente ainda não. À luz de duas velas, faço uma sopa para meu irmão.

– Fui à delegacia para ver mamãe, mas havia um guarda da Polícia Verde com um rifle no ombro – diz Japie, com a voz embargada.

– Eu estava com medo disso – digo, colocando o caldo de galinha na frente dele.

– Consegui ver algo do lado. As pessoas estavam sendo arrastadas das escadas para a plataforma. Alguns deles tropeçaram e caíram uns sobre os outros. Não vi mamãe, vovó nem Engel.

– Acho que elas não caíram. Elas cuidam uma da outra, tenho certeza.

Ainda assim, não consigo tirar a imagem da minha cabeça. Vovó e Engel, seus braços entrelaçados, perdendo o equilíbrio na escada e caindo para a frente. Talvez até arrastando mamãe enquanto caem.

Japie está sentado ali, curvado para a frente enquanto come. Ele mantém a colher parada, lágrimas pingando em sua sopa.

– Ei, Japie – digo, enquanto me sento ao lado dele e acaricio suas costas. – Tenho certeza de que elas vão ficar bem. Sério.

Não acredito em minhas próprias palavras, mas enquanto for capaz de confortar meu irmão, eu mesma não desmorono.

Japie ergue os olhos vermelhos e lacrimejantes.

– Betty, o que vou fazer?

– Você pode ir até Karel Baller. Eu já providenciei. Aqui está o endereço, e entre com cuidado pelos fundos. – Tiro o bilhete do bolso, entrego a ele e digo: – Memorize, depois jogue fora. Tudo bem?

Japie lê o bilhete e o segura sobre o fogo.

– Ei, você não deveria ficar um pouco mais com o papel?

Japie balança a cabeça.

– Não, tirei uma foto com os olhos – diz e, nervoso, coça o queixo, que agora tem pelos. – Mas vou ficar aqui. Nol diz que pode tirar a mamãe. Ele também me trouxe comida, para que eu possa ficar e esperar até que ela volte.

– É muito provável que nossa casa seja *pulsada* – digo, referindo-me à empresa de mudanças Puls, que está esvaziando todas as casas.

– Eles não vão fazer isso com a nossa casa porque você e Leni ainda estão oficialmente morando aqui.

– E se a Koot ouvir você? – pergunto, preocupada.

– Ela não vai me ouvir. Eu ando de meias.

– Também tentarei libertar mamãe através da diretora Pimentel.

Japie assente.

– Pode funcionar se vier de dois lados – diz ele, tentando se convencer.

Aqui estamos, duas crianças sem os pais. Ainda assim, não somos órfãos. Ainda não.

Eu o coloquei na cama e estou prestes a sair quando penso em algo. Vovó levou consigo as joias da família ou não houve tempo para isso? Vou na ponta dos pés até o quarto da vovó, que fica nos fundos da casa no primeiro andar. Sua grande cama de madeira está bem arrumada, presumivelmente por Engel, que sempre dorme na pequena cama de solteiro com o estrado de tela do outro lado do quarto. O vestido cinza com pele que vovó usou no casamento de Nol está pendurado no guarda-roupa. Coloco o vestido sobre a cama, abro as portas do guarda-roupa e vasculho o compartimento secreto nos fundos. Sei que é onde guarda seus objetos de valor porque ela me mostrou uma vez. "Então você saberá meu esconderijo secreto se eu morrer de uma hora para outra", disse. Só é possível abri-lo puxando completamente todas as gavetas para fora e, em seguida, removendo um painel da parte superior. Vejo de imediato que a vovó não teve a chance de esconder seu tesouro sob o vestido e levá-lo com ela. A caixa está cheia de colares, anéis, pingentes de diamantes, brincos. Com os dedos trêmulos, tiro tudo do compartimento e coloco no bolso do avental do uniforme.

Capítulo 23

QUARTA-FEIRA, 20 DE JANEIRO DE 1943

Eles esvaziaram o campo de prisioneiros em Amersfoort, que mantinha principalmente pessoas que se opunham ao regime nazista e jovens que tentavam escapar de serem enviados para um campo de trabalho. Os prisioneiros foram levados para Brabant, onde terão que ajudar na construção do chamado campo de concentração Herzogenbusch, em Vught.

Passo pela fila em frente à entrada da Expositur.

– Ei, volte para a fila! – uma mulher grita.

– Tenho um horário – digo.

Todos os dias, venho perguntando a Pimentel se ela pode fazer alguma coisa para ajudar minha família, e ela apenas me diz que eu deveria fazer uma denúncia aqui. O chefe da Expositur supostamente tem notícias sobre minha mãe. O funcionário com quem conversei uma semana antes olha surpreso.

– Ainda não tenho confirmação de uma *Sperre* para sua família, Srta. Oudkerk.

– Tarde demais, eles já estão em Westerbork – digo, sem rodeios. – O Sr. Wolff, seu chefe, está me esperando.

O homem se levanta sem dizer nada e desaparece no longo corredor atrás dele.

– Betty? Por favor, venha comigo – diz o chefe da Expositur, quando aparece pouco depois. Um homem chato com ombros estreitos e cabeça caída.

Ele me leva a um pequeno escritório tão cheio de arquivos que mal se consegue saber onde fica a mesa.

– Eu te ofereceria um assento, mas como você pode ver... – Ele gesticula em direção às pilhas de pastas amontoadas também nas duas cadeiras.

– Tudo bem, eu posso ficar em pé.

– Vou direto ao ponto: tenho boas notícias. Posso trazer sua mãe de volta.

Sinto as pernas fraquejarem e mal consigo me agarrar ao cabideiro ao meu lado.

– Você está bem, querida?

Eu não estava preparada para boas notícias.

– Sim, estou bem... Quando ela volta?

– Cheguei a um acordo com os oficiais do campo, então ela provavelmente será colocada em um trem para Amsterdã amanhã.

– E minha avó e nossa empregada, Engel? – pergunto.

– Receio não poder fazer nada por elas.

Olho para os arquivos, todas essas pilhas de documentos: são pessoas. Graças a Pimentel e a esse senhor Wolff, minha mãe acabou na pilha pequena, enquanto minha avó e Engel estão na pilha alta.

– Tenho outras coisas para cuidar agora, infelizmente – diz Wolff.

– Sim, eu entendo. Só uma última coisa. Meu irmão de quinze anos.

– Ele ficará sob os cuidados de sua mãe novamente. E como ela vai conseguir uma *Sperre*, ele também está isento de deportação.

Japie tem sua mochila no ombro e está prestes a sair quando entro.

– Você pode ficar. Mamãe está voltando.

– Mamãe?

Ele me olha com olhos vazios. Como se eu estivesse falando de um fantasma de um passado distante.

– Sim, ela vai pegar o trem amanhã.

– E a vovó?

Eu balanço a cabeça.

– Não, mas mamãe está voltando.

Posso dizer que Japie não acredita em mim.

– Não quero mais ficar aqui sozinho. Nol tem um endereço para mim que é mais longe de Amsterdã do que onde mora a família Baller. Eu estou indo para lá.

Ele parece abatido, com as bochechas afundadas e os cabelos despenteados.

– Japie, eu juro que mamãe vai voltar amanhã.

Primeiro, não consegui que ele deixasse a casa da nossa família, agora não consigo mantê-lo aqui.

Japie olha para a ponta dos sapatos. Ele parece relutante em mudar de ideia sobre ir embora.

– Você tem o suficiente para comer?

– Sim, mas eu... – ele hesita. – Depois das seis, quando está escuro, é como se todos ainda estivessem aqui. Pai, mãe, Gerrit... Eu poderia jurar que ouvi a vovó no quarto dela ontem. Sei que é impossível, e que é minha imaginação, mas... não aguento mais.

– Você ficará sozinho só mais uma noite, Japie. Uma última noite.

Ele tira a mochila novamente e afunda na poltrona do papai.

– Tudo bem. Mas vou para a estação amanhã de manhã e ficarei esperando lá até que o trem dela chegue.

É bastante perigoso esperar que ela chegue à estação, mas sei que não posso impedi-lo.

– Tudo bem, contanto que você seja cuidadoso.

Desço as escadas correndo. São três e meia. Tenho que voltar ao trabalho. Com toda a agitação, não olho para onde estou indo e encontro a viúva Koot. Eu poderia me repreender por me importar tanto e por não verificar se o perímetro estava seguro.

– O que você está fazendo aqui? – grita ela. Sinto sua mão pressionar meu ombro, sinto seu perfume doce, olho em seus olhos com maquiagem pesada.
– Eles já não vieram buscá-los?

Eu gostaria de cravar as unhas em seu rosto empoado e vomitar bile em sua pele. Mas, em vez disso, digo:

– Desculpe, Sra. Koot. Eu tive que vir buscar uma coisa.

Ela olha minhas mãos e vê que não estou carregando nada.

– Como o quê?

– Não estava aqui – digo, mostrando as mãos vazias.

– Eles tiveram que levar todo o dinheiro e ouro para o banco. Isso é exigido de vocês – diz a Sra. Koot.

– Provavelmente seja isso, madame – digo. Ainda bem que encontrei as joias da família há alguns dias. – Tenho que voltar ao trabalho agora.

– Melhor ir – diz ela. – Você não tem mais nada para fazer aqui.

– Não, senhora – saio, mas não consigo resistir. – Sra. Koot, como está a loja?

– Ah, tudo bem – diz ela.

– Isso é estranho – digo, fingindo surpresa.

– Como assim?

– Bem, porque nossos clientes judeus não podem mais vir aqui. E ouvi dizer que muitos de nossos clientes não judeus não querem mais vir aqui. Então, como fica isso?

– Com muita gente, muita gente!

É somente quando estou voltando para a creche que me dou conta de que os passos que Japie pensou que estava imaginando eram reais. Eram da Sra. Koot procurando objetos de valor.

No dia seguinte, estou tão nervosa que não consigo me concentrar em nada e, acidentalmente, deixo cair alguma coisa em três ocasiões diferentes.

Então Pimentel vem me dizer que tem alguém no telefone para mim. Não na sala dos professores, mas em seu escritório. *Minha mãe voltou! Ela está de volta*. Mas quando encosto o fone no ouvido, não é a voz da minha mãe que ouço, e sim a de Japie.

– Ela não veio – ouço-o dizer.

– O que você quer dizer com ela não veio?

Leva um segundo antes que ele responda.

– Havia apenas um trem de Westerbork, e ela não estava nele. Eu pensei... – sua voz falha.

– Você pensou o quê?

Ele limpa a garganta.

– Achei que talvez ela viesse amanhã, então perguntei a uma pessoa do Conselho Judaico que estava naquele trem se sabia de alguma coisa. Ele tinha uma lista de passageiros e disse que a Sra. Oudkerk estava nela hoje, mas que decidiu não vir porque não queria abandonar a mãe.

– Droga! – exclamo baixinho, mas estou com tanta raiva que poderia amaldiçoar o mundo inteiro.

Como minha mãe pôde fazer isso? Como ela poderia escolher sua velha mãe em vez de seus filhos? Estou movendo céus e terra para libertá-la. A mensagem de que ela precisa estar aqui ainda não é clara o suficiente? O que ela estava pensando? Deve ter ficado completamente *meshuga*. Você não abandona seu filho, abandona?

– Vou embora – ouço Japie dizer antes de desligar.

Pimentel olha para mim.

– Você pode tirar o dia de folga, Betty.

– Não, obrigada – digo, fria como gelo. – Isso não será necessário.

Pimentel me segue com os olhos enquanto saio do escritório. Os sons das crianças ecoando no corredor são quase irreais, como se estivessem vindo das paredes e não tivessem nada a ver com as criaturinhas passeando por aqui a menos de um metro de mim. Sons despreocupados de outro mundo, que é puro e bonito e não tem nada a ver com a vida lá fora. Eu pulo quando uma criança bate no meu traseiro com sua mãozinha e depois sai correndo maliciosamente.

– Espere até eu colocar minhas mãos em você!

O som da minha voz também não parece ser meu. É agora, neste momento, que descubro que o mundo real é exatamente o contrário? Que sou eu quem está presa dentro de uma câmara escura, que tem vivido em uma realidade invertida a vida toda?

Tudo o que faço aqui, cada risco que estou disposta a correr, baseia-se na suposição de que as crianças são o mais importante. Então por que minha mãe escolheu o contrário? Por quê?

Eu vomito no banheiro, depois lavo a boca e volto ao trabalho.

Capítulo 24
SEGUNDA-FEIRA, 25 DE JANEIRO DE 1943

Na noite entre 22 e 23 de janeiro, o hospital psiquiátrico judaico Het Apeldoornse Bos, que ainda tinha quase mil pacientes e enfermeiros residentes, foi esvaziado. O Hauptsturmführer Aus der Fünten liderou a operação, auxiliado por um grande grupo da SS e pela OD, a Polícia da Ordem Judaica, de Westerbork. Esse último grupo garantiu que cerca de cem pessoas conseguissem fugir.

A manhã está sombria, com uma corrente de ar gelado entrando em nossa fortaleza pelas rachaduras, quando Greetje é trazida. Minha querida e infeliz Greetje, que ainda está usando minhas antigas roupas, embora já esteja grande demais para elas há muito tempo. Ela está ofegante porque o tratamento de sua bronquite vem sendo negligenciado, e há uma grande bolha de ranho pendurada em seu nariz. Pergunto no teatro se alguém sabe como ela chegou aqui. Um rapaz do Conselho diz que provavelmente ela estava com o grande grupo que foi trazido esta manhã e que agora está no fosso da orquestra. Vou direto para o fosso da orquestra, um lugar que só visitei uma vez, quando isso me fez engasgar e querer fugir o mais rápido possível.

Olhando por cima da borda na área rebaixada entre o palco e o restante do salão, vejo cerca de trinta pessoas em diferentes estados de desespero.

Por um momento, acho que é aqui que colocam as pessoas que tiveram colapsos nervosos. Acontece com bastante frequência: alguém no teatro sofrer um ataque de histeria. Mas, quando olho melhor, vejo que são pacientes psiquiátricos. Um está balançando para a frente e para trás e gritando, enquanto outro olha com os olhos arregalados para o vazio e continua chamando pela mãe. Outro está deitado no chão, virando a cabeça da esquerda para a direita.

– Eles esvaziaram o hospício em Apeldoorn – diz uma mulher ao meu lado. – Isso não faz sentido. Colocaram a maioria em um trem para Westerbork imediatamente. Este grupo aqui conseguiu escapar. Foi o que aquele enfermeiro me disse. – Ela aponta para o homem de jaleco branco, que eu ainda não tinha notado. Ele está indo de um coitado para o outro, tentando acalmá-los. – Mas depois de escapar, eles se depararam com um bloqueio na estrada e foram capturados do mesmo jeito. Da frigideira para o fogo, eu diria – a mulher comenta secamente, depois se afasta.

Atormentada com o que acabei de ouvir, bato à porta do escritório de Pimentel para perguntar se ela sabia que Greetje esteve no Het Apeldoornse Bos. Quando abro a porta, dou de cara com Aus der Fünten. Ele está segurando dois pequenos dedos de Remi enquanto o menino dá seus passinhos.

– Por favor, me desculpe – digo. – Vim ver a diretora.

O pequeno Remi de repente se solta e cai de costas.

– Ora, veja! Você fez esse homenzinho chorar! – Aus der Fünten bufa. Ele vê meu rosto assustado e começa a sorrir. – Madame Pimentel voltará a qualquer momento.

Vejo um grande ursinho de pelúcia com uma fita vermelha sentado na cadeira de Pimentel atrás dele.

– Graças aos céus – digo. – Por um momento, fiquei com medo de que ela tivesse se transformado em urso.

Aus der Fünten olha para trás e cai na gargalhada, a cabeça jogada para trás e o pomo de Adão subindo e descendo.

– Essa é boa. Não, seria algo bom – e levanta Remi. – Trouxe um presente para este homenzinho.

Segurando Remi como um avião, ele pressiona seu rosto contra o bicho de pelúcia, e o homenzinho começa a gorgolejar. O nariz comprido e os olhos escuros podem fazer você questionar as origens arianas de Aus der Fünten, mas com o cabelo raspado nas laterais, o uniforme cinza da ss cheio de medalhas e uma contração nervosa nos olhos, ele é uma bomba-relógio que pode explodir a qualquer momento.

– Qual é o problema, Betty? – diz uma voz atrás de mim.

É Pimentel, me dando um olhar severo.

– Nada. Eu queria falar com você sobre... ahn, turnos noturnos – digo. – Eu estaria disposta a fazê-los – acrescento logo.

– Voltaremos a falar sobre isso mais tarde, mas, se for possível, me deixe sozinha com Hauptsturmführer Aus der Fünten agora, por favor.

– É claro.

Volto para a sala com as crianças um pouco mais velhas, onde minha simples Greetje precisa se encaixar. Ninguém percebe de imediato que sua inteligência não é exatamente a mesma dos colegas, então as outras crianças a acham estranha. Isso já acontecia quando ela ainda estava com os menores, mas agora ela é um alvo ainda mais fácil para o bullying. Fico feliz que pelo menos ela ainda saiba quem eu sou, então vai ficar perto de mim.

As trinta crianças entre sete e quatorze anos que estão aqui atualmente são inquietas e difíceis. Sieny e eu tentamos ensinar a elas holandês e aritmética, mas é como se sua atenção não durasse mais que cinco minutos. Está caindo granizo lá fora, então também não podemos deixá-los correr no jardim. Espera-se que eu os mantenha quietos, porque tenho mais experiência com esse grupo. Bato palmas.

– Escutem! Se ficarem em silêncio por mais de quinze minutos, eu fico de cabeça para baixo por cinco.

– Queremos ver se você pode fazer isso primeiro – diz um menino.

– Você vai ver, se conseguir ficar quieto – digo.

Mas o menino não aceita.

Ele faz com que todo o grupo cante:

– Queremos ver! Queremos ver!

– Tudo bem então!

Tiro os sapatos e coloco uma toalha dobrada no chão em frente à parede. Peço a Sieny que segure minhas pernas e me empurre para cima, então sinto a gravidade puxar minha saia até a cintura, para grande diversão das crianças.

– Abaixe minha saia – grito, ficando de cabeça para baixo.

Mas Sieny diz:

– Para baixo? Já caiu.

Ainda de cabeça para baixo, vejo a porta aberta e dois rapazes entram. Eu rapidamente balanço as pernas de volta ao chão. São Joop e Harry.

– Uau, isso é impressionante! – diz Joop. – O que você acha?

– Muito acrobático! – confirma Harry.

– Talvez ela esteja disposta a fazer isso de novo – diz Joop, provocando. – Para que possamos dar uma olhada mais de perto.

– Sim! – as crianças gritam em uníssono.

– Ah, não! Só se ficarem quietos por quinze minutos!

Eles vão tentar. Enquanto as crianças se sentam, mãos cruzadas e lábios apertados, pergunto, sussurrando, por que os rapazes vieram.

– Haverá outro transporte amanhã de manhã, e o comandante-chefe quer que as coisas corram melhor do que da última vez. Então, se você puder ter certeza de que há algumas crianças de reserva, de prontidão para se houver algum espaço extra no trem...

Eu olho para ele, de olhos arregalados.

– Reservar crianças?

– Crianças que estão aqui sem pais – esclarece Harry, desnecessariamente.

– Eu tenho algumas.

Meus olhos se voltam para Joop, que suspira de frustração.

– Foi o que nos disseram. O Conselho Judaico apoia isso, aparentemente.

– Inacreditável. E quem decide quais crianças vão para a lista de reserva?

Joop dá de ombros.

– Pimentel? Mas a porta dela está trancada, então não podemos perguntar.

– Achamos que seria útil fazer alguns preparativos – diz Harry misteriosamente. – Instalamos uma luz no mezanino e colocamos alguns cobertores.

Tenho que pensar de novo em Roosje e em como escondemos a garota no escuro. Várias semanas depois, ela desapareceu de repente. Sieny havia se apegado à menina e ficou inconsolável, o que levou Pimentel a nos dar um sermão sobre como realmente não devemos nos apegar a essas crianças, porque é isso que acontece. Ela apontou para Sieny, normalmente tão composta, sentada em um canto, com os olhos marejados. Não nos disseram para onde a criança foi levada.

– Também podemos esconder crianças entre as vigas – sugere Harry, em voz baixa.

– Mas se escondermos todo mundo, eles saberão imediatamente que algo não está certo... – murmura Sieny.

– Então vamos esconder alguns deles – digo.

Um rápido olhar para Joop me diz que ele concorda. Ele tem um olhar determinado no rosto.

Eu ouço uma criança atrás de mim rir, e outras reagem imediatamente.

– Você está falando! – digo. – De novo!

A cabeça de Mirjam aparece no canto.

– Betty e Sieny, vocês podem vir até o escritório de Pimentel?

Pretendo reclamar imediatamente sobre Greetje e sobre as outras, chamadas crianças de reserva, sendo enviadas para campos de trabalho. Mas não é Pimentel atrás da porta, e sim Walter Süskind, com um chapéu de feltro cobrindo o cabelo.

– Senhoras, obrigado por arranjarem tempo para me ver. – Ele fecha a porta e coloca o chapéu na mesa de Pimentel. – Henriëtte estará aqui a qualquer momento.

Com as mãos despreocupadamente nos bolsos, ele começa a falar.

– Organizamos algumas coisas e precisamos da sua ajuda. Já falamos com Mirjam Cohen, mas queremos envolvê-las também. – Ele se senta na poltrona atrás da mesa de Pimentel, que ela sempre usa quando não está trabalhando. – Henriëtte me disse que vocês sabem se portar e não têm medo.

– Bem, claramente ela é a mais corajosa de nós – diz Sieny, apontando para mim.

Süskind ignora sua observação.

– Conseguimos tirar as crianças daqui por vários canais diferentes. Não vamos dizer quais, porque quanto menos souberem, melhor.

Eu tento fazer minhas pernas pararem de tremer. Sieny se senta e eu sigo o exemplo.

– Temos que agir rápido para limitar os danos – diz Süskind, mudando de holandês para seu alemão nativo. – Vocês já devem ter notado que de vez em quando as crianças desaparecem. Vamos fazer isso em uma escala maior agora. Será dada prioridade às crianças abandonadas e às que foram capturadas em esconderijos. Isso porque seus pais já haviam decidido encontrar um lugar mais seguro para elas antes. Além disso, as crianças que entrarem no teatro com seus pais não serão mais todas registradas na Expositur, então, se as pessoas aparecerem com três ou quatro crianças, por exemplo, não vamos registrar uma delas. Seus nomes ainda estão registrados no escritório central, mas também temos pessoas lá que, com sorte, podem tirá-los dos registros a tempo.

Pimentel entra carregando Remi, com o cachorro atrás.

– Eu estava prestes a explicar que muitas vezes recebemos pedidos específicos – diz Süskind.

Pimentel coloca Remi no berço e substitui Süskind.

– Certo, suponha que temos um lugar para abrigar uma criança loira de quatro anos na Frísia. Porque uma criança dessa família morreu, por exemplo. Então vamos especificamente procurar uma criança assim. Depois, há crianças que são relativamente fáceis de manter fora da lista, como Greetje, porque ela veio com um grupo grande e foi tudo um pouco caótico. Gostamos de usar situações confusas como essas, e então procuramos uma família que...

– Eu vou fazer isso. Estou dentro – digo, antes mesmo que ela possa terminar.

Süskind ri, mas Pimentel mantém uma cara séria.

– Ainda não disse exatamente para que preciso de você – diz ela com voz severa. – Não podemos usar imprudência, Betty.

– Eu sinto muito.

– O que estamos pedindo é que vocês escondam as crianças na creche de vez em quando – diz Süskind.

– Nós já estamos fazendo isso às vezes...

– Deixe-o terminar, Betty!

– Também estamos pedindo que falem com os pais para que nos deixem encontrar um lugar para seus filhos – diz Süskind, acendendo um cigarro.

Sieny levanta a mão.

– Posso dizer a eles que qualquer coisa é melhor do que levá-los para os campos também?

– Não. Muitas pessoas querem acreditar que Westerbork e os campos no leste também lhes oferecem um futuro como família – responde Pimentel. – Quem somos nós para destruir essa ilusão?

– Além disso, não podemos cuidar de todas as crianças, caso contrário, não sobraria nenhuma para encher os trens e fazer o inimigo pensar que tudo está indo como planejado, por mais horrível que pareça.

– Nós também pensamos nisso – digo, presunçosamente.

No que de imediato recebo uma reação furiosa de Pimentel:

– Sob nenhuma circunstância você vai agir por conta própria. Escutou o que eu disse?

– Não, mas Harry e Joop...

Sieny me cutuca.

– Shhh!

– Harry e Joop sabem o que estamos fazendo – Pimentel diz secamente. – Mas eles só podem criar as condições. No final, cabe a vocês de fato executar.

Süskind vira o rosto para soltar a fumaça, que a corrente de ar sopra de volta.

– Pimentel está coordenando tudo deste lado, então vocês devem ouvi-la.

Pimentel continua.

– As famílias que acabam indo no transporte são uma cobertura para as crianças que estamos ajudando a esconder. Vocês terão que convencer os pais sem pressioná-los e sem contar toda a verdade que, uma vez no trem, a chance de sobrevivência é pequena. E certifiquem-se de que ninguém mais está ouvindo. Se descobrirem o que estamos fazendo, estamos todos perdidos. Vocês acham que estão preparadas para isso? – Pimentel olha cada uma de nós nos olhos.

– Sim! – uma voz do berço diz de repente.

Remi se levantou e nos olhou com uma cara feliz.

– Se ele pode fazer isso, nós também podemos – digo, talvez com muita confiança.

– Obrigado, senhoras. Estou feliz de poder contar com vocês. – Süskind pega seu chapéu da mesa e sai. Pimentel o deixa sair.

Sieny olha para mim, seu rosto pálido.

– Puxa, não tenho certeza se sou capaz.

– Com certeza você é. Vou te ajudar.

Naquela mesma noite, Pimentel nos instrui a esconder sete crianças órfãs no berçário.

Quando Aus der Fünten chega durante a ronda para perguntar onde estão as crianças da reserva (ele ainda tem espaço para mais oito), há apenas dois órfãos à disposição. Esses insistiram em ir se encontrar com os pais, que já estão em Westerbork.

Aus der Fünten fica surpreso com o pequeno número, mas Pimentel afasta suas dúvidas.

– Ah, senhor Aus der Fünten, o número total de pessoas deportadas hoje já é tão alto que Berlim realmente não vai reclamar que deveria ter havido mais dois ou três – diz ela, dando-lhe um tapinha amigável no ombro. – Além disso, é o que é.

Prendo a respiração pela forma como ela está falando, o que não reflete o equilíbrio de poder entre eles. Mas a resposta de Aus der Fünten não é nada fora do comum: parece que reconhece a autoridade dela como diretora da creche.

Capítulo 25

SEGUNDA-FEIRA, 1º DE FEVEREIRO DE 1943

Joop me mostrou uma cópia impressa de um jornal da resistência chamado Rattenkruid, no qual é feito um apelo: "a imprensa clandestina conjunta na Holanda apela ao verdadeiro povo holandês com um chamado para unir forças na resistência ativa ao ocupante alemão, e seus chamados lacaios holandeses, agora mais do que nunca. Junte-se, com todas as suas forças, e sempre que possível, à grande tarefa da libertação!".

Entro na cozinha atordoada depois de mais um turno da noite. Sieny me serve uma xícara de café e torra um pedaço de pão para mim no fogão a carvão, espalhando manteiga e algumas gotas de mel. Ela é uma fofa. Trabalhou a manhã toda, mas nunca reclama de nada.

– Pimentel quer saber se você pode dar uma palavrinha com os pais de Liesje Katz – diz Sieny.

Sei que isso significa que ela encontrou um lugar para a criança. O contrabando de crianças vai em duas direções. Às vezes, há um "pedido" para uma criança de determinado sexo, cor de cabelo e idade, e aí Pimentel nos pede que conversemos com os pais em particular. Outras vezes, somos nós pedindo que encontrem um esconderijo para uma criança porque conseguimos convencer os pais. A oferta e a procura nem sempre coincidem.

Liesje é uma menina de três anos com cachos loiros e cara de anjo, que já frequentava a creche antes de eu trabalhar lá. Ela só chegou ao teatro com os pais ontem e, como já nos conhece, foi bastante fácil convencê-la a ir para a creche. Ficamos sempre felizes com as crianças que já estiveram conosco, pois isso torna a despedida dos pais muito menos dramática. A única coisa é que estamos tendo cada vez menos crianças que já conhecemos vindo para cá agora.

No caos constante do teatro, leva um tempo para encontrar os pais de Liesje. Todas as pessoas se parecem nesta luz amarela e pálida. Mesmo sabendo que todos os ocupantes do teatro são "reabastecidos" a cada semana, parece que são as mesmas pessoas o tempo todo. Não parece diferente da semana passada, ou da semana anterior. Respiro fundo e caminho até a mãe. Sei que ela é uma mulher inteligente e alegre.

– Aconteceu alguma coisa com Liesje? – pergunta ela quando me vê.

Seu marido se junta a nós, colocando o braço em volta da esposa de forma protetora.

– Não, não se preocupe. Ela está indo bem.

Olho em volta. O único guarda na sala está muito longe para ouvir o que estamos dizendo. Ainda assim, há pessoas demais ao nosso redor para falar com segurança.

– Você poderia vir comigo para a área dos bastidores por um segundo? – pergunto. – Lá é um pouco mais calmo.

– Há ratos lá – diz o marido. – Minha esposa tem medo de ir.

– Não camundongos, ratos! – reforça ela. – Apenas me diga. Consigo te ouvir muito bem – diz ela, de cabeça erguida.

Esta é a parte mais difícil... Como convencer alguém a abrir mão de seu filho?

– Liesje está comendo bem, dormindo bem e não chora, ao contrário de muitas outras crianças – reduzi o volume da nossa conversa, ficando mais perto dos pais. – O que estou prestes a dizer é extraoficial, então, por favor, não falem sobre isso com ninguém. Encontramos um lugar para sua filha, para que ela não precise ir para o transporte.

– Um lugar? – pergunta o pai, um pouco alto demais.

– Shhh... Sim, uma família que está disposta a acolhê-la pelo tempo que for necessário.

– E onde é isso? – pergunta o pai, enquanto a mãe se cala.

– Receio não poder dizer. Mas é um lugar seguro.

– E nossos filhos?

– Não, apenas para Liesje.

Eu sempre acho isso uma das coisas mais difíceis de dizer. É arriscado levar várias crianças da mesma família se já estiverem registradas no teatro. Duas ainda pode funcionar, mas três é impossível.

– Não temos lugar para eles. A menos que você queira que eu informe se nós...

– Eu não quero isso – interrompe o Sr. Katz. – Liesje é nossa única filha...

– É só por enquanto. Até que vocês estejam reunidos.

Mas o pai não vai se convencer.

– Esta família vai ficar junta. Somos mais fortes juntos.

Neste ponto, eu quero gritar: "não! Vocês não são. Se partirem juntos, nenhum de vocês provavelmente sobreviverá!". Mas Pimentel diz que temos que respeitar a decisão dos pais. Eu sei, e é impossível para nós salvar a todos, mas essa doce menina...

– Talvez vocês queiram mais tempo para pensar. Volto amanhã para perguntar de novo.

A chance de eles decidirem o contrário é pequena, sei por experiência. Mais frequentemente, é o contrário: concordam no início, mas decidem o contrário depois de uma noite pensando. Só que Pimentel acha que devemos dar tempo aos pais para tomar uma decisão tão importante.

– Deixe-nos em paz – diz o pai, de modo resoluto.

Ele puxa a esposa para longe de mim, como se eu fosse o inimigo. A mãe me olha mais uma vez. Eu deveria ter falado com ela a sós? Eu teria sido capaz de convencê-la? A maioria das pessoas não quer, o que posso entender perfeitamente. Eu arrancaria meu próprio bebê do meu peito e o colocaria nos braços frios de um estranho?

Frustrada com meu fracasso, estou prestes a sair quando alguém agarra meu braço e me para.

– Espere.

Olho nos olhos cansados de uma mulher pequena e escura.

– Eu quero fazer isso!

– Desculpe, o que você disse?

– Vou entregar minha filha por enquanto – diz ela, tão baixinho que mal consigo ouvi-la. – E o irmão dela também. Minha filha tem mais ou menos a idade de Liesje. Elas são amigas.

– Quem é sua filha? – pergunto.

– Betsie. Mas ela sempre foi chamada de Napoleão.

Então eu me lembro: uma garota com uma cabeça de cachos escuros e rebeldes, que realmente conseguia levantar a voz.

– E de preferência meu filho, Abraham, também.

– Vou tentar arranjar um lugar para os dois.

– Espero que você consiga... – diz a mulher. Eu vejo seus olhos brilharem. – O mais importante é que meus filhos sejam salvos.

– Faremos tudo o que pudermos – digo baixinho. – Você está fazendo uma escolha corajosa.

A mãe olha para mim.

– É a única que eu tenho.

Capítulo 26

QUINTA-FEIRA, 4 DE FEVEREIRO DE 1943

Correm rumores de que o Exército Vermelho conseguiu derrotar os alemães em Stalingrado. Será verdade?

Os órfãos que escondemos na noite do transporte estão circulando normalmente no dia seguinte. Até que, um por um, começam a desaparecer. Sieny e eu escondemos três crianças em um grande carrinho de mão cheio de roupas e as levamos para o depósito de roupas em Plantage Parklaan, onde Nel, uma senhora idosa que não faz perguntas, leva os pequenos como se fossem um pacote postal. Eu também coloquei um bebê em uma mala com furos para respirar e levei para Nel. Quando saí, Grunberg, um dos homens da ss, estava na porta e me perguntou para onde eu estava indo. Brinquei que estava fugindo para a Riviera Francesa, obviamente, piscando e fazendo ele cair na gargalhada. No meio da rua, o bebê começou a chorar. Se tivesse sido dois minutos antes, tudo estaria perdido. Contei a história para minhas duas aliadas, Sieny e Mirjam, e junto com Pimentel decidimos dar aos bebês algumas gotas de álcool antes de sair para ajudá-los a escapar.

Hoje é a vez de Greetje. Ela vai dar um passeio com o grupo esta tarde. Pimentel conseguiu que a liderança da ss nos deixasse levar as crianças para tomar um ar de vez em quando. Temos permissão para passear sob a supervisão dos rapazes do Conselho, com a condição de que todas as crianças, mesmo que tenham menos de seis anos, usem uma estrela amarela para serem facilmente reconhecíveis. Esse método de fazer desaparecer as crianças é especialmente adequado para os que são um pouco mais velhos, que não cabem mais em um carrinho de mão ou mala. É possível instruí-los e fazer acordos com eles.

Eles têm que ficar no fim da fila e, quando em determinado ponto o grupo faz uma curva, eles devem continuar seguindo em frente. Serão recebidos por um homem de capa de chuva e chapéu e uma mulher com uma flor vermelha no cabelo, que os levará a partir dali. Quando o grupo retorna à creche mais tarde, duas crianças extras saem pela entrada lateral e são rapidamente adicionadas à fila, para que o número total seja verificado de novo na porta da frente. Isso já correu bem várias vezes, e Sieny me garante que é bastante simples, mas não tenho tanta certeza com Greetje e quero estar presente.

Estamos de prontidão com o grupo de crianças e um jovem do Conselho Judaico, ex-trompetista do teatro, que nos acompanhará desta vez. O guarda Klingebiel está contando as crianças e anotando o número. Então é hora de partirmos. O trompetista não está envolvido na conspiração e está morrendo de medo de perdermos uma criança durante nossa caminhada até o parquinho, então ele continua contando. Estou na parte de trás com Greetje e falo para ele para ficar de olho na frente da fila, enquanto eu cuido da retaguarda. Digo ao menino ao lado de Greetje, que já sabe que tem que continuar andando em linha reta depois, que ele realmente tem que arrastá-la junto, mesmo que ela não queira. Eu disse a Greetje que ela tem que fazer exatamente o que seu amigo na fila disser e que depois ela vai ganhar ameixas secas, que eu lhe mostro, como recompensa. O olhar faminto em seus olhos quando vê as ameixas me diz que ela seguirá as instruções. Quando chega o momento e vejo o homem de chapéu e a mulher com a rosa no cabelo na ponte, sou quase incapaz de andar de tanto nervosismo. O grupo vira à direita na Plantage Muidergracht.

– Vá com ele – digo a Greetje. – E então você terá ameixas. Lembra?

Ela continua segurando a mão do menino sem qualquer alarido e olha para a frente. Corro atrás do grupo. Isso foi mais fácil do que eu esperava. Mas quando olho para trás uma última vez, vejo-os lutando para impedir que Greetje volte correndo para mim.

No parque, onde damos tempo para as crianças brincarem, ainda estou tão trêmula que sinto vontade de vomitar. Procuro não pensar em Greetje, mas nas palavras de Pimentel: "não se apegue a nenhuma criança". Quando o trompetista chega e me diz ansiosamente que duas crianças estão desaparecidas, eu me recomponho.

– Isso é estranho. Acabei de contar mais duas. Venha, vamos lá. Podemos contar novamente daqui a pouco.

Quando voltamos para a porta da frente, Sieny rapidamente empurra duas crianças para fora. O trompetista, que trata do retorno com Pimentel, conta as crianças com a voz trêmula, e chega ao número certo.

– Tudo bem – diz Klingebiel.

Posso ver que o trompetista não entendeu o que aconteceu. O guarda Zündler está nos observando do outro lado. Ele desvia os olhos quando vê que eu o notei. Ele viu alguma coisa? Procuro não pensar sobre isso. Greetje foi salva, e é isso que importa.

Capítulo 27

QUARTA-FEIRA, 10 DE FEVEREIRO DE 1943

O Orfanato para Meninas Israelitas Holandesas em Rapenburgerstraat e o Orfanato para Meninos à beira do rio Amstel foram esvaziados. Quase duzentas crianças foram levadas diretamente para Borneokade, o pátio ferroviário atrás da estação.

Há uma grande consternação entre as professoras da creche, porque todas conhecemos pelo menos uma criança do orfanato. Quando nossa jovem colega alemã Cilly ouve a notícia, fica inconsolável. Cilly vivia no orfanato até recentemente, mas agora está hospedada no centro comunitário da creche, Huize Frank, que serviu como uma pequena casa de repouso até um mês atrás. Pimentel montou ali alguns quartos para meninas que não têm mais família. Mas a irmã de quatorze anos de Cilly ainda morava no orfanato. Penso em meu próprio irmão, Japie. Ele estará seguro? Não tenho notícias suas há semanas.

Pimentel entra e diz que devemos trabalhar. Ela chama Cilly de lado.

À noite, Cilly sussurra que eles conseguiram tirar sua irmã. Um dos assessores de Süskind a escondeu debaixo de uma pilha de roupas velhas no trem, e então a levaram para um esconderijo.

Nos dias após a partida do transporte, os órfãos que fugiram chegam todos os dias sem nenhuma ideia de para onde ir. É importante escondê-los antes que os alemães os vejam. Uma das órfãs tem idade suficiente para se passar por professora de creche, e Pimentel lhe dá um emprego com um falso nome judaico (agora eu realmente vi de tudo) o que também lhe dá uma *Sperre*. A professora, extremamente jovem, anda atordoada pelo berçário nos primeiros dias.

A essa altura, sei que o grupo de pessoas da resistência que leva crianças para esconderijos consiste principalmente de estudantes do sexo feminino de Amsterdã e Utrecht. Elas costumam sair com um estudante bonito, que sempre usa um chapéu fedora e um casaco arrojado. Presumivelmente, ele lida com a logística. Outro grupo de mensageiros é liderado por um motorista de táxi chamado Theo de Bruin, mas me disseram que esse não é seu nome verdadeiro. Esse grupo também consiste principalmente de mulheres jovens que podem se passar por mães das crianças que estão contrabandeando. A essa altura, reconheço uma delas. Ela muitas vezes entra na creche usando um uniforme de enfermeira e depois leva uma criança em uma mala, mochila ou cesta de compras. Ajo como se não soubesse seu nome, mas já a vi algumas vezes no depósito de roupas, onde ouvi alguém dizer o nome dela: Semmy Glasoog. É uma jovem frágil, que provavelmente não é enfermeira, pois seu uniforme é muito grande e o lenço está preso na cabeça com um alfinete de segurança.

Eu a encontro na sala dos professores. Ela está ali de casaco, braços cruzados e mochila, olhando as fotos na parede.

– Posso ajudar?

– Não, obrigada – diz ela ansiosamente.

Ela transfere o peso de uma perna para a outra, então desvia o olhar mais uma vez.

– Você tem um horário marcado com a diretora?

– Ahn, sim, mas ela está em uma reunião.

Eu hesito se devo falar ou não.

– Sua touca, não é assim que se coloca.

Ela olha para mim, assustada.

– Não?

– É fácil para as crianças puxarem o alfinete. Você precisa amarrá-la.

– É muito pequena para amarrar – diz ela, ainda desconfiada.

Eu tiro a minha.

– Aqui, pegue esta. Vou arranjar outra.

Achei que ela ia gostar do gesto, mas não pega o pano.

– Não se preocupe, não tenho piolhos.

Ela segura um sorriso porque sabe que está sendo avaliada, mas acaba pegando da minha mão.

Mostro a ela como amarrar o lenço atrás da cabeça e estou prestes a voltar para o meu trabalho, mas ela me segura.

– Você é Betty, certo? Vim buscar um pacote de café.

Ela pronuncia a frase lentamente e com ênfase extra.

– Você está no lugar errado para isso – digo a ela. – Café de verdade não está disponível há algum tempo. Temos apenas o substituto. Você quer um pouco?

Ela me encara com um olhar estranho no rosto, então olha ansiosamente para o relógio.

– Pimentel não está?

– Ela está em reunião com o comandante Aus der Fünten.

Ela arregala os olhos.

– Eu... eu tenho que ir – diz, a caminho da porta.

É quando a ficha cai. Pimentel nos disse que os mensageiros usariam códigos. Um pacote de chá significa uma menina. Café para meninos.

– Espere, café ou chá. Eu tenho tudo. Você tem o nome da marca para mim?

Semmy parece insegura se pode confiar em mim.

– O café tem nome?

– Max Visser, com menos de um ano. Mas eu preciso ir. Eles estão esperando por mim.

Vou até a seção de bebês o mais rápido que posso e pergunto a Mirjam qual bebê se chama Max Visser. Eles estão vindo buscá-lo. Embora Mirjam seja uma pessoa confiável, que faz tudo de acordo com as regras, não faz perguntas agora e verifica a lista imediatamente.

– Não tenho um Max Visser. Quantos anos tem?

– Velho o suficiente para caber em uma mochila.

– Silêncio – sibila Mirjam. – Ela olha ao redor, cautelosa, para ver se alguma das outras cuidadoras ouviu. Quando verifica a lista novamente, ela tem certeza. – Ele não está aqui. É melhor perguntar a Sieny.

Sieny está no quarto das crianças.

– Max Visser? Ele está ali no chão – aponta para um garotinho de dois ou três anos, dirigindo um carrinho de brinquedo pelo chão.

– Ele nunca vai caber em uma mochila – sussurro, mais para mim do que para ela.

– Não, não vai – observa Sieny.

Quando passo a mensagem para Semmy, ela morde o lábio.

– Devo levá-lo até a metade do caminho. Há uma mulher esperando na estação 's-Hertogenbosch. Não posso deixá-la esperando.

Volto para o quarto das crianças. Sieny me ajuda a recolher suas coisas, e digo ao garotinho que ele pode pegar o carro com o qual está brincando. O menino parece surpreso demais para protestar e me deixa levá-lo ao corredor, onde Aus der Fünten e Walter Süskind estão saindo pela porta do escritório de Pimentel. Dou um aceno amigável de passagem e entro na sala dos professores com o pequeno Max nos braços. Semmy parece surpresa quando me vê entrar com o menino.

– É Max?

Pimentel entra.

– Desculpe, tive uma visita inesperada. Ah, vocês já se conheceram – diz ela, quando me vê atrás da porta também.

– Temos um pequeno problema – diz Semmy, acenando para o menino. – Eu contava com um ano de nascimento diferente. Ele nunca vai passar despercebido.

– Você vai esperar até a linha nove chegar – diz Pimentel. – No momento em que o bonde parar aqui em frente, você corre e entra com o menino.

– Estou com medo agora. Da última vez, eu o perdi. Além disso, nunca se sabe se há um holandês desonesto no bonde, que nos veria saindo da creche.

Eu vejo Pimentel parar para pensar.

– Então não entre, siga o bonde a pé até Plantage Parklaan. Vou ligar para que tenha uma bicicleta pronta onde Nel está.

– Ele já pode andar na garupa? Não quero nem pensar na criança perdendo o equilíbrio e caindo de cabeça.

– Vou abraçá-lo com força – diz Semmy. – Não tem uma estrela no casaco dele?

– Pegue um dos casacos sobressalentes no vestiário, Betty – diz Pimentel. – Eles estão "limpos".

É só então que o pequeno Max parece perceber que vai sair e grita:

– Não, não quero. Cadê meu toitoi? Eu quero toitoi!

– Você pode ficar com o carro – digo. – É muito mais bonito que toitoi.

– O que é um toitoi? – Semmy pergunta.

Eu dou de ombros.

– Sei lá.

Pimentel tenta colocar um pouco de juízo no menino. Ela geralmente é capaz de acalmar uma criancinha chateada, agindo de maneira firme e compreensiva ao mesmo tempo. Mas agora o menino continua chorando por seu "toitoi".

Eu corro de volta para Sieny.

– O que é um toitoi? Max quer seu toitoi.

Sieny parece não entender o que o menino quer dizer no início, mas depois vai direto para o canto das bonecas. Ela pega uma boneca de pano que deveria ser um cowboy. Esperando que o cowboy seja toitoi, corro de volta para a sala dos professores.

O menino fica quieto imediatamente quando vê a boneca. Só que agora ele se recusa a soltar minha mão.

Ouço o bonde se aproximar ao longe. Semmy e eu estamos no corredor, prontas para ir. Semmy está usando a mochila de Max com todas as suas coisas, e eu carrego Max apoiado em meu quadril. Parece que ele sente nossos nervos, porque não está fazendo nenhum som agora.

Saímos quando o bonde para no ponto entre a creche e o teatro. As ruas estão tranquilas e não há muitos passageiros, então o bonde começa a se mover novamente quase que de imediato. Caminhamos na velocidade do bonde, cada vez mais rápido, até que estamos correndo e chegamos à esquina da Plantage Parklaan. Meus braços estão doloridos de segurar a criança. Vejo algumas pessoas no bonde sorrindo para nós. Um deles até nos mostra o polegar para cima. Faço uma pausa para recuperar o fôlego, enjoada da agitação e do esforço.

– De novo! De novo, toitoi! – Max grita com entusiasmo.

Foi apenas uma brincadeira para ele.

Ouço alguém assobiar. É Harry colocando sua bicicleta contra a parede e indo embora.

– Aí está sua bicicleta – digo a Semmy.

Ela pedala com o garotinho nas costas.
– Segure firme! – grito atrás deles.

– Correndo, hein? – diz o guarda alemão que encontro no caminho de volta.
É Zündler. Eu o olho nos olhos: *teria nos visto?*
– Sim, sempre tem alguma coisa – digo, ofegante. – Faça isso, Betty, faça aquilo, Betty. Estou constantemente correndo.
Ele tira o boné e passa a mão pelo cabelo.
– É importante manter a forma – diz ele. – Isso mesmo. Quanto mais rápido você for, melhor.
– Claro que sim – concordo, ainda me recuperando da correria. – Especialmente com crianças.
Quero continuar, mas Zündler não terminou de falar.
– Eu não posso mais correr – e aponta para o peito. – Atiraram em mim aqui, em Danzig, a cidade onde nasci. Pulmão rasgou-se em pedaços. Então agora tenho apenas um.
– Ah, isso dificulta, tenho certeza.
Ele ri, algo que eu nunca o vi fazer antes e que, de repente, faz com que pareça um pouco mais jovem, mais próximo da minha idade.
– É por isso que me deram um trabalho simples, entendeu?
Ele aperta os olhos por um segundo, como se quisesse transmitir mais do que pode dizer apenas com palavras.
– Eu não chamaria isso de um trabalho simples – digo. – Você tem que ficar de olho nas coisas.
– É isso que quero dizer – diz ele, avançando em minha direção. – Então eu vejo exatamente o que eu quero ver, entendeu?
Dou um aceno lento, sem saber se ele está sendo cúmplice ou fazendo uma ameaça.
– Bom.
Ele coloca o boné de volta e marcha de volta para sua posição. *Zundler sabe.* Só pode ser. Ele sabe o que estamos fazendo, e está deixando acontecer.

Capítulo 28

QUINTA-FEIRA, 18 DE MARÇO DE 1943

Os trens estão saindo de Amsterdã não apenas para Camp Westerbork, mas também para o novo campo de concentração em Vught. As pessoas enviadas para cá incluem ciganos, presos políticos, pessoas do submundo, andarilhos, Testemunhas de Jeová, criminosos e comerciantes do mercado negro. Ouvi dizer que todo mundo é obrigado a usar macacão azul com um triângulo colorido indicando a qual grupo de "escória" eles fazem parte. Os prisioneiros mais odiados são aqueles com um triângulo amarelo: judeus.

Finalmente tenho notícias de Japie quando ele me liga para dizer que está morando em Nijkerk com um criador de gado – um tal senhor Kroon – que tem uma corcunda. O endereço em que estava hospedado antes, com uma família meio judia, tornou-se inseguro. Então fez a mala, tirou a estrela e, sem documentos de identidade, e com os dedos cruzados, pegou um trem para Putten, onde nossa família passaria as férias antes da guerra. Eu digo que está louco correndo esse risco. Mas ele acha um absurdo. Funcionou, não funcionou?

Ele conseguiu o endereço desse fazendeiro corcunda através de alguém que conhecia alguém. Ele e outro menino judeu estão ajudando o fazendeiro Kroon e sua governanta na fazenda. O fazendeiro até ofereceu para me acolher também. Mas meu irmão recomenda que eu não vá. Então, se eu receber uma mensagem de alguém para se juntar a ele na fazenda de Kroon: "Não vá, Betty!". Japie diz que o agricultor está interessado em meninas judias por outro motivo, não para ajudá-las a sobreviver. Tenho uma sensação horrível no estômago com a história. O agricultor disforme se limita às mulheres? Japie está realmente tentando me dizer que ele é uma vítima desse homem? Digo-lhe que é melhor ir embora, mas Japie diz que está bem e que quer ficar. Eu tenho notícias sobre nossa mãe? Digo que não tenho. Nada mesmo.

Antes que ele desligue, eu o faço prometer que ligará em caso de problemas.
– Você sabe que farei qualquer coisa para ajudar, certo?
– Eu sei – diz ele. – Adeus, Betty.
A sensação horrível perdura por algum tempo.

O número de deportações aumentou para duas, às vezes três por semana. De maneira quase rotineira, todos estão operando de suas posições para garantir que o processo seja o mais eficiente possível. Sem problemas. Mas, no final, nunca é sem drama. As mulheres não conseguem mais evitar entrar em pânico, os homens se recusam a entrar, as crianças começam a gritar ao ver os pais sendo chutados para dentro. Perdi a conta do número de crianças que foram deportadas até agora. São pelo menos quarenta todas as noites em que há um transporte. Também perdi a conta do número de crianças que conseguimos contrabandear. Nós as escondemos sob capas, as colocamos em cestos de pão, sacos de batatas e nos carrinhos de comida que vão e voltam entre a creche, o teatro e Plantage Parklaan todos os dias. Ainda é apenas uma fração do número que acaba nos trens. Eu sei que Pimentel, Süskind e seu braço direito, Halverstad (que supostamente é especialista em falsificar documentos de identidade e remover nomes da *cartotheque*), estão fazendo tudo o que podem para aumentar esse número. Assim como as secretárias do teatro que o ajudam, os mensageiros do Conselho, os alunos, Theo de Bruin e seus ajudantes, Nel, do depósito de roupas e muitas outras pessoas. Todo mundo está fazendo o seu melhor para levar mais crianças para a segurança. Assim como Mirjam, Sieny e eu estamos. A princípio, fiquei particularmente interessada em saber se as fugas das várias crianças haviam corrido bem. Elas não foram pegas, a criança parou de chorar, os pais dispostos a esconder as crianças as receberam bem? Pimentel disse que nosso trabalho terminava quando elas saíam e que deveríamos esquecê-las depois. Não que eu quisesse saber quem as havia levado, para qual endereço, que novos nomes pensaram para elas... Eu só queria saber se tiveram sucesso. Porque eu nunca fui além do ponto em que seus rostos assustados estavam olhando para mim. Quando estavam chorando por suas mães, ou por mim algumas vezes. "Betty, não vá embora!", especialmente se já estivessem conosco havia algum tempo e eu já conhecesse um pouco a criança. "Só vou se Betty vier". Mas por mais que eu implorasse a Pimentel para me dizer se tinham conseguido, se tinham sido salvos, sempre recebi um "não" como resposta.

Sei muito mais sobre todo o sistema de contrabando agora. É mais fácil encontrar esconderijos para os bebês. Casais mais jovens que não conseguem ter filhos ficam muito felizes com um bebê recém-nascido. Famílias que perderam um filho ou filha especificarão características particulares para que a criança tenha o mesmo sexo e aparência, como um substituto de sua perda. De qualquer forma, é mais fácil encontrar lugares para crianças loiras, porque parecem menos judias. Elas geralmente são levadas para a parte norte do país, onde a maioria das pessoas tende a ter cabelos loiros. Crianças de cabelos escuros e aparência judia são levadas para o sul, para Brabante ou Limburgo, porque lá elas se destacam menos do que na Frísia ou em Groningen. As meninas são preferidas porque geralmente são mais cooperativas e – mais importante – porque não são circuncidadas. Crianças pequenas também são procuradas porque suas memórias desaparecem rapidamente e ainda são capazes de se relacionar com os novos pais adotivos. Além disso, geralmente são fofas e também já sabem usar a privada. Para os "pais ocultos", como Pimentel os chama, é importante que ainda sejam capazes de incutir suas próprias crenças religiosas nas crianças nessa idade. Mas o contrabando de crianças de três e quatro anos é bastante difícil. Elas ainda não entendem que não devem dizer nada sobre seu nome ou pais verdadeiros, mas percebem que algo sério está acontecendo e isso faz com que se sintam inseguras. Temos de dizer várias vezes que agora elas têm outro nome e são de Rotterdam. Porque é essa a história criada em muitos casos: que são pequenos desabrigados que perderam os pais durante os bombardeios. Elas são transportadas com cartazes pendurados no pescoço, indicando seus nomes e que são órfãos do sul da Holanda.

As crianças geralmente são transportadas de trem. Mas, às vezes, também são levadas por todo o país de barco, através de várias rotas de navegação interior. Há sempre o medo de que uma dessas crianças não consiga disfarçar. Ouvi uma história sobre uma criança que começou a cantar "Donna, Donna, Donna", uma canção popular em iídiche, enquanto estavam sentados em frente a um grupo de soldados alemães no compartimento. A mensageira achou que ia ter um ataque cardíaco de susto e não sabia mais o que fazer a não ser cantar uma canção de Natal em meados de abril. Graças a Deus, a criança começou a cantar junto. As crianças mais velhas representam um risco menor em sua jornada porque sabem o que está em jogo, e são menos propensas a fazer ou dizer algo estúpido. Simplesmente não há muitas famílias dispostas a acolhê-las. Sabe-se que os adolescentes são difíceis e apresentam um risco maior de serem descobertos. As famílias dos agricultores muitas vezes ainda estão dispostas a acolhê-los porque podem usar um par extra de mãos com tarefas domésticas ou na terra - como aconteceu com meu irmão, Japie. Mas pode demorar um pouco para encontrar um lugar assim, o que significa que algumas crianças ficam conosco por meses a fio, como Michael e Sal, dois adolescentes. Eles sabem exatamente onde se esconder quando as deportações acontecem ou quando é provável que haja uma inspeção. Eles até nos ajudam também levando as crianças mais novas para serem contrabandeadas para esconderijos e certificando-se de que fiquem quietas.

O sistema de contrabando fica melhor a cada dia. Mais eficiente. Há pouco tempo para pensar. Muito menos tempo para ter medo. Só me assusto durante meus turnos noturnos, quando a sonolência me toma enquanto estou sentada na cadeira, e acabo tendo um sonho vívido em que minha família me visita. Converso com meu pai e pergunto por que ele não está mais vivo para nos proteger. Vejo Gerrit de costas, vestindo o terno que pediu e chamo seu nome. Mas quando ele se vira, vejo seu rosto baleado. Minha avó falando francês e me dizendo que estou me comportando indecentemente, como uma *putain*. Mais uma pessoa tem surgido em meus sonhos nas últimas noites. Minha mãe. Ela canta e acaricia meu cabelo...

Sou acordada por um estrondo alto que faz as janelas tremerem, e me sento imediatamente. Deve ter sido uma bomba que caiu bem ao lado de nossa casa, ou um pouco mais adiante na rua. Em algum lugar próximo. Me preparo para outro estrondo, mas nada vem. É a primeira vez em uma semana que não sou eu, mas Sieny, que fica no turno da noite. Rapidamente puxo os rolinhos de papel do cabelo e saio da cama. Então ouço outro estrondo. Gritos lá embaixo. Encontro Sieny no corredor.

– No porão, certo?

Estamos preparados para possíveis ataques dos Aliados, e temos instruções para levar as crianças conosco para o porão. Não temos um abrigo antibombas de verdade, mas, na frente do prédio, no depósito e na sala de carvão, há duas saídas de ar e nenhuma janela, então são os lugares mais seguros. Precisamos levar todas as crianças para lá o mais rápido possível. Pimentel está de camisola e com dois rolinhos no cabelo, como uma crista de galo, o que em outra situação seria motivo de riso, mas agora não é.

– Quando você trouxer todos eles, pegue o máximo de garrafas de água que puder – ela me diz. – Sieny e Mirjam, peguem colchões e cobertores.

Quando lanço um rápido olhar pela janela, ainda não consigo ver a fonte do terror. A luz do teatro ilumina a rua, enquanto soldados alemães correm para a esquerda, descendo o quarteirão. Ordens são gritadas, há xingamentos e latidos constantes de cães.

Divididos em dois espaços apertados, nos sentamos e esperamos com oitenta crianças assustadas, apertadas como sardinhas. Posso ouvir as sirenes do caminhão de bombeiros ao longe se aproximando. Pimentel se levanta, o que parece exigir muito esforço. Uma pontada de dor nas costas quase a faz perder o equilíbrio. Mas bem a tempo, ela consegue se agarrar ao batente da porta e ficar de pé.

– Bruni, sente-se! – ordena ao cachorro, que olha para ela com expectativa.

O pequeno Remi também quer ir atrás dela, mas basta um tapinha na cabeça para fazê-lo se sentar no meu colo e esperar seu retorno.

– Já volto – diz ela, com voz cansada.

Ela se foi há pelo menos meia hora, durante a qual as crianças, por fim, começam a se acalmar novamente. O perigo parece ter passado, e uma a uma, elas começam a chorar ou perguntar pela mãe ou pelo pai. Pimentel finalmente aparece no canto. Sem mais explicações, ela diz:

– Está tudo bem. Voltem para a cama.

O pequeno Remi, que já anda muito bem, rasteja do meu colo e corre em direção a Pimentel com os braços estendidos.

– Ei, querido, vem com a tia Henriëtte.

Pelo jeito, Pimentel parece ter quebrado a própria regra estrita de não se apegar a nenhuma criança.

– Venha, vamos voltar a dormir. – Ela beija o menino na testa.

Capítulo 29
DOMINGO, 28 DE MARÇO DE 1943

Só soubemos o que aconteceu exatamente no dia seguinte. Um grupo de artistas bombardeou o registro civil de Amsterdã, localizado a uma curta distância da rua, na esquina da Plantage Middenlaan com a Plantage Kerklaan. Seu objetivo era destruir todos os registros pessoais. Esses membros da resistência entraram vestindo uniformes policiais sob o pretexto de ter que revistar o prédio em busca de pessoas procuradas. Eles então dominaram os funcionários que estavam presentes no momento e os sedaram com uma injeção, deixando-os no zoológico Artis. Em seguida, encharcaram os armários com benzeno e colocaram bombas-relógio. As bombas explodiram pouco depois de terem fugido, e o andar de cima foi completamente incinerado. Infelizmente, as carteiras de identidade estavam no andar de baixo, e apenas um pequeno número delas foi destruído. Os jornais dizem que os alemães estão oferecendo uma recompensa de dez mil florins por qualquer informação que leve à prisão dos suspeitos.

As crianças estão tão inquietas que estou ficando louca. Não importa o que minhas duas colegas e eu tentemos, parece que elas simplesmente não querem mais seguir as regras. O que não é tão estranho, considerando que o número de crianças quase dobrou em uma semana. Como consequência, estamos superlotados e ainda com poucos funcionários, apesar de todas as mãos extras. Mirjam, que está trabalhando na seção de bebês no andar de baixo, entra na sala de jogos.

– Betty, faça alguma coisa! – pede ela. – Todos esses pulos e gritos estão constantemente acordando os pequeninos lá embaixo.

Às vezes, não sei de onde tiro energia, mas não há outra solução a não ser seguir em frente. Afinal, as crianças também não têm outra escolha.

Bato palmas.

– Silêncio agora. Todos vocês!

As crianças ficam brevemente em silêncio e olham para mim.

– Se ficarem quietos por dez minutos, prometo uma coisa.

– Como o quê? – diz um espertinho. – Um pote de ouro?

– Claro que não – respondo. – Você só consegue encontrar um pote de ouro no final de um arco-íris.

– Que posso ir para casa? – diz um outro com ousadia.

– Também não posso prometer isso, infelizmente, por mais que quisesse. – Tenho que pensar em algo bom ou então nunca ficarão quietos. – Eu prometo... – *O que no mundo posso dizer que causaria uma impressão grande o suficiente?* – Aaahn... que vou me pendurar numa corda do andar de cima – digo, do nada.

O que estou pensando? Talvez seja porque certa vez vi um filme em que alguém escapava da prisão assim.

– Mas isso é impossível! – diz um menino com um rosto travesso. – Através do teto?

– Não, não pelo teto, espertinho – respondo, rindo. – Pela janela.

As crianças correm para a janela para ver a altura.

– Você não vai acabar esmagada? – pergunta uma garota, parecendo preocupada.

– Não, não seja boba! Mas só farei isso se cada um de vocês puder ficar quieto como um camundongo por dez minutos inteiros.

Eles prometem que vão. Claro, nunca conseguirão, mas tentar algumas vezes certamente os manterá ocupados por pelo menos uma hora.

De uma jaula de macacos a sala se transforma em um mosteiro silencioso. Era possível ouvir um alfinete cair. Duas crianças se esforçam muito para não rir alto, mas de alguma forma conseguem manter o silêncio. Começo a ficar um pouco nervosa quando oito minutos se passam. Faço caretas para fazê-los rir, imito um macaco, depois um elefante, fico vesga, mas de nada adianta. Eles parecem ter encontrado um interruptor interno para ficarem mudos neste momento. E então dez minutos se passaram.

– Pela janela! Pela janela! – cantam eles.

– Shhh, tudo bem então. Promessa é dívida. Mas ouçam: se alguém das outras salas descobrir o que estou prestes a fazer, provavelmente tentará me impedir. Então ainda preciso que se comportem da melhor maneira possível. Vocês podem apenas sussurrar um para o outro, ou então o negócio está cancelado.

Minhas duas colegas vêm até mim.

– Não achamos que seja uma boa ideia, Betty.

– Talvez não, mas não tenho escolha – digo, determinada. – Vocês duas apenas certifiquem-se de que as crianças fiquem quietas!

Encontrei uma corda no sótão e estou tentando pensar em como prendê-la à viga do teto quando vejo Joop na rua se aproximando de bicicleta. Desço as escadas correndo e o paro.

– Joop, você tem que me ajudar. Tenho que me pendurar em uma corda da janela.

Ele olha para mim, estupefato.

– Você o quê?

– Prometi às crianças que faria isso se ficassem quietas, e se você promete algo, tem que cumprir.

– Certo, claro, mas neste caso...

– Joop, por favor. Se há uma coisa que essas crianças precisam é de confiança. Assim, elas verão que nós, pelo menos, cumprimos o que prometemos.

Ele ri, balançando a cabeça, então coloca a bicicleta no suporte.

– Se você insiste.

A viga é um pouco alta demais para eu passar pela janela do sótão. Mas tenho que me virar porque é dessa janela que as crianças esperam ansiosas. Joop pediu ajuda a Harry, e juntos eles vão me abaixar com a corda que penduraram em uma viga na sala. Fico um pouco ansiosa quando estou sentada na janela e olho para baixo. São pelo menos dez metros até a calçada. Talvez não pareça tão alto, mas posso cair e morrer facilmente dessa altura.

– Betty, não! – Sieny, que está trabalhando na seção de bebês junto com Mirjam, de repente entra correndo no quarto.

– Tarde demais! – digo.

– Você é completamente louca, sabia?

– Não, ela não é! – diz um menino em minha defesa. – Ela prometeu!

– Está vendo, Sieny? As crianças concordam que eu tenho que fazer isso.

– Você é quem sabe – diz Sieny. – Deixe-me primeiro avisar aos guardas do outro lado da rua. Você vai levar uma bala no traseiro antes que perceba.

As crianças acham isso hilário, mas felizmente concordam que eu tenho que sair dessa ilesa.

Fiz um laço na ponta da corda para colocar o pé: já vi isso no circo uma vez. Aperto a corda grossa bem firme. Quando vejo Sieny do outro lado da rua com o polegar para cima, digo aos meninos que estou pronta. Joop me deseja uma boa viagem e puxa a corda junto com Harry. Cuidadosamente, me abaixo sobre a borda. Essa ideia de colocar o pé no laço se mostra imediatamente errada, porque assim que solto o parapeito da janela estou pendurada na horizontal. Tenho que segurar firme para continuar.

– Agora, me abaixem! – digo.

Passa uma ideia em minha cabeça que poderia ser mais fácil se eu apenas soltasse a corda agora. Se, como aquele filósofo, eu escolhesse o ar rarefeito sobre a vida na terra. Voar pelo globo em vez de ser pisado no chão novamente todos os dias. Mas não posso fazer isso com todos aqueles rostos esperançosos olhando para mim da janela.

– Só mais um pouco – grita Sieny, que voltou correndo pela rua para me pegar. – Sim, quase...

Eu toco o chão na calçada com o traseiro sem a menor graciosidade. Ouço aplausos acima de nós.

– O que está acontecendo aqui?

Uma mulher com uniforme de enfermeira está parada na porta da frente com uma mala.

– Nada de especial – digo, limpando a areia do uniforme.

Seu rosto parece familiar.

– Posso ajudá-la, madame? – pergunta Sieny, de modo educado.

– "Madame"? Não seja boba. Eu sou Virrie Cohen, a irmã mais velha de...

Ela então vê sua irmã parada na porta, e as duas pulam nos braços uma da outra, gritando sem parar.

– Minha irmã é de Rotterdam, onde trabalhou no hospital – diz Mirjam quando elas param de gritar. – Ela veio nos ajudar.

– Essa é minha intenção, afinal – diz Virrie. – Porque este lugar parece meio bagunçado. Pessoas sendo penduradas das janelas, meu Deus.

Capítulo 30
QUARTA-FEIRA, 7 DE ABRIL DE 1943

Os trens para o leste partem de Westerbork todas as terças-feiras. A imprevisibilidade e aleatoriedade de quem é enviado para os campos de concentração é enlouquecedora. Depois que seus companheiros do campo de concentração são levados em vagões de gado, leva uma semana até o próximo lote partir. Semana após semana. Até chegar o momento em que seu nome também está na lista. Porque esta é uma das poucas coisas de que você pode ter certeza em Westerbork: chegará uma terça-feira em que você terá que fazer as malas. Até então, as pessoas vivem em um mundo de faz de conta com toda uma indústria de artesanato, partidas de futebol e noites de teatro. Minha mãe estará tocando piano lá?

Uma noite, quando a calma voltou à creche, converso com Virrie. Ela está na cozinha com uma xícara de chá e um jogo de palavras cruzadas que recortou de um jornal ou revista. Pergunto se é difícil, e ela responde que espera que sim, dando de ombros. Restam apenas alguns espaços, caso contrário, não terá nada para distrair a mente mais tarde.

– Tudo bem se eu me juntar a você?

Ela dá um aceno rápido para indicar que está tudo bem.

– Manifestação, sete letras?

– Ahn... eu não sou boa em palavras cruzadas.

– Eu estava pensando em "levante", mas não pode ser, porque começa com R.

– Revolução?

Ela olha para cima de seu quebra-cabeça.

– Você não sabe contar? São nove letras.

– Ah, claro, claro.

Me sinto uma idiota perto de Virrie, que é cerca de dez anos mais velha que eu. Ela e Mirjam são semelhantes na aparência. Mas Virrie é muito mais assertiva e também mais rigorosa do que a irmã mais nova.

– Espere um segundo. Você me deu uma ideia... – ela diz, e conta baixinho – ...sete. Sim está certo. A resposta certa é: revolta!

– Que comece a revolta – digo secamente.

Virrie me dá um olhar perplexo, depois cai na gargalhada.

– Você é engraçada. Eu já sabia disso quando vi você pendurada pela janela.

O gelo entre nós está quebrado. Virrie me conta que treinou aqui alguns anos atrás. Quando dou uma boa olhada, ainda posso reconhecê-la de algumas fotos penduradas na sala dos professores, embora ela esteja vestida com roupas formais. Ela viveu bons momentos com Pimentel aqui, mas não queria trabalhar apenas com crianças. Então foi para Rotterdam continuar o treinamento para ser enfermeira. Logo depois que tirou o diploma e começou a trabalhar no Hospital Judaico, a cidade foi bombardeada. Ela me conta que foi horrível, e que, como jovem enfermeira, viu um civil gravemente ferido após o outro. Pessoas com seus membros arrancados, com fragmentos de granada no corpo e queimaduras graves na pele. Inúmeras pessoas morrerem em seus braços e nos de seus colegas. Ela continuou trabalhando lá, até que o hospital foi fechado há uma semana. Todos os pacientes e funcionários foram colocados em um transporte. Com os olhos baixos, me diz que teria preferido ir também. Pergunto por que então está aqui, e de repente ela se levanta e diz que está aqui para nos ajudar. Fim da história. Me deseja uma boa noite e sai, esquecendo as palavras cruzadas sobre a mesa.

Ouço uma criança chorar na seção de bebês. Esses lamentos geralmente não duram muito porque Mirjam, sendo a única responsável pelos pequeninos, fica de olho neles. Mas agora a cadência de choro constante persiste, e me levanto para dar uma olhada.

Não há nenhuma professora no berçário. Leio o cartão que diz que a pequena acabou de tomar uma mamadeira de leite, então não pode estar com fome.

– Ei, garotinha, qual é o problema? – sussurro, levantando a criança do berço. O bebê solta um arroto como um marinheiro, o que responde instantaneamente à minha pergunta. Ela me olha surpresa. – Bem, já saiu, não é, querida? – e, com cuidado, a coloco de volta em seu berço.

No corredor, vejo que a porta da frente está entreaberta. Vou até lá e vejo Mirjam fumando um cigarro com Joop.

– Ei, a pequena Y no berço número sete acabou de acordar.

É impossível lembrar os nomes de todas as crianças. Chamamos os meninos de "X" e as meninas de "Y". Só sei os nomes das que ficam um pouco mais – enjeitados como Remi, órfãos cujos pais já foram deportados e adolescentes para os quais não conseguimos encontrar endereços. Perdi o rastro de todas as crianças há algum tempo. Pimentel mantém uma lista secreta de quais crianças saem e com quem. Ela escreve em um livrinho que guarda em um lugar secreto. Não tenho ideia se ela sabe para onde estão indo. Talvez seja apenas o submundo que mantém registros dessa informação, e este, por sua vez, consiste em vários grupos diferentes. É importante que cada célula opere independentemente da outra para que não haja risco de toda a organização ser descoberta se um braço for traído.

Mirjam apaga o cigarro contra a parede.

– Adeus, Joop! Tenho que voltar ao trabalho.

Deixo Mirjam passar e estou prestes a voltar para dentro.

– Sério que acabei de perder todas as minhas parceiras de conversa? – ouço Joop dizer.

Dou uma olhada em volta.

– Parece que sim. Você tem que esperar aqui?

– "Tem que" é uma frase que eu odeio – diz Joop, sorrindo ironicamente. – Prefiro dizer "vou". Vou esperar aqui até aquele alemão gordo do outro lado da rua, está vendo?, dizer que posso ir embora.

Tento ver quem está do outro lado da rua, mas está escuro demais para distinguir qualquer coisa.

– Mas como ele pode ver você parado aqui?

– Ele não pode, a menos que aponte a lanterna para mim, mas eles só podem usá-las em emergências.

– Então é realmente inútil você ficar matando o tempo aqui?

– É impressionante como você é perspicaz – diz ele, em tom de provocação.

– Assim como você é perseverante – retruco. – Mas, além de perspicaz, também sou muito criativa. Venha comigo!

Agarro sua mão sem pensar. Um pouco surpreso, Joop me deixa arrastá-lo.

– Talvez não seja uma boa ideia...

– Shhh! – peço. – Esta porta à direita. – Joop entra primeiro no escritório de Pimentel. – Espere um segundo. – No escuro, ando ao redor dele até a janela e abro as cortinas. Então puxo as duas cadeiras para mais perto. – Temos uma visão perfeita se houver sinal do outro lado da rua daqui.

– Tem certeza de que isso é permitido? – pergunta Joop, sem nenhuma bravata agora.

– Tenho certeza de que é. Melhor do que ter que buscá-lo na calçada mais tarde, certo?

Fiz uma xícara de chá para cada um de nós, e Joop acrescenta um pouco de *jenever* de seu frasco.

– Você não acha estranho que duas filhas de David Cohen trabalhem aqui agora? – pergunto. – Aquele bonzinho com certeza não vai aprovar o que estamos fazendo aqui.

Estou falando do contrabando de crianças... evito usar a frase por segurança.

– É um pouco estranho, de fato, mas acho que ele não sabe.

Só consigo ver o contorno de seu rosto e seus dois olhos acesos.

– Sério?

Talvez eu esteja comparando demais com a relação que tive com meu próprio pai. Nunca guardei nenhum segredo dele.

– Mirjam acabou de me dizer que seu pai teve que forçar Virrie a descer do trem na Central de Rotterdam. Ela disse que se solidarizou com seus colegas e prometeu a seus pacientes que não os abandonaria. Mas seu pai a proibiu de ir para Westerbork.

– Não sei se teria sido tão forte a ponto de me sacrificar – admito. – Também não há muito que você possa fazer uma vez estando preso lá.

Penso em minha mãe, que se recusou a deixar Westerbork, e novamente sinto a raiva crescer dentro de mim.

Joop me traz de volta.

— Concordo, mas como filha de David Cohen, talvez você tenha que fazer exatamente o oposto do que seu pai espera?

Entendo o que ele quis dizer. Os únicos judeus que ainda estão realmente seguros neste momento são os figurões do Conselho Judaico e suas famílias. Mostra força de caráter, se você pode dizer: "eu não quero uma posição de privilégio. Sou como todos os outros judeus".

— Já pensou em fugir, Joop?

— Já pensei um pouco, mas ainda não há planos concretos. Mas não vou me deixar ser deportado, com certeza. Você?

— Sieny e eu concordamos em nos escondermos juntas, se for preciso.

— Muito esperto. Vocês são mais fortes juntas do que sozinhas, especialmente sendo garotas.

Ficamos em silêncio por um momento. Sinto o álcool me aquecendo por dentro. Não estou acostumada a beber, mas não queria admitir isso para Joop.

— O que você quer ser quando crescer? – pergunto.

Ele ri.

— Quero ser piloto de caça. Isso seria incrível. E você?

— Eu quero ser mãe de pelo menos dez filhos e talvez começar um abrigo ou algo assim.

— Então basicamente o que você está fazendo aqui.

— Não, não é o que estou fazendo aqui. Aqui, tenho que cuidar das crianças até serem deportadas.

Ele se inclina um pouco mais perto, me dando uma visão melhor de seu rosto.

— Mas não todas, certo?

— Por que não podemos ajudar todas elas? – digo, mais para mim do que para ele. – Eu faria qualquer coisa por isso.

— Tenho certeza de que você faria. – Então, de repente, seu tom suaviza. – Nunca conheci uma garota como você antes, Betty. Você nunca tem medo.

— Ter medo é para ratos – digo. – E covardes.

— Às vezes tenho medo – confessa Joop. – Isso faz de mim um covarde?

Nossas conversas nunca foram tão pessoais.

— Não, você não. Ou, bem... Acho um pouco covarde da sua parte ficar noivo daquela moça cristã.

Naturalmente, havia algum tempo eu tinha perguntado a Harry se Joop já estava comprometido. A resposta foi duplamente decepcionante.

– É mesmo? – Ele endireita as costas. – Parece que me lembro de você dizendo "promessa é dívida" outro dia. Eu a pedi em casamento... não é algo que simplesmente se joga pela janela, é?

– Não assim, não – digo, flertando com ele pelo olhar.

Eu nunca teria coragem sem álcool no meu sangue. Sem a confiança que me deu, talvez eu nem tivesse percebido: *ele também me quer. Ele me quer*. Pego sua mão e a pressiono contra meu rosto.

Então, de repente, a porta se abre e as luzes se acendem. É Pimentel, de roupão. Fecho imediatamente as cortinas blackout.

– O que vocês estão fazendo aqui?

Joop se levanta.

– Desculpe, senhora, foi ideia minha. Eu estava de guarda lá fora.

– Não, foi ideia minha – digo rapidamente.

– Vocês dois vão discutir sobre quem eu tenho que repreender?

– Eu! – Joop e eu falamos juntos.

– Vá para a cama, você – ordena ela. – E você, lá fora.

Joop me dá um abraço rápido no corredor.

– É impossível, Betty – ele sussurra em meu ouvido.

– Eu sei.

Mesmo assim, seguramos nosso abraço um pouco mais, sua bochecha na minha. Segundos em que não dizemos nada. Então, coordenadamente, nossos rostos se voltam um para o outro, o que leva a um beijo. Um momento de união que dura no máximo alguns segundos, mas que desperta em mim todo tipo de sentimento.

Com a cabeça leve, vou para a cama.

Capítulo 31
DOMINGO, 11 DE ABRIL DE 1943

O Sr. Van Hulst é o diretor da HKS, *a Escola de Treinamento Reformada Holandesa duas portas abaixo, onde os alunos são treinados como professores. Van Hulst, cujo rosto magro e sério e os grandes óculos de marfim o fazem parecer não ter mais de trinta anos, conseguiu manter sua escola aberta com doações dos pais. O jardim da escola faz fronteira nos fundos com o da creche. Ocasionalmente, vejo o Sr. Van Hulst falar com a diretora Pimentel lá. Mas isso não diz nada quanto a ele ser ou não confiável. As conversas que Pimentel tem com Aus der Fünten parecem bastante amigáveis e descontraídas na superfície também. Como se se conhecessem bem.*

Quando acordo e abro a janela do meu quarto no sótão, vejo Virrie levantando uma garotinha de casaco vermelho sobre a cerca de alfeneiros. Só então reconheço a criança. É a pequena Paula, que foi trazida aqui pela Polícia Verde há algumas semanas. Como estamos com pouco espaço, o Sr. Van Hulst reservou um quarto. Todos os dias, as crianças são passadas sobre a cerca viva para tirar um cochilo vespertino lá. Recentemente, percebi que há menos crianças retornando do que indo.

É impossível pegar uma criança pela mão e sair da creche sem ser notado, porque agora muitas vezes há dois guardas na frente do teatro de olho em nossa creche. Mas é claro que é perfeitamente possível um professor ou aluno um pouco mais velho sair com uma criança pela entrada da escola de treinamento.

Vou até o quarto de Mirjam na frente do prédio e bato à porta. Quando ninguém responde, entro. Mirjam arrumou a cama com cuidado, e o lugar cheira a algum tipo de creme medicinal. Há um caderno em sua cama, talvez seu diário. Sinto-me uma intrusa neste espaço privado, mas continuo... eu preciso saber. Abro a claraboia e puxo sua cadeira para mais perto. Subo com cuidado e me inclino sobre o parapeito da janela para poder olhar além da sarjeta na rua e a entrada da escola. Nada para ver além de um homem andando na calçada. É então que vejo que é "o carrasco", o homem da NSB à paisana, que frequentemente patrulha a rua aqui, ultimamente para assustar desocupados. E se isso não impressionar, bate neles com o soco-inglês que esconde no bolso do casaco de couro. Os moradores locais tentam fazer vista grossa; eles já sabem que não devem ficar parados por muito tempo. São as pessoas que vieram aqui especialmente para ver com seus próprios olhos. Sabe-se que nesta rua está acontecendo todo tipo de coisa agora, e isso atrai pessoas curiosas e em busca de emoções. O carrasco é a razão pela qual não tem ninguém saindo da escola de treinamento agora? Justo quando estou prestes a entrar porque está demorando muito, vejo uma jovem com uma criança sair para a rua pela entrada lateral. No começo, acho que é outra criança, porque está usando um casaco diferente, mas depois reconheço o cabelo preto e espetado de Paula. O casaco vermelho foi trocado por um cinza. Sem uma Estrela de Davi.

O carrasco não se importa com o que aparenta ser uma mãe e sua filha.

Capítulo 32
TERÇA-FEIRA, 13 DE ABRIL DE 1943

Quando Aus der Fünten não está presente, o assistente Hauptsturmführer Streich está no comando. Streich tem uma queda por Hetty, a secretária de Süskind. Eu mesma a encontrei algumas vezes, uma menina judia loira muito bonita que fala cinco idiomas diferentes. A história diz que o Hauptsturmführer Streich já a convidou para sair uma vez, mas ela gentilmente recusou. Não desanimando tão facilmente, algum tempo depois ele sugeriu que jantassem juntos sem que ela usasse uma Estrela de Davi. Ele também disse que poderia ajudá-la a obter um certificado ariano. Mas Hetty recusou dessa vez também. Isso feriu tanto o orgulho de Streich que ele a colocou em um transporte ontem.

Estou levando o grupo de crianças escolhido para brincar no jardim quando passo por Hauptsturmführer Streich, que acaba de sair do escritório de Pimentel. Aceno gentilmente, mas ele nem parece me notar. Parece estar mal-humorado, até mesmo irritado.

Quando chego do lado de fora com as crianças e fico à espera do grupo que tem que voltar para se reunir, vejo Pimentel também sair de seu escritório. Ela vai direto para a seção dos bebês em frente e pede que Mirjam venha também. Pimentel então corre para os fundos, onde abre uma porta após a outra. Há algo na maneira como ela está agindo que me assusta, embora eu não possa explicar. De repente, seus olhos vazios olham diretamente para mim, e ela pergunta se eu sei onde está Virrie.

– Acho que a vi indo para a despensa há pouco – digo.

O pequeno Remi sai pela porta aberta da sala da diretora, andando cambaleante com as mãos estendidas e um babador amarrado no pescoço.

– Remi come?

– Chame Virrie – diz Pimentel com a voz fraca. – Agora.

As crianças que se aglomeram ao meu redor, prontas para o ensaio da peça, perguntam se podem continuar.

– Esperem mais um minuto até que todos estejam aqui – respondo, descendo as escadas correndo para o porão. – Pimentel quer ver você – digo a Virrie. – Acho que é importante.

Virrie sobe correndo as escadas na minha frente. Eu mal a vejo desaparecendo no escritório de Pimentel.

De volta ao corredor, duas crianças do meu grupo de ensaio se esconderam para pregar uma peça em mim.

– Você tem que encontrá-los, Miss Betty – diz uma garota com olhos travessos.

– Eles definitivamente não estão na caixa de areia – provoca o menino ao seu lado.

– Por que vocês não sobem logo, crianças? – digo, e vou até a caixa de areia para tirar os dois meninos.

Voltando para dentro com um pequeno malandro em cada mão, ouço um grito repentino.

– Não, não! Eu não vou! Eu não vou fazer isso!

A porta se abre e Mirjam sai, imediatamente seguida por Virrie e Pimentel.

– Mirjam, fique aqui – diz Virrie. – Talvez ainda possamos arranjar alguma coisa. Mirjam...

Mas Mirjam bate a porta do quarto dos bebês atrás dela, e os bebês começam a chorar instantaneamente.

– Mirjam, por favor... – diz a irmã.

– Deixe-me falar com ela. – Pimentel empurra Virrie para o lado. – Mirjam, abra.

Mais bebês estão chorando agora: quando um começa, é acompanhado por outro, e outro logo depois.

O garotinho puxa minha mão.

– Senhorita Betty, podemos ir agora?

– Sim, estamos indo.

Subindo as escadas, ouço os gritos de Mirjam acima dos bebês chorando.

– Não, não posso. Não, não! Não vou fazer isso. Não!

As crianças estão no mais completo silêncio. Eu engulo o nó na minha garganta.

– Venham, vamos começar.

A terrível notícia está circulando pelo prédio. Streich ordenou que as irmãs Cohen fossem e voltassem de Westerbork para levar todos os órfãos pessoalmente. Incluindo Remi. O doce e querido Remi. Todo mundo tem seus favoritos aqui, mas Remi é o favorito de todos. Até mesmo dos alemães. É tão chocante que há mais adultos do que crianças chorando hoje. E depois há mais quatro órfãos que tem que ir com Mirjam e Virrie, incluindo dois pequenos, uma menina de cinco anos e um bebê de dois meses. Mas Remi está aqui há mais tempo. Por que não podemos contrabandeá-lo? *Tem que haver algo que possa ser feito*, Sieny, Harry, Joop e eu sussurramos entre nós. Mas Pimentel não permite. Muitas pessoas conhecem Remi. Streich também disse que, se as irmãs Cohen não cumprirem sua tarefa, toda a creche será fechada. Nossa única esperança é que Aus der Fünten intervenha e impeça Virrie e Mirjam de pegar o trem amanhã. "As irmãs Cohen": isso é pura intimidação de Streich dirigida às filhas do presidente do Conselho Judaico. Vingança pura e absoluta por ter sido rejeitado pela bela secretária.

Mirjam está tão arrasada que não saiu do quarto depois de seu turno, nem mesmo por insistência da irmã. Ela bloqueou a porta.

Estão todos com os nervos à flor da pele no dia seguinte. Hoje é o dia em que o Aus der Fünten deve voltar da licença e, pelo que entendi, Pimentel tentará dar uma palavrinha com ele. Também vejo Süskind correndo de um lado para o outro constantemente entre a creche e o teatro, para tentar ainda fazer algum tipo de acordo. Esse transporte não acontecerá à noite, mas no meio do dia, e o tempo está se esgotando. Um clima de total desânimo paira sobre a creche como um cobertor sufocante. Os segundos estão passando lentamente, obstinadamente. Não há nada que possamos fazer até que Aus der Fünten apareça. Mirjam voltou ao trabalho como de costume esta manhã, mas parece que ela tomou alguma coisa, porque seus movimentos são rígidos e seu rosto pálido não demonstra qualquer emoção. Apenas a contração sob seus olhos revela o quão nervosa está. Sua irmã mais velha, Virrie, parece principalmente com raiva. Não vemos Pimentel, que está em seu escritório com Remi.

Tudo parece perdido quando os homens da ss Klingebiel e Zündler vêm perguntar se estão todos prontos. Mirjam se levanta e vai para o quarto dos bebês. Virrie está pisando com raiva no chão de granito enquanto pega as malas e empurra um carrinho de mão e um carrinho de bebê para o corredor. Mirjam coloca os dois bebês menores no carrinho enquanto Virrie carrega os bebês no carrinho de mão. A órfã de cinco anos, uma menina magricela com cachos escuros na cabeça, veste o casaco sem reclamar. Há uma bolha de ranho pendurada em seu nariz, que Mirjam limpa com um lenço de papel. Tento fazer contato visual com Zündler: *ele pode fazer alguma coisa, não pode?* Mas o ss não olha para mim e puxa o carrinho de crianças pela porta da frente junto com seu colega.

E então é a vez de Remi. Virrie bate à porta do escritório de Pimentel. Quando escuta, "entre", ela abre a porta, e vemos Remi já com seu casaco e botas de couro, pronto para sair. Ele se alegra quando nos vê, como sempre. Pimentel entrega a Virrie sua bolsa de pertences e depois o pega nos braços. Umas cinco professoras vão ao escritório dela para lhe dar um beijo ou um abraço.

– Boa viagem, Remi!

– Vejo você aqui em breve.

– Tchau, garotão!

Então ouço uma voz alemã familiar no corredor. Olhamos para cima, esperançosamente.

– Pimentel quer falar com você, Hauptsturmführer! – ouço Virrie dizer.

Aus der Fünten aparece no corredor e fica surpreso com o grande grupo de professoras que encontra.

– Ora, ora, é óbvio quem é o mais popular aqui!

Pimentel segura Remi na frente de Aus der Fünten.

– Por favor, Hauptsturmführer – ela murmura com voz rouca, quase inaudível. – Deixe esta criança ficar. Estou te implorando...

É a primeira vez que a vejo abrir mão de seu orgulho.

– O que é isso que eu ouço? Esse rapazinho vai nos deixar? – Aus der Fünten exclama. – Isso não está certo!

Remi ri dele, e Aus der Fünten o tira de Pimentel. A diretora se recupera e faz um apelo desesperado para manter Remi na creche, com a voz embargada.

– Ah, Madame Pimentel – suspira Aus der Fünten. – Eu gostaria de poder, mas você precisa entender que não posso ir contra as ordens de um colega. – Ele então entrega Remi de volta para Pimentel e diz: – Cadê seu urso, rapazinho? Você realmente não pode ir embora sem seu urso. – Ele vai até a cama de Remi. Pimentel fica ali, horrorizada e soluçando, com Remi nos braços. Aus der Fünten então lhe entrega o grande urso de pelúcia. – Aqui, rapaz. Seu amiguinho ursinho tem que vir também.

Nós os enviamos um pouco mais tarde: as irmãs Cohen e os órfãos. Eles acenam de volta para nós do caminhão aberto. O olhar feliz no rosto de Remi muda de repente quando ele vê sua mãe adotiva desaparecer de vista.

Capítulo 33

SEXTA-FEIRA, 23 DE ABRIL DE 1943

Além de um número limitado de judeus na Holanda, que têm uma Sperre *especial, todos os judeus holandeses estão agora em Amsterdã. Os alemães declararam o restante do país Judenrein hoje.*

Fico perplexa quando olho para Pimentel e tento ler seu rosto enrugado e manchado para saber o que ela está pensando. É como se o mapa do rosto dela continuasse me colocando no caminho errado. Seus olhos carrancudos mostram raiva, mas as rugas ao redor deles sugerem alegria, uma vida cheia de prazer. Os sulcos verticais ao lado de sua boca dão a ela uma aparência endurecida. As manchas da idade em suas bochechas a tornam vulnerável. A testa é um mosaico de linhas verticais e horizontais, como um código secreto. A boca está sempre tensa, como se estivesse constantemente segurando as palavras que tentam escapar de seus lábios. Seus olhos estão opacos. Isso é novo. Não sei bem quando a faísca desapareceu. Quando ela se despediu de Remi. A criança que apareceu inesperadamente em seu caminho e que se agarrou a ela. Até que desapareceu, de forma igualmente inesperada.

O clima é de desânimo após a deportação de Remi. É como se fosse exatamente isso que Aus der Fünten pretendia. Ele está mais alegre do que nunca.

Alguns dias depois da partida, ele vem perguntar se já temos enjeitados novos, pois gosta muito de crianças.

– São como bonecas que andam – diz ele, rindo.

Pimentel lhe dá um olhar vazio. Ela foi incapaz de seguir sua própria regra de não se apegar a nenhuma criança. Talvez Aus der Fünten saiba o que estamos fazendo, e isso foi um aviso. Mas teve o efeito oposto. Em vez de se tornar mais cautelosa ou reservada, Pimentel só está mais determinada agora.

Ao lado do balcão da cozinha, como uma maçã pequena e verde. Sieny, que acabou de chegar, pergunta se isso é tudo que vou comer no café da manhã. Eu digo que não estou com fome.

– Você emagreceu – diz Sieny, como se estivesse me repreendendo.

– Posso me dar ao luxo – digo, dando de ombros.

– Claro, mas é bom manter um pouco de reserva.

– Reserva para quê?

Ela não responde. Em vez disso, enche a caneca com café e adiciona uma grande colher de açúcar.

– Sieny, por que você está tomando conta de mim? – pergunto. – Você acha que sou fraca?

– Não, muito pelo contrário. Você é corajosa. Mais corajosa do que eu. Mas essa também é sua fraqueza.

– O que você quer dizer?

– Você não sabe o que é medo. As pessoas que não conhecem o medo tendem a ser menos cuidadosas. É por isso que são menos propensas a sobreviver. Eu estava conversando com Harry sobre esse assunto. Ele reconheceu isso em alguns de seus amigos. Porque geralmente os meninos é que são assim.

Lanço um olhar interrogativo. O que é isso, assim de repente?

– Eu consigo fingir – digo. – A maioria dos garotos não consegue.

Sieny olha para mim, então pega algo de uma prega em sua saia. E desliza para mim na bancada.

– Você não consegue fingir com esses cupons de comida, nem com documentos de identidade, não importa o quão talentosa seja. Eu sei que é uma especialista em fingir, que você é capaz de encantar quase qualquer um, e que pode mentir até acreditar na própria mentira, Betty. Mas o que você nem sempre consegue entender é que, basta um golpe de azar, e não é mais intocável.

– Tudo bem, então é por isso que você está cuidando de mim? – pergunto novamente.

– Não, eu... Não importa.

Ela está prestes a ir embora.

– Sieny, espere. Você tem razão. Eu deveria ter obtido uma carteira de identidade falsa. Mas concordamos em ficar aqui o maior tempo possível para as crianças, não concordamos?

Eu jogo o miolo da maçã na lixeira.

Sieny suspira.

– Pode haver problemas a qualquer momento, e você precisa estar preparada.

Por que ela está falando sobre "você" e não "nós"? Ela saiu com sua xícara de café antes que eu pudesse perguntar.

Estou confusa. Não íamos nos esconder juntas? Olho para os cupons que estou segurando. *Isso é algum tipo de compensação?*

Mais tarde naquele dia, Sieny e eu vamos ao teatro como de costume. Ainda estou brava com o que aconteceu entre nós hoje cedo, mas decidi ir com calma. Se ela não cumprir a promessa que fez antes, o problema é dela. Tem minha bênção. Só que ela não deveria pensar que eu ainda a considerarei minha melhor amiga.

Primeiro temos que tentar convencer as mães, e então levaremos o novo grupo de crianças conosco para o outro lado da rua. Fico desapontada ao ver, não Zündler, mas Klingebiel e Grünberg na porta. É primavera lá fora, com folhas verde-claras crescendo nas árvores, mas por dentro está tão deprimente como sempre. Este edifício não conhece estações, e certamente não conhece primavera. Além disso, a iluminação artificial transforma todas as noites em dia. Piscando para deixar os olhos se ajustarem à iluminação amarelada, ouço um grito no andar de cima. Sieny e eu nos olhamos. É um som de partir o coração, que faria os cabelos do indivíduo mais insensível se arrepiarem.

– Qual é o problema? – perguntamos ao primeiro rapaz que encontramos com uma braçadeira do Conselho Judaico.

– Alguém está aprendendo uma lição – diz ele, cinicamente.

Mais uma vez, ouvimos um grito medonho. Já ouvi esse tipo de surra antes, mas nunca tão ruim.

— Isso é ultrajante! — digo. — Nós temos que fazer alguma coisa.

— Se você não quer se machucar, não se envolva. — Ele olha para o relógio. — Süskind estará de volta em uma hora. As coisas geralmente se acalmam.

Sieny tem a tarefa de persuadir a mãe de um bebê recém-nascido, e eu tenho que perguntar à família Polak se eles estão dispostos a entregar sua filha. A mãe polonesa se convence facilmente, só que, quando vai buscar a filha, vejo que cometi um erro. Parece que há outra Sarah Polak aqui, porque era para ser uma menina de três anos, não uma de quatorze. Crianças dessa idade são oficialmente velhas demais para irem para a creche, mas não quero decepcionar a mãe. Espero que ninguém perceba que ela é um pouco mais velha. Então localizo os pais de Sarah Polak, de três anos, mas eles querem manter a filha.

— Eu nunca cogitaria entregá-la — diz a mãe da menina. — Como vou protegê-la se ela não está comigo?

Ela nem está preparada para nos deixar levar a criança para a creche até o momento de serem deportados.

— Você vai ter que me levar também — diz ela, numa voz hostil.

A criança olha para mim, segurando a saia da mãe. O pai fica ali parado, ombros levantados, mãos enfiadas nos bolsos da calça, os olhos focados nas pontas dos sapatos. Digo a eles que é imprudente, mas se é isso que querem, tudo bem. Às vezes, fico cansada de discutir.

O adeus entre as crianças e seus pais acontece com pouco drama hoje. Talvez seja por causa dos espancamentos, que podem ser ouvidos em todo o prédio, que as crianças estão vindo mais facilmente. Quando estamos prestes a sair, um homem me dá um tapinha no ombro.

— Pensando bem, leve-a com você. — É o pai da pequena Sarah. — Fiz um acordo com minha esposa de que ela pode pegá-la de volta se achar insuportável.

— Isso é sempre possível, é claro. — dou a ele um olhar agradecido. — É o melhor, acredite.

— Eu acredito em você, mas minha esposa...

Onde há dúvida, há chance, agora eu sei. Coloco a mão em seu braço e me inclino em direção a ele.

– Senhor, não vai ser melhor para onde vocês estão indo. Muito pelo contrário. Entende o que estou dizendo? Por favor, dê uma chance a ela.

O homem olha em todas as direções, tentando pensar, compreender, decidir.

– Eu... eu... Pegue-a. Tire-a daqui.

Ele não espera que eu responda e se ajoelha.

– Ei, Sarah, você pode ir com essa irmã aqui. Ela é um amor. Só até a hora de ver mamãe e papai de novo, certo? – Ele a abraça, então vai embora sem me olhar.

Eu pego a mão da garota.

– Sarah, o que você gosta mais? Bonecas, quebra-cabeça ou carrinhos de brinquedo?

– Quebra-cabeça – murmura ela.

Saímos pela porta giratória com um grupo de cerca de vinte crianças. Sieny anda na frente, e eu estou no fim da fila.

– Você ia nos deixar assim? – Klingebiel diz quando passo pela porta.

– Certamente íamos, oficial Klingebiel. Quanto mais cedo os pequenos saírem daqui, melhor, certo? – digo com um grande sorriso.

– Posso ver a lista?

– Minha colega anotou os nomes – e aceno para Sieny, que está segurando um bebê nos braços. – Sieny, mostre a lista a ele!

Ela puxa um pedaço de papel de sua saia com a mão livre e o entrega. Zündler nunca verifica a lista tão minuciosamente, e espero que possamos continuar como de costume, mas Klingebiel vai até Sieny e a pega de sua mão. Sieny franze a testa para mim. Não, a lista não confere. Eu sei disso também.

Grünberg dá uma boa olhada e, juntos, percorrem a lista de nomes como se fossem equações matemáticas complexas. Várias crianças começam a chorar, o que é uma bênção desta vez.

Eu corro para a frente.

– Senhor, podemos continuar? – pergunto. – Dizer adeus já é difícil o suficiente para as crianças.

– Algumas crianças realmente precisam fazer xixi – diz Sieny.

Ela está segurando o bebê perto do rosto e o balança nervosamente em seus braços.

– Então por que esse nome está riscado? – Klingebiel finalmente pergunta.

Verifico a lista com ele e vejo que há, de fato, um nome que foi riscado, embora esteja ilegível agora.

– Esta criança vai ficar com a mãe, então eu risquei, oficial – digo.

– Isso é estranho, porque ela foi incluída na contagem – diz Klingebiel. – Há mais crianças aqui do que está na lista. – Ele bate no papel com a mão, fazendo um estalo surpreendentemente alto.

– Que tolice, parece que cometemos um erro – digo.

– Ah, eu esqueci essa criança.

Sieny acena para a criança em seus braços. Ela diz o nome do bebê, de apenas algumas semanas, que Klingebiel anota a lápis no final da lista.

– Então vamos logo! – digo decisivamente.

– Não, ainda falta mais uma criança nesta lista – diz Grünberg.

– Você está certo – diz Klingebiel, surpreso, como se não soubesse que seu colega sabia contar. Uma por uma, ele começa a nomear todas as crianças da lista.

– Ah, eu sei – digo. – Esta menina está vindo apenas para nos ajudar. Ela estará de volta esta noite.

– Você tem permissão para isso? – Klingebiel pergunta.

Eu começo a rir.

– Permissão para obter uma ajudinha? Sr. Klingebiel, sabe como estamos ocupadas?

Ele me dá um olhar mal-humorado.

– Ela tem que voltar! Leve-a com você – diz Klingebiel a Grünberg.

De volta à segurança de nossa própria fortaleza, Sieny se descontrola.

– Como eles ousam! Uma criança de quatorze anos.

– Grünberg é apenas um caipira estúpido que sofreu lavagem cerebral pelos nazistas. Ele tem a capacidade mental de um macaco. Mas aquele Klingebiel, que idiota.

– São os maiores idiotas, os fracassados da escola, que mais gostam do poder que têm – diz Sieny. Ela olha para o bebê em seus braços. – Acabei de fazer com que a mãe...

– Isso não teria acontecido se Zündler estivesse ali.

As providências já foram tomadas nos registros oficiais para que o nome da pequena Sarah não esteja mais no arquivo. A bebê que Sieny levou também não existia no papel porque ainda não havia sido registrada quando Sieny a trouxe para fora. Mas agora que Klingebiel adicionou o nome dela na lista, não podemos impedir que seja oficialmente registrada. Pimentel nos diz que não conseguiremos tirá-la da lista a tempo. Estamos todos tristes. Já é bastante difícil fazer com que as mães desistam de seus filhos, então, quando você tem sucesso, quer que seja útil. Nosso humor fica mais abalado pelas crianças que temos que ver sendo colocadas em um transporte do que pelas crianças que conseguimos contrabandear. Então, eu tenho uma ideia.

Não é fácil convencer Pimentel. No início, ela sente que o plano é muito arriscado, mas, no fim, conseguimos persuadi-la. Quando surge a questão de quem pode realizar melhor esse empreendimento arriscado, levanto a mão. Não que eu realmente queira, mas quando você tem uma ideia, não pode se esconder quando pedem voluntários.

Sieny foi ver a mãe e dizer a ela o que vai acontecer.

– Quando o transporte for feito e levarmos as crianças, minha colega lhe entregará seu bebê. Mas não se surpreenda. O pacote não vai pesar muito.

Na noite do transporte, embrulhamos a boneca de modo que apenas uma pequena parte de seu rosto de porcelana cor-de-rosa fique visível. Estamos no corredor, prontas para sair com todas as crianças, que estão tão quietas que parecem pequenas máquinas. Me sinto nervosa de repente. Se me pegarem, vou receber um s de *strafkamp* na minha carteira de identidade e serei deportada imediatamente. *Não pense nisso.* Sieny e Mirjam lideram o caminho com as crianças mais velhas, e eu sigo na parte de trás, segurando o bebê em um braço e outra criança pequena pela mão. Embora eu sempre tenha medo das noites dos transportes por causa da violência com que as pessoas agora são forçadas a entrar nos caminhões, espero que não seja menos cruel desta vez, apenas por causa da agitação que isso causa. O caos resultante deve ser suficiente para desviar a atenção do que estamos fazendo. Mas hoje as coisas acabam sendo bastante calmas. Então chega o momento em que digo o nome da criança, e a mãe levanta a mão. Cuidadosamente coloco a boneca em seus braços como faria com um bebê de verdade. Embora ela esteja preparada e faça o possível para permanecer impassível, uma nuvem passa pelo seu rosto quando recebe o pacote. Sua respiração para e ela coloca a mão sobre a boca para não fazer barulho. Ela chama a atenção de uma mulher que passa, que pode ver claramente que é uma boneca. A reação da mãe deve ter dado a essa mulher a impressão de que tiramos o bebê dela contra sua vontade.

– Mas o que é isso...

– Shhh! – olho para a mulher. – Estamos fingindo.

Vejo um guarda se aproximar. *Droga, é Klingebiel.*

– Segure o bebê bem perto de você – sussurro para a mãe. – Conforte-a.

A mãe coloca a boneca no peito, dando tapinhas nas costas. Eu vejo lágrimas escorrendo pelo seu rosto.

– Há um problema aqui? – Klingebiel pergunta, desconfiado.

– Não, está tudo bem – digo.

Mas parece que ele sente que algo não está certo, e dá alguns passos mais perto, examinando as mulheres. Olho com raiva para a mulher que é a causa de tudo isso. *Faça alguma coisa!*

Então, de repente, ela começa a gritar.

– Eu não quero ir! Por favor, não me faça ir!

Ela está fingindo ter um ataque de pânico. Klingebiel a agarra e chama um colega. A mãe e a boneca seguem, e eu solto um respiro de alívio.

Mais tarde, sou elogiada por meus colegas, e também por Pimentel, pela forma como lidei com a situação. Mas fico pensando em Sarah, a garota de quatorze anos que não consegui salvar.

Capítulo 34
DOMINGO, 2 DE MAIO DE 1943

Mais de duzentas mil pessoas aderiram a uma greve nacional, que começou há quatro dias em protesto contra a lei que exige que todos os ex-militares holandeses, que lutaram em 1940, se apresentem para serem mão de obra.

Joop está feliz por poder desabafar comigo de vez em quando. Eu entendo. O clima no teatro é muito mais sombrio. Pelo menos aqui na creche, o drama se alterna com momentos mais leves quando estamos rindo e dançando com as crianças. Eu pratiquei várias músicas e danças ao som de "Pedro e o Lobo" com os menores. Já montei uma orquestra de alguns artistas que se apresentavam no teatro, como a atriz e trompetista ruiva Silvia, que agora também trabalha na creche. Uma das crianças está no pequeno conjunto também. Sal Kool é um menino de quinze anos que detém o título oficial de membro mais velho da creche. Ele toca violoncelo maravilhosamente bem e me lembra meu irmão Gerrit, embora em uma versão mais jovem. O papel principal de Pedro é desempenhado por uma criança altamente talentosa cujo pai tem uma *Sperre* por enquanto, e que já está conosco há algum tempo. Harry insistiu em interpretar o lobo. Tentei fazer com que Joop desempenhasse um pequeno papel, mas ele segue recusando. Rindo, disse que tinha muitos talentos, mas nenhum deles musical. Mas prometeu vir ver a peça esta noite.

Pimentel não ficou no nosso pé durante os preparativos. Ao contrário, nos encorajou bastante. Mas achou importante que pintássemos os rostos das crianças "ilegais" para que ficassem irreconhecíveis, caso alguém do outro lado da rua viesse dar uma olhada. A precaução se justifica porque, em menos de cinco minutos de apresentação, um grupo de jovens da SS entra sem aviso prévio, incluindo Grünberg, Klingebiel e Zündler. E perguntam sarcasticamente por que não foram convidados para a festa. Eles estão eufóricos, e suspeito que estavam bebendo. As crianças param sua apresentação imediatamente e os observam com ansiedade.

– Vocês não precisam ter medo de nós – diz Klingebiel, com pouco efeito. Como anfitriã da noite, intervenho.

– Bem, vocês já perderam uma parte. Mas talvez as crianças estejam dispostas a fazer a primeira dança mais uma vez. Vocês gostariam?

– Ah, sim, muito – diz Grunberg, sorrindo e revelando os dentes quadrados. Acho que ele nunca perdeu os dentes de leite.

Todos começam a relaxar e se divertir novamente quando as crianças começam a dançar.

Depois do show, os homens da SS na fila de trás estão batendo palmas mais alto do que qualquer um. Então é hora de as crianças irem para a cama.

– Bem, é uma pena – diz Klingebiel com sua voz diabólica. – Gostaríamos de comemorar esse sucesso com vocês.

Vejo Zündler levar Pimentel para o canto. A linguagem corporal defensiva de Pimentel diz tudo. Ela balança a cabeça com as mãos ao lado do corpo e o queixo erguido, mas Zündler continua tentando convencê-la. Ela balança a cabeça com desdém mais uma vez. Eu tenho uma sensação estranha sobre o que vejo. Finalmente, Pimentel concorda com algo e se afasta dele. Ela fica na frente dos músicos, que estão ocupados juntando suas coisas.

– Tudo bem, pessoal, as crianças vão todas para a cama agora – diz Pimentel. – Mirjam e eu vamos ajudá-las enquanto vocês ficam e batem um papo rápido.

Meus olhos cruzam com os de Pimentel. Eu posso dizer que ela está tudo menos feliz com isso, mas parece que não tem escolha.

Os copos são enchidos, as pessoas brindam.

– Ao "Pedro e o Lobo"!

Sinto que os rapazes do Conselho, em particular, estão nervosos. O que esses chucrutes estão aprontando? Harry coloca seu braço possessivamente ao redor dos ombros de Sieny. O jovem médico que Virrie recentemente começou a namorar se aproxima. Joop me lança um olhar penetrante, como se dissesse: tenha cuidado. É apenas o empurrão que preciso para não ficar sentada esperando, mas assumir o comando. Está tudo bem, desde que a atmosfera permaneça leve. Eu ando até o trompetista.

– Toque alguma coisa!
– Como o quê? – ele diz em uma voz em pânico. – Só conheço jazz, mas é ilegal tocar.
– Lili Marleen – diz Silvia, que nos ouviu. – Eles adoram essa.
– Eu também conheço essa música! – concordo.

Lex toca as notas de abertura da música em seu trompete, e eu me junto ao piano enquanto Silvia canta.

*Do lado de fora do quartel, na luz da esquina, eu sempre vou
ficar e esperar por você à noite*

Todos começam a cantar junto: os homens da ss, os rapazes do Conselho e as garotas.

*Vamos criar um mundo para dois,
vou esperar por você a noite inteira,
por você, Lili Marleen...*

Vejo os homens da ss circularem uma garrafa de vinho de grãos.
– Agora, um pouco de música dançante! – Grünberg grita quando a música termina.

O trompetista me dá um olhar impotente. Eu aceno: *vá em frente*. Timidamente, ele começa a tocar jazz. Eles não parecem perceber que isso é *Entartete Musik*, pois todos começam a dançar alegremente. Sou puxada de trás do piano para participar, não por um de nossos rapazes, mas por Grünberg. Ele balança a pélvis para a frente e para trás enquanto me gira pela mão, um largo sorriso no rosto.

– Uau, você é um bom dançarino! – digo, tentando acalmá-lo. – Eles ensinam a dançar na Alemanha?
– Com certeza – diz ele. – Eles também ensinam muito mais.

Não consigo olhar para Joop, que está de pé ao lado, e espero que a música termine rapidamente. Quando a música finalmente termina, tento desaparecer o mais rápido possível.

– Obrigada pela dança. Acho que preciso descansar agora.

– Você sabe que eu acho que você é a mais bonita de todas as irmãs? – Grünberg diz, me puxando para perto pelo braço.

– Mesmo sendo judia, hein? – zombo. – Então, isso não vai funcionar.

Sutilmente me liberto de seu aperto e estou prestes a sair, mas ele dá um passo para o lado e bloqueia meu caminho.

– Isso realmente não importa para mim. – Ele coloca as mãos nos meus ombros, me tocando novamente. – Estive observando você nos últimos meses, e pode parecer um pouco judia, mas não age como uma judia.

– Não? – pergunto, agindo surpresa e tentando suprimir meu desconforto com sua proximidade. – Como assim?

Eu sei que Joop está me olhando de lado. Espero que não faça algo estúpido para me proteger.

– Bem, esses judeus são todos um pouco sombrios – ele usa a palavra alemã *trübe*. – Eu não gosto disso. Você está sempre alegre.

– Claro que sim – digo. – É importante permanecer otimista.

– O que significa otimista? – ele então pergunta.

– O contrário de pessimista – ofereço, sem saber se é uma pergunta séria.

Ele começa a gargalhar. Olho em volta e vejo que não sou a única que está conversando com um homem da ss. Silvia está agindo animadamente enquanto fala com Klingebiel, e Cilly está numa conversa profunda com Zündler. Felizmente, Harry está ao lado de Sieny. Consigo chamar a atenção dela.

– Música! – peço.

As mãos de Grünberg deslizam lentamente para baixo, quase tocando meus seios.

– Você é tão linda – diz ele, incapaz de reprimir um arroto, que ele solta na minha cara. – Perdoe-me. Tão bonita.

Então, para minha surpresa, vejo Joop aparecer atrás dele. Ele bate no ombro de Grünberg.

A música começa de novo, e felizmente é uma música de ritmo acelerado.

– Posso interromper?

Eu tento sinalizar: *não*!

– O que você quer? – o homem da ss resmunga.

– Gostaria de dançar com esta senhorita encantadora. Se você me permitir, é claro.

Eu prendo a respiração.

– Por que não perguntamos a ela com quem prefere dançar? – diz Grünberg diz, voltando-se para mim. – Quem você escolhe? – pergunta, rindo.

Ele sabe que está no comando aqui.

Meus olhos correm para Joop, que está prestes a perder a calma.

– Bem, eu gostaria de ver se você também consegue dançar uma música rápida – digo a Grünberg. – Desculpe, Joop.

– Ha-ha-ha, eu sabia! – Ele me agarra pela cintura e começa a vir em cima de mim com ainda mais zelo. – Oh, meu Deus, você é uma brincalhona – ele ri.

Ele desliza as mãos para as minhas coxas, e eu balanço os quadris tentando tirá-las. Tenho medo de olhar para Joop. Grünberg então me puxa para perto novamente.

– Acho que estou apaixonado por você – ele respira em meu ouvido. – Com essa sua bunda grande!

Ele me dá um tapa forte no traseiro. Nos segundos seguintes, tento sair de seu alcance enquanto ele continua tentando puxar minha saia para cima, convulsionando de tanto rir, porque para ele estamos brincando.

Até a música parar abruptamente e Pimentel entrar na sala.

– Tudo bem, nós concordamos que vocês poderiam ter uma conversa rápida, mas agora é hora.

Ela diz isso em um tom que normalmente reserva para as crianças. Grunberg protesta.

– Não, vamos continuar!

Viro a cabeça para Joop. Seu rosto está vermelho e manchado, seus olhos em chamas.

– Claro que não, Sr. Grünberg – diz Pimentel com firmeza. – As crianças não conseguem dormir com essa confusão.

Zündler começa a reunir seus homens.

– Vamos lá, pessoal. Isso é tudo por esta noite.

Mas os outros parecem não querer cooperar.

– Nós não terminamos! – diz Grünberg, me puxando para ele e levantando minha saia. Joop está prestes a intervir, mas Harry o impede.

– Senhores, vocês a ouviram – o trompetista agora também diz. – As crianças precisam dormir, e as senhoras também.

– Quem disse? – diz Klingebiel, que não tinha se afirmado até agora.

Os dois grupos de homens agora estão diretamente de frente um para o outro. Lanço um olhar suplicante para Pimentel. *Faça alguma coisa!*

Então a porta se abre.

– Boa noite a todos! – Süskind está parado na porta, segurando duas garrafas de bebida. – Eu tenho uma entrega aqui!

Grünberg me solta e vai até Süskind para pegar uma das garrafas.

– Ei, ei, acalme-se – Süskind puxa a garrafa para perto de si. – Você vai ter que atravessar a rua para saborear este excelente conhaque. É lá que está a verdadeira festa. Não aqui.

– Venha, vamos lá! – diz Zündler.

Então nossos agressores finalmente partem.

– Você estava com medo? – Joop pergunta um pouco mais tarde, quando está me guiando escada acima com uma lamparina a óleo.

Eu não respondo e subo as escadas sem dizer uma palavra. O medo era apenas parte do que eu senti esta noite. É principalmente a vergonha que me deixa sem palavras.

No andar de cima, Joop se coloca na minha frente, e não consigo entrar no meu quarto. Ele segura meu queixo e vira meu rosto para o dele. Eu gostaria de poder simplesmente desaparecer no ar, mas ele me faz olhá-lo nos olhos.

– Betty, desculpe não poder protegê-la – diz ele.

Eu balanço minha cabeça.

– Não, o que você fez foi certo. Se você tivesse intervindo, então...

Não consigo continuar. Joop passa os dedos pelas minhas bochechas, olhando as pontas dos dedos molhados como se nunca tivesse visto lágrimas antes. Então me pega em seus braços e me puxa para perto. Com meu ouvido contra seu peito, posso ouvir seu coração batendo rápido e ritmado.

– Nunca vou te decepcionar, Betty. Eu prometo – diz ele baixinho. – E desejo que nós dois...

Suas palavras permanecem no ar como um desejo não realizado. Um sonho melancólico de um tempo diferente, um lugar diferente.

– Cavalheiros, saiam! – ouço Pimentel gritar lá embaixo. – Temos que acordar cedo amanhã!

Parece que as coisas saíram um pouco dos trilhos no teatro naquela noite. Klingebiel, que estimulou os colegas para a festa, contou a Aus der Fünten sobre toda a aventura. E agora tanto Grünberg quanto Zündler foram enviados para a penitenciária em Scheveningen pelo crime de corrupção racial. O próprio Klingebiel foi promovido por causa de seus gritos e agora está no comando dos guardas.

A professora Cilly fica chateada ao saber que Zündler pode ser condenado à morte. Ela nos conta que ele ajudou a tirar a irmã dela do teatro depois que foi presa novamente no endereço onde estava escondida.

Suspeitamos que Zündler foi preso não por causa de seus envolvimentos com mulheres judias, mas porque estava nos ajudando. Então, ele estar na prisão é uma má notícia por duas razões. Porque agora temos que ter ainda mais cuidado com o contrabando de crianças, pois não há mais um guarda nos ajudando. E porque ele ainda pode nos trair.

Capítulo 35

QUINTA-FEIRA, 6 DE MAIO DE 1943

A greve nacional foi brutalmente reprimida em 3 de maio. 175 pessoas foram baleadas e mortas, e mais de quatrocentas ficaram feridas. A atitude em geral dos holandeses em relação aos alemães está se tornando menos positiva. A resistência está crescendo e, com ela, o número de cidadãos dispostos a levar pessoas para se esconder.

Um pequenino na cama número quatorze está começando a choramingar. Aron Fresco, li na lista oficial. Aron nasceu em 14 de março de 1943, a data em que ele foi trazido para o berçário é declarada como a de hoje. Uma criança de menos de dois meses, já capturada. *Cólica*, diz o cartão. *Só pode beber leite materno*. As mulheres só podem sair do teatro para amamentar seus bebês em casos excepcionais. Os alemães achavam que todas essas mães indo e voltando seria difícil de supervisionar. Telefono para o outro lado da rua para falar com a mãe de Aron. Eu não estava presente hoje quando as crianças foram entregues, então ainda não a conheci. Acalmo o homenzinho balançando-o para cima e para baixo, cantando para ele enquanto ando pela sala. Os bebês estão pesando cada vez menos quando chegam. A desnutrição das mães não é a única causa... se necessário, uma criança comerá sua própria mãe, por assim dizer. É também o estresse que as leva a produzir leite com gordura insuficiente.

A mãe do menino entra no berçário com o rosto pálido de exaustão. O homem da ss que a trouxe rapidamente acena para mim e sai. Não o conheço. Talvez tenha vindo substituir Zündler ou Grünberg. Eu a levo para a cozinha, digo para ela se sentar e pergunto se gostaria de algo para beber. Uma xícara de chá seria bom, responde. Fervo um pouco de água para o chá enquanto ela amamenta o filho.

– Estranho – diz ela espontaneamente – pensar que meus filhos mais velhos estão aqui também, mas que eu não tenho permissão para vê-los.

– Você tem mais filhos?

– Dois. Uma menina de sete anos e um menino de quatro.

– Três filhos, aposto que é trabalhoso – digo para manter as coisas leves. Mas a mãe não é influenciada.

– Eles dormem lá em cima?

– Sua mais velha dorme no andar de cima, e o mais novo provavelmente dorme no quarto dos fundos, no andar de baixo. É onde estão as crianças pequenas.

Eu vejo seu rosto sombrio.

– Então, eles também estão separados um do outro.

É verdade. Pimentel acha que devemos manter as crianças menores separadas das maiores, mesmo que sejam irmãos ou irmãs. Ela diz que é melhor que as crianças fiquem com outras da sua idade do que deixar parentes juntos.

– Nós jogamos jogos diferentes com eles em seu próprio nível. Pode ser um pouco difícil no começo, mas em um dia ou dois eles realmente gostam de estar perto de crianças da mesma idade. É como uma espécie de férias.

Lembro-me da garota que tivemos uma vez aqui, cuja mãe disse que ela iria para um acampamento de férias. Essa é outra maneira de olhar para isso, como uma criança. Me pergunto como essa garota está agora. Com que família ficou? O que realmente significa se esconder para as crianças? Que são acolhidas por uma família e vão para a escola como as outras, ou que estão confinadas a um quartinho do qual não podem sair? Ouço as histórias mais malucas sobre pessoas se escondendo e me pergunto se eu aguentaria ficar presa e não ter permissão para sair por meses, talvez até anos.

Coloco uma xícara de chá e um copo de água na mesa na frente dela.

– Aqui está. É importante manter-se hidratada. Você também gostaria de comer alguma coisa?

Ela balança a cabeça. A mulher parece angustiada.

– Você está aqui com toda a sua família? – Ela parece não me entender. – Quer dizer, seu marido também está do outro lado da rua?

– Meu marido foi preso antes – diz ela suavemente. – Somos de Deventer, onde meu marido administrava um negócio de couro com o irmão. Bem, isso foi tirado de nós, é claro.

– Eu sei. Meus pais eram donos de uma empresa têxtil.

Ela encolhe os ombros.

– Já foi um negócio de sucesso, mas, quando meu sogro morreu, ele teve um ataque cardíaco há dois anos, nossa vida lentamente se desfez.

Sento-me ao lado dela e escuto sua história, que tem notáveis semelhanças com a minha. A loja deles recebeu um *Verwalter*, e seu marido teve que se esconder. Depois de o marido ter vindo visitar ela e os filhos em segredo, foi preso no caminho de volta para onde estava escondido, e deportado. Desde então, ela não teve mais notícias dele. Grávida de quase nove meses, fugiu para Amsterdã, onde mora uma tia, mas esta manhã a campainha foi tocada por voluntários holandeses do grupo Colonne Henneicke, que recebem um bônus de sete florins e cinquenta centavos por cada judeu que levam ao teatro. Eu tinha ouvido falar das chamadas "recompensas por cabeça" que pessoas recebiam por denunciar judeus escondidos. Os alemães sabem que muitos holandeses estão sem dinheiro agora, e eles tiram vantagem disso deliberadamente: "você nos ajuda, e nós ajudamos você".

Nos dias seguintes, a mãe, seu nome é Klara, vem ao berçário todas as noites para alimentar seu filho, Aron. Conversamos como se nos conhecêssemos há anos. Ela diz que está feliz por ter pelo menos dois filhos, para que seu marido possa viver neles. Isto é, se sobreviverem à guerra. Normalmente não falo muito sobre mim, mas com Klara falo da minha família sem parar. É como se estivéssemos compartilhando nossas histórias familiares para nos convencer de que elas existiram. Para não perdê-las em meros pensamentos, mas capturá-las em palavras. Palavras que formam frases. Frases que contam histórias.

Enquanto isso, ela me ajuda a trocar os outros bebês, preparar as mamadeiras e dar tapinhas nas costas deles para fazê-los arrotar. Permito que ela, burlando o regulamento, visite os leitos da filha e do filho, em seguida sempre volta com os olhos vermelhos e me agradece com um abraço. Podemos ganhar tempo, uma hora, uma hora e meia, até duas. Até o momento em que o guarda decide que é hora e vem buscá-la.

Uma noite, converso com Klara e menciono cuidadosamente a possibilidade de encontrar um lugar para seu bebê em algum outro local do país. Ela é inflexível:

– Todos os meus três filhos ou nenhum!

Só agora percebo como ela parece cansada. Tem olheiras, suas bochechas estão afundadas e mechas de cabelo escampam do coque na cabeça.

– Talvez, apenas talvez, pudéssemos colocar seu outro filho na lista também, mas todos os três é quase impossível.

– Por quê? Por que você pode tirar uma criança de mim, mas não as outras duas?

Não podemos dizer nada sobre como funciona nosso sistema de contrabando, mesmo que estejamos nos conhecendo.

– Desculpe, não posso dizer.

– Então, não. São crianças, não peças de xadrez que estou colocando em lugares diferentes para diminuir o risco. Ou eles se salvam juntos ou afundam juntos.

Agora que estamos falando tão concretamente sobre sua deportação tão próxima, sobre a possibilidade ou impossibilidade de se esconder, o clima entre nós é mais pessimista do que nas noites anteriores. É como se minha pergunta a trouxesse de volta à realidade.

Mesmo antes de o ss vir buscá-la, ela pergunta se pode voltar. Beija seu bebê adormecido na testa e sai sem me olhar. Me sinto culpada. Não deveria ter mencionado esse assunto?

Estou tentando desesperadamente bolar um plano para salvar todos os três filhos dela de qualquer maneira. Talvez eu possa dar os documentos de identidade de seus filhos para algumas crianças que não estão oficialmente registradas e enviá-las no transporte em seu lugar? Os órfãos sempre têm prioridade sobre as crianças que estão aqui com os pais. Pimentel decidiu isso, visto que já sabemos que os pais das crianças que vêm para cá sozinhas – seja porque foram apanhadas escondidas ou porque fugiram – queriam evitar que fossem deportadas. Mas, às vezes, essas crianças querem ir para Westerbork de qualquer maneira porque ouviram dizer que a família está lá. E se eu trocar duas dessas crianças com os filhos de Klara? Tirar o bebê Aron não é o problema. A questão é se estou autorizada a fazer tal coisa. Ou isso seria brincar de Deus?

Pulo quando há uma batida à janela. Klara voltou?

É um homem corpulento com um uniforme da polícia na porta. Ele está segurando uma pasta de papelão debaixo do braço. Fico instantaneamente em alerta máximo. Quem é? Por que veio? Como faço para enganá-lo, encantá-lo ou dissuadi-lo?

– Boa noite! – digo com alegria. – Você está trabalhando até tarde.

– Eu poderia dizer o mesmo de você, mocinha. – O oficial tira o boné e acena educadamente com a cabeça calva. – Meu nome é Pos. Posso entrar?

– Claro, seja bem-vindo, mas todo mundo está dormindo. Posso ajudá-lo com alguma coisa?

– Temo não ser possível. Tenho que verificar se os nomes da lista correspondem às crianças que estão realmente na creche. Os registros precisam corresponder, é claro.

Agora estou realmente em alerta. Ninguém nunca vem aqui à noite. Se houver uma inspeção, a gente fica sabendo com antecedência e se certifica que as crianças ilegais estejam bem escondidas, mas não há tempo para isso agora. Pelo menos vinte das quase noventa crianças aqui atualmente não estão nas listas.

– Entre – digo. – Mas fique muito quieto. – Eu ando na frente dele, não para o quarto dos bebês, mas para a cozinha. – Que tal uma xícara de café antes de fazermos nossas rondas?

– Achei que tinha sentido cheiro de alguma coisa. Isso seria ótimo! – Ele se senta e coloca a pasta sobre a grande mesa da cozinha com o boné em cima. Então desabotoa o casaco e se inclina para trás, relaxando.

– Não é café de verdade, mas algo que se passa por isso.

– Não tem problema, tudo é bom desde que esteja quente.

Pego a chaleira do fogão, despejo água quente em uma caneca e adiciono uma colher de substituto de café. Enquanto conversamos sobre o tempo e a chuva nos últimos dias, vasculho meu cérebro em busca de uma maneira de sair disso. Tenho que impedi-lo de começar a contagem, não importa o que aconteça. Eu poderia sair dessa com a desculpa de que algumas crianças acabaram de chegar, mas isso significaria não conseguir tirar essas crianças depois.

– É a primeira noite que está seca. Bem, deixe-me dizer que é uma bênção para um policial.

– Você sempre trabalha no turno da noite? – pergunto, fingindo interesse.

– Oh, não. Não, eu nunca conseguiria. Costumo trabalhar durante o dia. Cuido das chaves.

– Que chaves?

– As chaves das casas, para quando eles forem para o campo de trabalho. – Parece que ele não me vê como um "deles". – Eles não vão precisar delas porque têm que deixar suas casas de qualquer forma. Por enquanto, pelo menos. Eu guardo todas as chaves para que possamos manter o controle de tudo. Entende?

Eu tenho que me impedir de agir de forma cínica e perguntar se ele imediatamente entrega as chaves para a empresa Puls, que saqueia tudo. Em vez disso, pergunto sobre seu trabalho como policial. Como deve estar ocupado esses dias. E como tenho certeza de que muita coisa mudou desde o início da guerra.

– Você disse tudo – ele concorda. – Está tudo diferente agora. Os alemães são pessoas decentes, mas mesmo assim... – Ele faz um esforço para encontrar a palavra certa.

– *Genau*? – digo.

Ele acha isso tão engraçado que mostra todos os dentes numa risada.

– *Genau*! Essa é a palavra! Vamos dar uma olhada nessas listas agora? Senão estarei em apuros mais tarde.

Ele se levanta com alguma dificuldade.

Droga, como faço para convencê-lo a deixar isso para lá?

– Eles são muito rígidos com você? Quero dizer, se cometer um erro ou algo assim?

– Depende – diz ele, um pouco hesitante, como se não tivesse certeza de quão aberto pode ser comigo.

– Ah, sério, de quê? Talvez eu possa aprender alguma coisa.

Tento soar o mais leve e ingênua possível.

Ele então se senta novamente, deslizando seu assento um pouco em minha direção.

– Bem, eu vi isso acontecer desde o início – diz ele em tom de confiança. – Foi por isso que me tornei membro do NSB antes da guerra, e é isso que faz a diferença.

– Entendi. Pena que me tornar um membro não é uma opção para mim – falo como se fosse uma piada, mas ele não entende.

– Verdade, verdade – ele concorda. – Mas se eu puder dar uma dica: entre no jogo e faça com que eles se sintam importantes. Tem funcionado para mim.

– Saber jogar é sempre bom – digo. – Mais um pouco de café?

Ele não está checando nada enquanto eu puder mantê-lo falando. Por isso continuo a fazer perguntas, a sorrir da forma mais encantadora e a partilhar a sua indignação com o racionamento cada vez mais rigoroso.

– Isso é uma chatice, não é?

Sim, estamos todos no mesmo barco, supostamente. Quando um bebê começa a chorar, me levanto e digo que tenho que voltar ao trabalho, infelizmente. Ele abotoa o casaco e diz, claro, as crianças não podem esperar. Então coloca o boné de volta e pega a pasta da mesa. Voltará outra hora para pegar as listas, diz ele, piscando para mim. Sugere que eu vá ver a criança chorando antes que todas acordem.

Fico confusa quando ele parte. Este era um homem bom, ou era um corrupto?

Nas noites seguintes, ele passa mais vezes pela creche para tomar um café e bater um papo. Só menciona as listas mais uma vez, e eu as pego e digo:

– Deixe-me dar uma olhada.

Depois de dar uma olhada cuidadosa nos nomes, sou inflexível:

– Está tudo certo. Os alemães certamente são meticulosos com seus registros, você tem que entregar isso a eles.

Ele nunca mais menciona as listas.

O policial Pos sempre chega por volta de uma hora, quando Klara já alimentou seu filho Aron e já voltou para o outro lado da rua. Duvido que ainda esteja realmente encarregado de verificar as listas. É mais provável que ele apenas goste do café e da companhia.

Capítulo 36
SÁBADO, 22 DE MAIO DE 1943

Ontem, o Conselho Judaico foi informado de que terá que selecionar e deportar sete mil judeus que trabalham para o Conselho Judaico: pessoas como nós.

O oficial tagarela chegou mais cedo do que o normal esta noite, então sua visita coincide com a de Klara. Ao vê-lo entrar, Klara afasta com vergonha o seio nu e leva o bebê com ela para o berçário.

– Um pouco triste, uma mulher sozinha assim – Pos sussurra para mim. Ele então me encara, apertando os olhos enquanto mexe nos botões do casaco. – Gostaria de propor uma coisa, Betty – ele olha ao redor para se certificar de que não há realmente mais ninguém na cozinha. Me preparo para o que está por vir. – Eu nunca disse isso, certo?

– Nunca disse o quê?

– Não, fique quieta. Ainda tenho que dizer, mas você nunca ouviu isso... – Ele levanta as sobrancelhas, fazendo com que apareçam altas ondas de pele em sua testa. – Combinado?

– Combinado.

– Já conversei sobre isso com minha esposa. Eu disse: "Ela é um doce e uma bela menina". E sabe o que minha esposa disse? "Se ela tiver que sair de lá, ela pode se esconder em nossa casa."

É como se ele estivesse propondo que eu também dividisse a cama conjugal com ele e sua esposa.

– Bem, o que você diz? – pergunta ele, seus dedos gorduchos ainda girando com os botões de seu casaco.

– Isso é ótimo, Sr. Pos. É muito generoso de sua parte. E de sua esposa, é claro – apresso-me a acrescentar. – Por favor, agradeça a ela.

– Com certeza irei! Mas pode chamá-la de mãe.

– Shhh – digo, segurando o dedo indicador na frente dos lábios.

O sorriso satisfeito no rosto do homem me faz sentir que ele não está fazendo isso por mim, mas por si mesmo. Então, mais tarde, sempre poderá dizer: *salvei uma judia*. Ele poderia salvar seu *neshomme* com isso, como a vovó sempre dizia. Sua alma. Seja qual for a direção que a guerra tome, se os alemães formarem um império global ou forem derrotados, o Sr. Pos está bem dos dois lados. Posso culpá-lo? Todo mundo diz sim em tempos como este. Eu tenho uma ideia.

– Suspeito que você tenha pelo menos alguma influência naquele seu clube.

Ele acena com orgulho.

– Eu subi na hierarquia, de fato.

– Suponha que as circunstâncias resultem em eu ser presa de qualquer maneira... Tenho certeza de que você entende o que quero dizer.

– Certamente.

– Você também seria capaz de me tirar dali?

Ele olha para mim, seus olhos correndo da esquerda para a direita nervosamente.

– Eu posso tentar. Mas... ninguém pode saber.

– Saber o quê? Nunca ouvi nada... – digo de modo tímido.

– Bem, o que eu acabei de... Ah, certo, ha-ha – ele me entende. – Muito esperta!

– Café, Sr. Pos?

– Por favor. E me chame pelo meu primeiro nome, Bartholdus.

Meus turnos noturnos muitas vezes me fazem acordar por volta das dez da manhã me sentindo exausta. Geralmente pelos altos decibéis que as crianças produzem. Mas agora não é uma criança me acordando, e sim a voz de um homem adulto.

– Betty, Betty!

É Joop.

– Só um segundo! – grito para a porta.

Pulo da cama, puxo os cachos do meu cabelo, ajeito a camisola e abro um pouco a porta.

– Desculpe, você ainda estava dormindo? – pergunta Joop, educadamente desviando o olhar.

– Não, ou sim. Eu estava, na verdade – digo. – Qual é o problema?

Joop parece hesitante.

– Você gostaria de entrar?

– Sim. Gostaria, na verdade. Se estiver tudo bem.

– Caso contrário não pediria, certo? Entre – digo, gesticulando para ele.

Em seguida, afasto as cortinas, para deixar a luz da manhã entrar, e abro um pouco a janela, para termos um pouco de ar fresco. Pode ser estranho, mas não me sinto desconfortável perto dele, apesar da minha cabeça sonolenta e de estar apenas vestindo uma camisola fina.

Ele para no meio do quarto, vacilante, os braços esguios pendurados ao lado do corpo, as mangas arregaçadas, a sacola em que geralmente carrega mantimentos pendurada no ombro, a cabeça baixa.

– Sente-se! – digo, apontando para a cama.

Ele se senta, mesmo que eu tenha a sensação de que é apenas para me satisfazer.

Eu me sirvo um copo de água.

– Quer um gole?

– Não, obrigado. Vim lhe dizer uma coisa, Betty. Uma... coisa horrível.

– Ah, vamos reverter tudo, então? – digo, rindo. – Cortinas fechadas, eu na minha cama, você na porta. E em vez de bater, você pensa duas vezes e volta para o andar de baixo – brinco, enquanto meu estômago fica tenso em uma bola dolorosa. – Tudo bem, diga.

– Seu irmão Nol e sua esposa Jetty se foram.

Eu puxo os joelhos e descanso a cabeça em meus braços. Em momentos como esses você deseja poder congelar e voltar no tempo a um ponto em que nada foi dito ou ouvido. Penso no meu irmão, que não fez nada além de andar na linha a vida inteira, fazendo o que era pedido, o que era esperado, e nunca fazendo barulho por nada. E agora, quando sua vida foi iluminada por sua maravilhosa esposa, o bebê crescendo em sua barriga, tudo parece perdido de repente.

– Conte-me o que aconteceu – peço, sem erguer os olhos.

– Não sei exatamente. Só sei que eles estavam na lista para serem deportados para Vught – ouço Joop dizer. – Talvez Nol tenha se entregado. Sei que eles têm que selecionar pessoas no Conselho e que primeiro perguntaram se havia pessoas que queriam ir voluntariamente... Eles nos perguntaram também.

Eu ainda não entendo como Nol pode ser tão submisso. Leni diz que sempre foi da natureza dele seguir as regras. E especialmente agora que Jetty está tão adiantada na gravidez, ele podia estar disposto a arriscar ainda menos.

Sinto a mão de Joop nas minhas costas.

– Ei, você está bem? Talvez eles não estejam muito mal por lá. Se eu tivesse que escolher, faria o mesmo.

Quando o campo tinha acabado de abrir, as pessoas estavam com medo de serem enviadas para Vught porque é um campo de concentração. Mas agora parece que você tem uma chance melhor de ficar lá, em vez de ser enviado como em Westerbork, então a maioria das pessoas prefere ir para Vught.

Eu olho para cima.

– Você não faria.

Ele me dá um olhar incompreensível.

– O que você quer dizer?

– Você se certificaria de escapar antes de ser forçado a escolher.

– Talvez você esteja certa – seus olhos escuros estão sérios.

– Nós dois não podemos ir juntos? – digo, num impulso. – Você e eu num avião juntos?

Ele ri.

– Você é louca, sabia?

– Louca por você – digo, dando de ombros. – Mas não adianta.

Joop baixa os olhos e pega minha mão.

– Também é difícil para mim, Betty. Você sabe que é. – Ele passa os dedos pelas dobras da minha palma. – Talvez se eu tivesse te conhecido antes, tudo teria sido diferente.

Seus cílios formam dois leques escuros abaixo das sobrancelhas largas. A ponte reta do nariz separando os dois lados do rosto acentua sua perfeita simetria. Seus lábios carnudos abaixo, calmamente selados.

Eu me inclino e gentilmente coloco minha boca na dele. Ele parece assustado no início, mas depois corresponde ao meu beijo. Enquanto nos beijamos, ele me empurra de volta para a cama, acaricia meu cabelo, meus seios. É como se nossos corpos já se conhecessem, nossos movimentos se fundindo um no outro. Eu pego seu rosto nas mãos.

– Promete que não vai?

Joop abruptamente se liberta do meu alcance. Ele murmura algo como "é impossível", então se levanta e sai do quarto.

Capítulo 37
QUARTA-FEIRA, 26 DE MAIO DE 1943

Das sete mil pessoas convocadas, apenas quinhentos judeus se apresentaram. É por isso que em 26 de maio há um grande ataque no centro e no leste de Amsterdã, onde a creche está localizada. A maioria das pessoas não está espremida no teatro, mas é enviada diretamente para a estação Muiderpoort.

Faz tempo que não falo com Sieny. Não só porque estou no turno da noite enquanto ela trabalha durante o dia, mas também porque ela passa quase todo o seu tempo livre com Harry. É irritante por várias razões, e não sou mais capaz de manter minha boca fechada. Entro no quarto dela e pergunto sem rodeios se ainda está planejando se esconder comigo, porque, se não, eu vou encontrar outra pessoa.

– Betty... Falei sobre isso com Harry, e acho que queremos tentar juntos.

Agora está tudo exposto. Ela parece um pouco envergonhada, mas eles já discutiram tudo extensivamente juntos. Eu sei que está ficando sério entre eles, e que Harry dorme com ela em segredo de vez em quando, mas sério assim? Eu não suporto como ela está desfazendo nosso acordo e escolhendo-o em vez de mim. Não íamos viver tudo isso juntas?

– Você sabe que vai ser difícil encontrar um lugar juntos, não sabe? Quem iria querer um casal selvagem? – digo. Pode parecer maldoso, mas é a verdade. Além disso, há quanto tempo ela o conhece de verdade? – Você terá uma chance muito maior se se esconder comigo. Eu não estou com medo.

Sieny está nervosa. Tento impressioná-la com o quanto sempre fui mais corajosa que ela.

– Sim, eu sei. Talvez eu devesse, afinal. – Ela tenta parecer convincente, mas posso dizer que não está falando sério.

– Entendo que estejam apaixonados, mas vocês também teriam se apaixonado em circunstâncias diferentes? – não espero que ela responda e continuo falando. – Quer dizer, ele não vem de uma situação diferente da sua?

– Ora, Betty!

– Estou falando sério. Você acha que não importa agora, mas quando a guerra acabar, estará presa a ele.

Ela esfrega o pescoço e olha ao redor ansiosamente, e eu suponho que também esteja tendo suas dúvidas. Então diz baixinho:

– Pimentel diz que devemos nos casar. Harry pode obter uma *Sperre*, o que lhe permitirá ficar mais tempo. Vou ter uma dessas *Sperren* também se formos casados.

– Mas você já não tem uma *Sperre*?

– Parece que é um tipo especial de *Sperre* com proteção extra. – Ela baixa os olhos enquanto fala.

– Então vai se casar porque a diretora Pimentel, que nunca encontrou um marido, pelo amor de Deus, mandou? Você também tem uma opinião pessoal, espero?

– Gosto muito de Harry.

– Certo, também gosto muito do açougueiro, mas isso não significa que eu vá me casar com ele. – Faço careta. – Você tem que decidir por si mesma, é claro, mas se eu fosse você...

– Se você fosse eu? – ela de repente rebate. – Você nunca teve namorado. O que sabe sobre rapazes?

– Curta e grossa.

– Como se você fosse tão sutil – diz ela, irritada. – Você está sempre ansiosa para dar sua opinião, Betty. Deixe-me em paz.

– Tudo bem, eu deixo.

Me viro e saio do quarto. Atrás de mim, eu a ouço gritar: "Betty, não fique assim!" Mas eu já não aguento mais.

Sei que estou sendo má, mas o que vou fazer quando as coisas chegarem ao extremo? Onde vou me esconder? Quem são meus aliados agora? Por pura inveja, chuto a porta do meu guarda-roupa com tanta força que uma prateleira se solta e corta minha perna.

– Droga!

Pego um pano para limpar o sangue. Enquanto lavo o pano, dou uma olhada em meu rosto. O espelho sobre a pia está tão manchado que pareço um fantasma, monótono e embaçado. Olho vagamente para minha imagem como se estivesse olhando para outra pessoa. Em uma das fotos antigas que vovó guardava em uma gaveta, que dizia serem de seus ancestrais: algo que eu nunca acreditei porque algumas fotos tinham nomes de família no verso, que eram completamente diferentes. Eu poderia ser uma daquelas fotos agora. Uma imagem estática de uma mulher que tinha sido um ser humano de carne e osso em algum ponto entre o amanhecer e o anoitecer. Alguém que não viveu mais do que vinte anos e não deixou nada. Sem descendência, sem histórias ou amizades dignas de menção, sem palavras, sem sentimentos. Apenas este retrato com esses olhos opacos. Abro a torneira e coloco as mãos sob a água fria, depois respingo no rosto. Acorde. Ainda estou viva.

Klara, mãe do bebê Aron, está na lista de deportação de amanhã junto com seus filhos. Eu só falei com ela uma vez desde que Aron começou a tomar leite em pó e não precisou mais ser alimentado pela mãe. A alimentação noturna e a falta de sono por causa do barulho no teatro a esgotaram. Ela agora preferia ir para Westerbork do que ficar naquele "inferno" por mais tempo, me disse. Agora que sabe que não conseguiremos fazer seus três filhos desaparecerem, sua única preocupação é se juntar a eles.

Vou ao teatro desejar-lhe o melhor e agradecer as horas que passamos juntas. A encontro sozinha, encostada em um pilar. Do nada, ela diz:

– Faça. Leve Aron com você.

Eu me agacho ao lado dela e seguro suas mãos.

– Klara, vou garantir que ele saia daqui em segurança. Prometo. Ele será colocado com algumas pessoas muito amorosas até que vocês se reúnam.

– Isso não vai acontecer – diz ela.

– Você não deveria dizer isso. Claro que vocês vão se ver de novo.

Ela balança a cabeça.

– Estou aqui tempo demais para não ouvir as histórias que circulam. Eu sei o que vai acontecer.

Em seus olhos, reconheço o mesmo olhar que vi em mim mesma no espelho.

– Por favor, não desista ainda. – Eu me sento ao seu lado. – Você não pode desistir. Nem de seus filhos e nem de você. Sempre há uma chance enquanto estivermos vivos.

– Que tipo de chance, Betty? Depois disso, acabou. Apenas os inocentes aqui ainda são capazes de se convencer do contrário.

Ela olha para o corredor, onde as pessoas estão meio adormecidas, dois amantes se abraçam, um grupo está jogando cartas e há até risadas vindo do outro lado da sala. Certamente essas pessoas não podem ser todas tolas. De que outra forma poderiam continuar a respirar, se mover e falar, como se fosse apenas mais um dia e não a véspera de suas mortes? Se você sabe que a chance de sobreviver é tão pequena, por que todo mundo não se rebela e se revolta? Por causa da pequena chance de ter a sorte de desviar de uma bala? Olho para Klara, que está com um olhar distante novamente.

– Você precisa manter suas esperanças, Klara. Está me ouvindo?

Ela não reage às minhas palavras.

– Você vai cuidar bem de Aron?

No dia seguinte, durante o transporte, temos que fazer o truque com uma boneca novamente porque Pimentel não consegue tirar o bebê Aron da lista em tão pouco tempo. Agora se mostrou um método comprovado de ainda salvar os pequeninos do transporte. Mas parece que não há mais bonecas disponíveis na creche. Como fingimos ter um bebê se nem temos uma boneca? Pimentel me diz para encontrar uma solução criativa, senão teremos que entregar o bebê de qualquer maneira. Não podemos fazer com que toda esta operação falhe por causa de uma criança.

Fico tremendamente aliviada por finalmente encontrar uma boneca no parapeito da janela da sala de jogos. Quando pego a boneca com o rosto quase humano e estou prestes a ir embora, é como se uma sirene tocasse. Uma garota vê seu maior tesouro ser levado bem na sua frente e fica inconsolável. Não tenho coragem de levar o que pode ser a única coisa que essa criança tem para se apegar. Devolvo a boneca para ela e decido fazer uma eu mesma.

Arrumo um monte de roupas velhas, coloco algumas pedras e embrulho tudo. Para a cabeça, uso um pedaço de linho liso, que primeiro mergulho no chá para dar um tom de pele, depois desenho um rosto nele. Por fim, coloco sobre ele um chapeuzinho de tricô e um cobertor de bebê. Klara estremece quando lhe entrego o bebê improvisado, embora eu a tenha avisado. Ela faz o seu melhor para ficar forte com os dois outros filhos ao seu lado.

– O que é isso? – a mais velha pergunta.

A mãe lança um olhar severo para a filha e diz:

– É seu irmão, não percebeu?

Ela então segura a falsa criança bem perto, balançando-a para cima e para baixo. Antes de desaparecer no caminhão de transporte com seus meninos, ela olha para trás mais uma vez e acena para mim.

Capítulo 38
QUARTA-FEIRA, 2 DE JUNHO DE 1943

Três mil e seis judeus foram ontem levados de Westerbork para o campo de concentração de Sobibor, na Polônia: o maior transporte até agora. Inicialmente, a maioria dos trens partia para Auschwitz, na Polônia, mas agora os vagões de gado também estão levando judeus para Sobibor e Theresienstadt, na Tchecoslováquia.

Finalmente recebi meus documentos de identidade falsos. Meu nome falso é Elisabeth Petri. Pelo menos não soa judeu. É uma falsificação perfeita do meu antigo documento, só que neste não tem uma grande letra J. Minha irmã Leni fica furiosa ao saber que comprei com as joias da vovó. Ela me repreende por não ter conseguido isso muito antes: ela mesma havia comprado um por apenas algumas centenas de florins. Leni diz que as joias da vovó valiam dezenas de milhares de florins.

Eu dou de ombros.

– De que servem as heranças de família se estivermos todos mortos? – pergunto. – Não sou apegada a nada.

Estou no teatro fingindo pegar remédios para as crianças com o doutor De Vries. Mas sei que não estou aqui por causa de óleo de fígado de bacalhau ou xarope para tosse, mas por sedativos: colocamos uma pequena gota nas mamadeiras dos pequeninos logo antes de serem coletados. Isso os faz dormir mais tempo do que com um pouco de conhaque.

Estou prestes a sair da enfermaria quando vejo Leo com seu jaleco de médico à minha esquerda. Não estou com vontade de encontrá-lo e imediatamente viro à direita em direção à saída, mas Leo já me viu.

– Oi, Betty! – ouço atrás de mim. – Betty!

Tenho que lutar contra o desejo infantil de fugir. Forçando-me a sorrir, me viro.

– Oi, Leo, que coincidência!

– Na verdade, não, já que trabalho aqui metade do tempo – diz ele, dando um sorriso atrevido.

Sua bela aparência me ilude toda vez que nos encontramos. Ele está na minha frente como um Adonis grego, mas eu já sei o quão arrogante ele é. Quão astuto.

– Ah, quase esqueci – digo, fingindo desinteresse.

– Só que raramente vejo você aqui.

– Isso mesmo, estou ocupada – evito seu olhar e olho ao redor, nervosa.

– E então você age como se não me visse?

– Não! – respondo, olhando diretamente para o azul hipnótico de seus olhos.

– Ei, calma, eu só estava brincando.

Ele me dá um aperto rápido no braço, como se fôssemos bons amigos. Então dá um passo para trás e me olha de cima a baixo.

– Você perdeu peso? – Sem esperar que eu responda, ele diz: – Está bonita.

Sinto o sangue correr para minhas bochechas.

– Acho que essa é a única vantagem de comer pouco e trabalhar muito – digo. – Preciso ir. Tenha um ótimo dia!

Me apresso para sair dali.

Por um segundo fico cega pela forte luz do sol, então não vejo a caminhonete se aproximando pela esquerda. Assustada, salto de volta para a calçada. Em vez de passar em alta velocidade, o caminhão diminui e para bruscamente bem na minha frente. O guarda parado na porta com Klingebiel pergunta se estão esperando uma nova carga.

– Todos os dias. Até terminarem – diz Klingebiel, caminhando para a traseira do caminhão. – Vocês chegaram ao seu destino! – ele grita para as pessoas.

Eu dou a volta e vejo as pessoas no caminhão aberto sentadas em duas filas, uma de frente para a outra. Klingebiel abaixa a prancha da traseira, mas ninguém tem pressa de se levantar.

– Vamos, saiam. Não temos o dia todo, pessoal! – grita Klingebiel.

Fico observando um pouco. Há algo estranho em toda essa situação. Ninguém ainda se levantou.

– Vocês são surdos? – Klingebiel atinge o metal com a coronha de seu rifle e grita suas ordens mais uma vez.

Não quero ter que ver isso e atravesso a rua correndo, e aí que vejo o Sr. Van Hulst, o diretor da escola de treinamento, saindo do prédio. Ele tira sua bicicleta do suporte e ajeita a maleta nas costas, pronto para pedalar para casa. Para sua esposa, que certamente está com o jantar esperando. Seus filhos, pulando para abraçá-lo. Mas sei que o senhor Van Hulst está fazendo tudo que pode para nos ajudar.

– Boa noite, Sr. Van Hulst – digo, passando.

Ele não retorna meu cumprimento e parece olhar além de mim. Eu sigo seu olhar e vejo as pessoas que se recusaram a se levantar um momento atrás sendo empurradas.

– Pule! – alguém ordena.

Um homem pula e cai quando atinge o chão. Uma mulher luta para descer, mas Klingebiel ordena que ela salte também. Só então me dou conta: são todos cegos. Um a um, eles pulam da traseira do caminhão para o desconhecido, incapazes de ver onde termina sua queda e onde começa o chão.

– Eles esvaziaram o instituto para cegos – diz Van Hulst.

A malícia dos alemães é perversa. Eles riem cada vez que alguém cai.

– Eles são monstros – Van Hulst sussurra, depois sobe na bicicleta.

Olhando para a calçada, corro de volta para dentro pela entrada lateral.

– Você está bem? – uma colega pergunta quando me vê.

– Não, você está? – pergunto.

Ouço crianças cantando lá dentro. A voz aguda de uma jovem professora dizendo: "Pelo amor de Deus, eu vou te dar uma surra se me assustar assim de novo" e em seguida um garotinho gritando "Surpresa!" enquanto corre e grita.

Capítulo 39

QUARTA-FEIRA, 9 DE JUNHO DE 1943

Nos dias 6 e 7 de junho, um total de quase 1.300 crianças, de recém-nascidos a dezesseis anos que estavam em Camp Vlight junto com pelo menos um dos pais, foram enviadas para Westerbork, de onde foram enviadas para Sobibor quase imediatamente. Essa notícia está circulando e causando consternação.

Tentei ignorar Joop, mas só consegui por alguns dias. Eu o vejo com muita frequência e gosto muito dele, apesar de tudo. Então agora voltamos a agir como se fôssemos amigos.

– Quão kosher você come? – Joop pergunta enquanto me ajuda a desempacotar as compras.

– Tão kosher quanto eu achar bom. Por quê?

– Tenho algo que você pode gostar, mas não é totalmente...

– Me dê! – digo antes mesmo que ele termine sua frase. – O que é?

– Enguia.

Arregalo os olhos e começo a salivar instantaneamente.

– Delicioso! Meu pai trouxe algumas para casa uma vez. Ele me fez prometer nunca contar à mamãe.

– Não há muitas peixarias onde ainda podemos comprar, então fique de boca fechada sobre isso agora também.

– Fechada como uma ostra – brinco, apertando os lábios com os dedos.

Apesar da escassez, ainda há sempre o suficiente para comer na creche, então não haverá crianças passando fome aqui. É que é tudo muito chato... Mingau de cevada, mingau de trigo-sarraceno, mingau de trigo e qualquer tipo de mingau. Também comemos feijão de todas as formas e tamanhos, a maioria dos quais nem sei como se chamam. Praticamente 90% de nossas refeições consistem em feijão e mingau. O resto da nossa dieta é composta de pão e ocasionalmente frutas, legumes, nozes e laticínios, e carne ou peixe em ocasiões muito raras. A última coisa que me preocupa é se essas pequenas guloseimas são mesmo kosher. Joop guardou uma enguia inteira para mim, e estou tão grata que poderia beijá-lo. Joop me observa colocar a enguia em uma bandeja como se fosse algum ritual sagrado. Retiro a pele preta e corto um pedacinho do peixe comprido e gordo, que enfio na boca. A carne defumada e salgada é uma explosão de sabor, tão macia que quase derrete na boca.

– Hummm, é celestial – digo quase desmaiando.

Joop ri.

– Eu gosto de ver você gostando.

– Quer um pedaço? – pergunto. – Espero que não, mas estaria disposta a compartilhar um pouco desse tesouro se você insistir.

– Eu já comi um pouco, obrigado.

– Quando, agora mesmo?

– Uma hora atrás, por quê?

Eu coloco o rosto perto do dele.

– Ah, sim, eu posso sentir o cheiro. Então pelo menos nós dois temos o mesmo gosto na boca.

– Errm, sim, talvez – diz Joop.

– Quer uma prova? – dou-lhe um beijo rápido nos lábios. – Sim, o mesmo.

Ele ri tanto agora que se dobra, ombros tremendo.

– O quê? Não é tão estranho, é?

Continuamos brincando um pouco, quando de repente Sieny entra na cozinha.

– Vocês dois estão se divertindo, ao que parece – diz ela num tom maternal.

A poeira ainda não baixou desde a nossa discussão, mas eu não quero ser a única a trazer isso à tona. Se ela quer agir como se nada estivesse errado, fico feliz em jogar o mesmo jogo.

– O que é tão engraçado? – pergunta ela.

– Eu trouxe...

– Shhh! Não diga nada – digo a Joop. – Ele me trouxe algo. É dos deuses, você precisa provar.

– O que é, então? – pergunta Sieny.

– Não, não vou dizer. Feche os olhos e abra a boca.

Eu sei que Sieny realmente se importa com o que ela come e que não haverá um único pedaço de carne ou peixe não kosher entrando em sua boca. Seus pais são estritamente praticantes e a convenceram de que comida não kosher lhe causará uma infecção no estômago e – pior ainda – uma alma corrompida. Vamos ver se ela percebe.

– Confie em mim, é delicioso.

Joop me lança um olhar que diz: *você tem certeza disso?* Mas dou-lhe uma piscadela rápida e continuo alegremente.

– Ande, vamos!

Sieny fecha os olhos, e eu coloco cuidadosamente um pedaço de enguia em sua língua estendida. Ela abre os olhos.

– Hum, hum. É diferente, mas delicioso. O que é isso?

– Enguia!

O rosto de Sieny mostra toda a gama de emoções diferentes pelas quais ela está passando. Primeiro, suas sobrancelhas se contraem, como se dissesse: Eu ouvi corretamente? Então essas mesmas sobrancelhas se erguem em descrença. Em seguida, sua boca se aperta e seus olhos se arregalam de indignação, depois se arregalam ainda mais em choque e, finalmente, raiva. Os cantos de sua boca se abaixam e seu nariz também se inclina um pouco, na medida em que os narizes podem se inclinar, e então ela grita:

– Enguia? Como você ousa!

Ela sai correndo da cozinha. Eu não consigo parar de rir.

– Isso foi um pouco malvado – diz Joop assim que consigo me conter.

– E daí? Você nem sabe como ela é má comigo.

Ele balança a cabeça.

– Você está louca, Betty.

– Certo, como se você estivesse muito bem – digo. – Flertando comigo todos os dias, mas continuando com sua noiva, aquela prostituta cristã.

– Calma, Betty, isso não é normal.

– O normal já não é normal há algum tempo, Joop. Você não entende? Ou está falando sério sobre se castrar, se conseguir se casar com ela? Todos os homens casados com uma mulher não judia devem ser esterilizados se não quiserem ser deportados. Para garantir que nenhum meio judeu nasça. Muito espertos, aqueles alemães. Porque meio ratos são ratos do mesmo jeito.

Joop pega o casaco e está prestes a sair. Sei que fui longe demais. Muito, muito longe, mas não sou mais capaz de me conter.

– Vá em frente, vá embora! Mas, Joop, você sabe muito bem que não existe mais pureza moral. Nem no que eu faço, nem no que você faz.

Ele está na minha frente, a bolsa pendurada no ombro, caixa de comida vazia no peito.

– Não preciso voltar aqui. Se eu quiser, posso me transferir.
– Então, por que não?
– Acho que vou.

Com essas palavras finais, ele sai.

– Empanturre-se, tá? – grito para ele.

Mesmo antes que eu possa retomar a respiração para controlar a raiva, e meu batimento cardíaco volte ao normal, Pimentel entra na cozinha.

– Betty, é muito errado o que você fez com Sieny!
– Claro que ela foi direto para você – digo.
– Vá para o seu quarto! – Pimentel nunca ficou tão zangada comigo.
– Você não é minha mãe.

Minha réplica áspera soa mais fraca do que eu pretendia.

– Agora mesmo!

Saio da cozinha, derrubo uma criança e subo as escadas para o meu quarto.

Só à tarde, na hora de pegar as crianças do outro lado da rua, Pimentel entra no meu quarto.

– Você voltou a si?

Minha cabeça se inclina involuntariamente, e vejo lágrimas caindo em minhas mãos. O som dos meus soluços enche a sala, e eu odeio isso. O som da minha dor é insuportavelmente feio.

Sinto uma mão quente na minha cabeça.

– Precisamos de você, Betty – ouço Pimentel dizer baixinho. – As crianças precisam de você. Bebê Aron está ficando mais forte a cada dia graças a você.

Pedi a Pimentel que deixasse Aron recuperar as forças antes de mandá-lo para um esconderijo. Sinto-me especialmente responsável por ele porque conheci um pouco a sua mãe.

Eu levanto o queixo.

– É verdade sobre aquelas crianças em Vught? Todas foram levadas?

Pimentel me dá um olhar sério, balançando a cabeça levemente.

Joop não pediu para ser transferido, mas a familiaridade que tínhamos antes parece ter desaparecido. Ainda não fiz as pazes com Sieny. Tentei visitar minha irmã, Leni, no hospital para bater um papo e sentir um pouco da família, da qual sinto muita falta. Ela não tinha tempo para mim. Sinto-me mais sozinha do que nunca neste caos em que acabei. Obrigo-me a me concentrar nas minhas tarefas, que só estão se tornando maiores por causa da pressão que sofremos dos alemães com as deportações. A máquina de contrabando de crianças está a todo vapor: cada um faz a sua parte com a máxima precisão. Fazemos dez, vinte crianças desaparecerem a cada semana, mas basta um único deslize e estaremos acabados. O estresse está torcendo meu estômago, amarrando minhas entranhas em um nó inextricável. Está tudo bem desde que eu permaneça ativa, mas é demais quando me sento e penso. Nas noites em que não estou distraída com bebês de que tenho que cuidar, luto para manter a esperança de que tudo vai dar certo. São as pequenas coisas que me permitem seguir em frente, como a promessa que fiz a Klara de encontrar um lugar seguro para seu filho.

Capítulo 40

SEGUNDA-FEIRA, 21 DE JUNHO DE 1943

Caçadores de recompensas estão pegando cada vez mais judeus, o que significa que o teatro está superlotado novamente.

Aconteceu muito rápido. Tinha acabado de voltar do passeio com o cachorro de Pimentel, quando um caminhão do exército para em frente a creche e dois soldados alemães descem. O que é estranho. Eles costumam estacionar em frente ao teatro, e não onde estamos. Demoro-me ao lado do caminhão porque noto que o motorista, que permaneceu sentado, não está vestindo um uniforme, mas um suéter verde-militar. Os soldados tocam a campainha e Pimentel abre quase instantaneamente.

– Viemos buscar as crianças – diz um deles com voz áspera.

Mas imediatamente ouço que o homem tem sotaque holandês. Pimentel olha assustada para o outro lado da rua, onde os guardas estão observando o que está acontecendo aqui.

– De quais crianças estamos falando? – Pimentel pergunta em tom formal.

O soldado lhe entrega uma lista.

– Esses são os nomes delas.

Pimentel entra enquanto os homens baixam a traseira do caminhão. Virrie sai com um grupo de crianças quase imediatamente. Elas já deviam estar prontas, só pode ser. Virrie ajuda um dos homens a colocar as crianças no caminhão, enquanto Pimentel parece estar verificando e assinando a lista.

Vejo os dois guardas em frente ao teatro trocarem palavras, ainda olhando em nossa direção. Então um deles, com o rifle sobre o ombro, vem se aproximando de nós. É Klingebiel.

Os "alemães" também o veem e começam a ficar nervosos. O homem que segura os papéis corre de volta para ajudar o colega a carregar as crianças.

– Mais rápido! – sibila ele.

Cruzo o olhar com Pimentel por um segundo enquanto ela está na porta. Ela também sabe que isso pode dar errado. Eu tenho que ganhar tempo de alguma forma. Rapidamente solto a coleira do cachorro e dou um empurrãozinho. Ele é valente e muitas vezes vai direto para as botas pretas. Mas parece que ele não está de bom humor hoje, e fica congelado na calçada.

– Vai! Xô! – tento, mas sem sucesso.

As duas últimas crianças são colocadas no caminhão e, em seguida, a porta é fechada. Um homem corre para a frente para subir no banco do passageiro, o outro se levanta para se sentar com as crianças. O motor é acionado e os homens levantam a mão para Pimentel à sua direita. Eles agem como se não vissem o homem da ss se aproximando pela esquerda. Vejo a expressão facial de Klingebiel mudar de despreocupada para alerta. O caminhão começa a se mover, mas Klingebiel já está na frente deles.

– Boa tarde. Você poderia me dizer por que está aqui? – ele pergunta ao motorista pela janela aberta.

Eu me preparo. Se abrirem a boca, estão condenados.

– Eles vieram buscar crianças. Ordens da Zentralstelle – diz Pimentel, por eles.

O cachorro agora ouve a voz de sua dona e começa a latir e correr em sua direção.

– Estou falando com eles – diz Klingebiel, levantando a voz para se fazer ouvir, depois pergunta ao motorista: – Quem o mandou?

O motorista lhe entrega a lista de nomes.

– O Comandante-Chefe Lages nos mandou – diz ele, quase inaudivelmente.

– O que é isso?

Pimentel joga algo na rua, o que Bruni de imediato entende como brincadeira. Ele corre para a rua, latindo. Pimentel e eu começamos a chamar o cachorro ao mesmo tempo, tornando ainda mais difícil para Klingebiel ouvir qualquer coisa.

Um curto "Heil!" depois, o caminhão começa a se mover, e Klingebiel observa o caminhão cheio de crianças partir. Ele parece particularmente confuso e ainda está segurando a lista.

– Quem eram eles?

– Senhor, eu não sei – diz Pimentel, pegando seu cachorro de volta.

Amaldiçoando essa ocorrência inexplicável, Klingebiel retorna à sua posição.

No dia seguinte, todos na creche estão em júbilo por causa dessa operação da resistência, que permitiu a fuga de dezessete crianças de uma só vez. Eram principalmente as crianças um pouco mais velhas, que já estavam conosco havia algum tempo, e para as quais era difícil encontrar um endereço seguro. Espero que tenham conseguido agora, e que eu nunca mais as veja aqui de volta. Já aconteceu várias vezes antes de conseguirmos tirar uma criança, apenas para tê-la de volta à nossa porta alguns dias, às vezes semanas, depois, porque foi capturada enquanto estava escondida. É frustrante.

Pimentel não compartilha nossa empolgação. Está até meio mal-humorada porque seus óculos de leitura quebraram quando os jogou na rua para Bruni ir atrás. Ela também foi questionada por Aus der Fünten por pelo menos uma hora. Naturalmente, ele queria que ela falasse, mas ela insistiu que não sabia de nada, e que ficou tão surpresa quanto qualquer um.

Durante o transporte naquela noite, os alemães são extremamente duros ao nos punir por nossa pequena vitória, bem como nos relembrar quem está no comando. Fico feliz quando os caminhões cheios de pessoas saem e podemos voltar para dentro. Sieny vai direto para a cama e me dá boa noite. Me sinto mal por ela continuar tão distante, mesmo que eu tenha pedido desculpas. Quanto tempo você pode ficar com raiva por causa de um pedaço de enguia?

Mirjam, que está encarregada do berçário durante o dia, anuncia que também está indo para a cama. Estamos tão sintonizadas uma com a outra agora que a passagem de turno leva apenas alguns minutos.

– A cama dois terá que ser alimentada em breve. As camas quatro e sete estão com os dentes nascendo. Há mordedores na geladeira. Depois, os números não existentes, nove a dezoito – continua. Ela está se referindo às crianças que não estão registradas. – O número quinze é a criança com problemas intestinais. Tem leite de cabra na geladeira para ele.

Isso é sobre o pequeno Aron. Quando sua mãe foi embora, ele não conseguiu mais tolerar a fórmula instantânea, mas é capaz de lidar com leite de cabra. Trato ele com o maior cuidado. Às vezes parece injusto que eu preste menos atenção aos outros bebês. Como a garota que está aqui sem os pais também, e que sempre sorri para mim quando lhe dou a mínima atenção. Mas tenho que dividir meu tempo. Geralmente há pelo menos uma criança que desce as escadas à noite, incapaz de dormir. Outras vezes, uma criança maior estará gritando tão alto em seus sonhos que tenho que acordá-la para evitar que o quarto inteiro acorde.

Mirjam está prestes a sair, e lhe desejo uma boa noite, quando há uma batida forte à porta.

– Abra!

Olho para Mirjam, assustada.

– Distraia-os – diz Mirjam, voltando para o berçário.

– Quem é? – pergunto através da porta fechada.

– Comandante-chefe Aus der Fünten. Abra!

O que ele veio fazer a esta hora?

– Um momento, deixe-me vestir alguma coisa.

Subo as escadas o mais rápido que posso e chamo Sieny.

– Esconda as crianças. Aus der Fünten está na porta!

Rapidamente solto a alça atrás das minhas costas, abro a porta e vejo Aus der Fünten e Klingebiel parados lá.

– Desculpe, cavalheiros – digo, ofegante. – Não posso abrir a porta de camisola, posso? – Aus der Fünten me ignora e passa por mim no corredor com Klingebiel. – Como posso ajudá-los? Xícara de café, senhores? Ou talvez algo mais forte?

Tenho que mantê-los afastados do berçário.

– A diretora não está aqui? – pergunta ele.

Ele sabe muito bem que ela não está. Pimentel saiu logo após o transporte.

– Ela foi para casa. Devo ir buscá-la?

– Não será necessário. Tenho certeza de que você também pode nos ajudar. Temos mais dezessete lugares vazios no trem, não é mesmo, oficial Klingebiel? – Ele olha para o subordinado ao seu lado.

– Sim, eles precisam ser preenchidos – diz Klingebiel.

– Ah, mas não sei se temos dezessete crianças extras. Não há muitos órfãos aqui, na verdade! – apresso-me a dizer.

Dezessete, isso não é coincidência. É pura retaliação.

– Não? Acho melhor vermos por nós mesmos. Onde está a lista de nomes?

Ele saberá instantaneamente que está sendo enganado se colocar as mãos na lista oficial.

– Dezessete, você diz? Podemos ter quatro ou cinco.

– A lista! – ele grita bem na minha cara, me fazendo pular para trás.

– Desculpe – digo, com a voz trêmula. – A diretora Pimentel sempre leva para casa. Se você quiser, eu posso...

– Não importa – diz ele. – Ou você tem dezessete fedorentos prontos em dez minutos, ou eu mesmo vou tirá-los da cama. – Mais uma vez, ele está intimidantemente perto e gritando na minha cara. – Entendeu?

– Sim, sim... Claro – gaguejo.

– O que está acontecendo aqui? – Sieny desce as escadas de camisola.

– Bem, aí temos a atrevida também! Como se meu dia já não estivesse ruim o suficiente.

Klingebiel ri alto da piada de seu superior. Aus der Fünten volta-se para nós novamente.

– Dez minutos!

Ele então sai da creche com Klingebiel atrás, como um cachorro obediente.

Temos outras 36 crianças aqui que não estão registradas. Quais crianças escolhemos para serem colocadas no transporte? Dez minutos, ele disse. Elas têm que estar prontas em dez minutos. Aus der Fünten fez isso de propósito! Esperou até que Pimentel tivesse saído e veio até nós porque conseguiria o que quisesse, e Pimentel não poderá fazer nada para impedi-lo. Certamente ele também sabe que as coisas estão acontecendo pelas suas costas. Só pode! Sabe que estamos retendo crianças que não podem ser rastreadas, e que às vezes simplesmente desaparecem. Mirjam, Sieny e eu conversamos rapidamente. Mirjam então atravessa nosso jardim adjacente para buscar sua irmã, Virrie, no centro comunitário Huize Frank. Sieny e eu vamos aos quartos dos pequenos para tirar as crianças de suas camas, e estou surpresa de ver Harry lá também. Eu não sabia que ele tinha dormido aqui em segredo. Sem pensar duas vezes, começo a acordar as crianças, dizendo alegremente:

– Vejam, vocês vão poder finalmente andar de trem!

Escolho crianças que não conheço. Crianças que eu não olho nos olhos quando lhes digo para irem buscar suas coisas e não esquecerem seus ursinhos de pelúcia. Suprimo a sensação de náusea no estômago, o zumbido na cabeça, o formigamento nas mãos e prossigo. Quando chego a uma garota que está bem acordada na cama e digo para ela se levantar, Sieny me impede.

– Não, ela não! Leve este primeiro.

Ela aponta para o menino dormindo ao lado. Uma garota de cerca de quatorze anos se oferece para ir: ela não quer mais se esconder. Um menino protesta tanto que o trocamos por uma menina doce e colaborativa. As crianças mais velhas sabem para onde ir neste tipo de emergência e já estão no sótão. Sieny sussurra que escondeu duas crianças na caixa de areia por enquanto. Harry cuida do resto das ilegais e as leva para o mezanino. Voltamos com nove crianças. Virrie e Mirjam têm cinco bebês prontos em berços improvisados feitos de caixas de frutas e cestas de pão. Para meu horror, vejo que Aron é um deles.

– Pegue outro bebê – digo, de modo resoluto. – Eles não vão pegar este.

– Só temos treze – diz Virrie, que está escrevendo os nomes das crianças que vamos entregar.

– Diremos que não há mais, e é isso mesmo – digo, tirando Aron da caixa.

– Então é melhor eles não irem procurar no berçário – diz Mirjam. – Há mais três bebês ilegais dormindo lá, ao lado de três oficiais.

Incluindo Aron, são quatro. Onde, em nome de Deus, podemos esconder quatro bebês?

Há uma batida à porta.

– Aqui estão eles. Deixe comigo – diz Virrie.

Segurando Aron em meus braços, corro para o berçário junto com Mirjam.

– Você não sabe contar? – alguém grita. – Eu disse dezessete! Eu mesmo tenho que ir buscar esses merdinhas?

– Estes são todos os órfãos. Não há muito mais que eu possa fazer – diz Virrie.

A adrenalina percorre meu corpo. *Onde escondê-lo?* Minhas mãos estão tão trêmulas que estou me atrapalhando. Abro a gaveta de baixo da cômoda, tiro um dos dois cobertores, coloco Aron com um boneco na boca e fecho a gaveta. Então pego um bebezinho de apenas alguns dias de idade de sua cama e abro a lixeira ao lado do vaso sanitário, coloco o cobertor, coloco a criança em cima e fecho a tampa novamente. A criança na cama número dois começa a chorar baixinho. Eu bato palmas bem perto de suas orelhas para assustá-la e o volume aumenta instantaneamente. Então a porta se abre.

– Muitos nanicos aqui, eu vejo! Pegue essas crianças, vamos! – Klingebiel entra na sala, seguido por outro homem da ss.

– Comandante-chefe, todas essas crianças têm que ir no transporte com seus pais na próxima semana – diz Mirjam. – Se os pegar agora, terá lugares vazios no trem novamente na semana que vem.

– E como você vai transportar todos esses bebês? – adiciono. – A menos que queira que eu vá também. Não há problema, na verdade – blefo.

– Não seja espertalhona, sua ranheta!

Vários bebês já acordaram, cada um chorando mais alto que o outro. Também acho que ouço um som vindo da cômoda.

– Aqui está outro órfão – diz Mirjam, entregando um bebê.

– Tome este também.

Klingebiel toma a criança dela.

– Este está fedendo!

– Então precisa trocar as fraldas. Posso?

– Terminamos por agora. Vamos embora! – Aus der Fünten grita sobre os bebês chorando. – Esta é a última vez que você vai tentar me fazer de bobo. Está me escutando? A última vez!

Espreitando pelas cortinas, eu os observo sair com as crianças. Aus der Fünten na frente enquanto seus oficiais carregam os bebês. Alguns rapazes do Conselho estão lá fora, prontos para ajudar. Reconheço um deles... é Joop. É como se ele estivesse olhando para mim, mas não pode me ver. As crianças são colocadas no caminhão.

Quando me viro, vejo Mirjam tirar um dos colchões da cama e se inclinar para pegar uma garota. Ela tinha escondido a criança sorridente debaixo do colchão. Abro a lata de lixo e levanto o bebezinho, depois abro a gaveta e liberto Aron.

Só quando tudo se acalmou de novo, quando as crianças restantes foram dormir, minhas colegas foram para a cama e eu comecei meu turno da noite, é que me dou conta do risco que corremos. Penso nas crianças apavoradas no trem agora. Sem saber para onde estão indo ou o que vai acontecer com elas. Sem nenhum adulto que conheçam para acompanhá-las e protegê-las. Tremo como se estivesse com frio, enquanto está pelo menos vinte graus lá fora. Uma tarde quente de primavera. Tenho que me forçar a não ceder e adormecer novamente. Agora eu sei que ali é uma zona de perigo. É onde posso ver minha mãe novamente, onde ela vai explicar por que não pegou o trem de volta para Amsterdã. E vou entender. Ficará claro por que a falta de oxigênio naquele ar rarefeito é preferível à vida na Terra. Porque qualquer lugar é melhor do que aqui neste momento. Tenho que me distrair com o trabalho, trocar fraldas, dar mamadeiras, cantar músicas e me acalmar. Porque quando tudo está quieto, tenho tanto medo do que sou capaz, que minhas mãos ficam frias e minha respiração acelera.

Capítulo 41
SEGUNDA-FEIRA, 28 DE JUNHO DE 1943

O Utrechtse Courant *relata: "na cidade russa de Velikiye Luki, vários ataques bolcheviques com tanques foram dispersados por fogo pesado ou repelidos em combate corpo a corpo".*

Na manhã seguinte, tudo continua como de costume. Pimentel me elogia pela forma como lidamos com a situação da noite passada e, sem nem uma pausa, pergunta se posso levar os três bebês que salvamos para o depósito de roupas.

Depois de dar mamadeira aos bebês com uma gota de sedativo para cada um, eu os envolvo e os coloco em um carrinho de mão. Coloco alguns cobertores frouxamente sobre eles e levo para Nel, no depósito de roupas. Se um homem da ss do outro lado da rua, um policial aleatório ou o carrasco que ainda está por aqui em algum lugar, se um deles me parasse... Eu juro que arrancaria seus olhos. Meu medo se foi, e meu excesso de confiança voltou com força total. Nada pode me deter agora. Encontro Nel sem problemas, e ela pega os bebês sem comentários, Aron por último. Beijo-o na testa e desejo-lhe boa viagem.

– Para uma vida melhor, doce garotinho!

Harry chega invadindo a creche, parecendo animado. Ele me vê e pergunta onde está Sieny.

– Nos fundos com as crianças, eu acho.

Sem dizer nada, ele vai direto para a sala dos fundos. Não faço ideia de por que ele veio, mas sinto que tenho que estar lá também, então vou atrás. Pela porta aberta, vejo Harry chamando Sieny, que está ocupada vestindo uma criança do outro lado da sala:

– Sieny, podemos nos casar hoje!

Sieny olha para ele, perplexa.

– Isso é um pedido? Não foi assim que imaginei.

Estou olhando para a parte de trás da cabeça de Harry, mas posso facilmente imaginar seu rosto: desconcertado pela resposta de Sieny.

– Errm, sim. Nós dissemos que iríamos, não dissemos? – diz ele sem jeito.

Tenho que me forçar a não rir. Especialmente quando vejo os olhos de Sieny, que dizem: *Dá para acreditar nesse cara?*

– De joelhos, Harry. – digo.

Ele se agacha imediatamente e mal consegue evitar tombar. Ajoelhado, ele então diz:

– Querida Sieny, você é a mulher da minha vida. Quer se casar comigo?

– Sim, eu quero. – responde Sieny. – Mas tem que ser agora?

– Não, agora não. – Ele olha para o relógio. – Daqui a duas horas, ao meio-dia.

Não consigo mais me conter, e Sieny começa a rir também. A criança com Sieny na penteadeira não tem ideia do que se trata, mas também ri alegremente. Harry acha que estamos tirando sarro dele e parece zangado. Eu levanto ambas as mãos, me desculpando.

– Desculpe, é muito engraçado.

– Mas romântico também, certo? – diz Harry com seu sotaque de Rotterdam.

– Muito romântico. – diz Sieny, ainda rindo. – Só não sei se posso tirar uma folga.

– Já combinei isso com sua chefe – diz Harry.

Sem dizer mais nada, Sieny continua a vestir a criança. Harry olha para mim com um olhar desamparado.

– Eu me apressaria. Você só tem algumas horas para se arrumar. – digo.

– Pronto, vá brincar com os outros agora. – diz Sieny, levantando a criança da mesa e colocando-a no chão. Ela então se vira na nossa direção. – Tudo bem então, Harry. Vamos lá.

– Oba! – grita Harry. – Nós vamos nos casar!

– Você quer ser nossa testemunha, Betty? – pergunta Sieny.

Eu olho para ela, estupefata.

– Eu? Achei que você ainda estivesse com raiva de mim.

Ela encolhe os ombros.

– Achei que você ainda estivesse com raiva de mim porque eu... – Ela inesperadamente começa a chorar, escondendo o rosto nas mãos. Harry me olha confuso.

Eu passo por ele em direção à minha amiga.

– Ei... Você está bem?

Ela levanta o rosto choroso.

– Sinto muito não podermos ir juntas, Betty.

– Ah, Sieny, você também está me fazendo chorar agora. – digo, engasgando. – Entendo que você queira ir com Harry. Fiquei com ciúmes, só isso...

Chorando nos braços uma da outra, ouço Harry atrás de nós dizer:

– Viram, crianças? Isso é o que acontece quando duas pessoas fazem as pazes. Elas choram de alegria. Lembrem-se disso quando brigarem com alguém.

– Quem poderia imaginar? – Sieny diz na frente do espelho um pouco mais tarde. – Que eu me casaria de uniforme na pior época de nossas vidas.

– É exatamente por isso que você deve ser feliz – digo enquanto escovo o cabelo dela. – Isso mostra que o amor ainda pode florescer, mesmo em tempos tão cheios de ódio.

– Mas você só se casa uma vez, Betty, e sempre imaginei que seria com amigos e familiares, com um lindo vestido branco. Que Harry viria me buscar em uma carruagem, e que eu diria sim sob a *chupá*.

Me abaixo e olho para nossos dois rostos no espelho.

– Vamos imaginar essa parte nós mesmas, Sieny. – Ela baixa os olhos. – Ou você está tendo dúvidas?

Ela dá um sorriso triste.

– Não sobre Harry – diz ela. – Mas sobre o momento.

Eu me viro para ela.

– Você ainda pode dizer não.

Só agora ela me olha nos olhos.

– O que você faria?

– Que tipo de pergunta é essa, Sieny? Acabei de dizer que tenho ciúmes de vocês dois...

– Se Joop a pedisse, você diria que sim?

Eu me levanto novamente.

– Isso não é justo. Você tem que encontrar a resposta dentro de si mesma, e não de mim. E você sabe muito bem que Joop não é uma opção.

– Que tal Leo?

– Menos ainda. Querida, Harry moveria céus e terra para te fazer feliz. Quantas mulheres encontram um homem assim?

Ainda assim, ela não parece convencida. O que posso fazer para que ela pare de ser catastrófica?

– Que tal uma coisa? Se tiver a ousadia de dizer não, eu faço um bolo para você – digo para instigá-la.

Ela se vira para mim.

– Hmmm, é tentador – diz ela, rindo.

– Certo, mal posso esperar!

Na loja de departamentos v&d em Weesperzijde, há uma placa no balcão que diz: JUDEUS PODEM SE CASAR AQUI. Não há ninguém para atender. Tocamos a campainha algumas vezes e, por fim, um cavalheiro de fraque, quase parecendo um pinguim, aparece.

– Onde estão os noivos? – ele pergunta ao grupo que vê à sua frente.

Sieny levanta a mão.

– Somos nós.

– Ah, certo – diz o homem.

Ele abre uma pasta e começa a conduzir a cerimônia em um tom sem inspiração. Pimentel me olha de lado e revira os olhos. Tento não rir. Especialmente quando o oficiante chama Sieny – cujo nome oficial é Schoontje – de "Schooly" várias vezes. Pimentel balança a cabeça, xingando o homem baixinho. Então, finalmente, ele chega à única questão que realmente importa. Harry diz sim sem hesitar. Mas quando o homem pergunta a Schoontje Kattenburg se ela aceitará Harry Cohen como seu legítimo marido, tudo fica em silêncio na loja de departamentos v&d. Harry olha ansiosamente para o lado. Por que o amor dele não responde?

A pergunta é feita novamente, mas Sieny fica em silêncio, com os olhos vidrados, como se não o ouvisse. Devo fazer algo?

– O que vai ser, Srta. Kattenburg? – o oficiante pergunta, impaciente.

– Oh, me desculpe. Sim... – Sieny parece estar voltando a si.
– Essa é a sua resposta?
– Não, me desculpe. Mas eu quero. Quero dizer: sim, quero ser a legítima esposa de Harry Cohen.

Ela disse "não" e "sim" sem querer, então vou ter que arranjar meio bolo.

– Você me deixou preocupado por um segundo, Sieny. – diz Harry depois.

Ele pode rir agora que tudo já está feito. Bebemos conhaque com alguns colegas para celebrar o casamento. Joop também está lá. Depois de dois copos cheios, sinto-me um pouco embriagada. Ousada, porque estou ainda menos inibida por causa do álcool, então, quando Joop se levanta para ir ao banheiro, não posso deixar de segui-lo.

Quando ele sai do banheiro masculino, eu pulo na sua frente:
– Alto! – digo, dobrando de rir com a minha piada boba.

Joop ri junto comigo, o que interpreto como um incentivo para abraçá-lo e beijá-lo. Mas quando ele se liberta do meu abraço e inventa uma desculpa para sair, sei que cometi um erro.

Volto para beber outro copo de conhaque. Virrie está assumindo meu turno da noite, para que eu possa ir para a cama quando quiser. Faço um brinde aos recém-casados e começo a cantar uma música: "Escureça, escureça, escureça.... Mesmo que as estrelas brilhem e soltem faíscas..."

Não sei como encontrei o caminho para a cama. Acordo com a cabeça pesada e encontro um bilhete embaixo da porta. Sentindo-me enjoada, eu o pego do chão e me sento suavemente na beirada da cama para desdobrá-lo.

Prezada Betty,
Estou escrevendo para explicar novamente que não pode haver nada entre nós. Poderia ter sido diferente se eu já não estivesse noivo e nossos pais ainda não tivessem aprovado nosso casamento. Eu realmente gosto de você, você sabe que gosto, e gostaria de continuar sendo seu amigo. Mas se isso for muito difícil, eu entendo, e você não terá mais que me ver.
Com amor, Joop.

Sua escolha de palavras faz parecer que ele não escolheu essa garota cristã, mas que ela lhe foi forçada. Nunca o ouvi falar de seu relacionamento em termos de "amor". Mas se essa é a decisão dele, não há muito mais que eu possa fazer. Rasgo o bilhete furiosamente em cem pedacinhos.

Eu me sinto tão mal que vou a Pimentel perguntar se posso tirar o dia de folga. Pimentel ergue os olhos de sua contabilidade. Ela tira os óculos de leitura e me olha irritada.

– Você acha que eu me sinto bem o tempo todo?

Surpresa com sua resposta, murmuro que não sei como ela se sente.

– Exatamente! – diz ela, levantando-se de sua mesa e vindo em minha direção. – Porque não importa como eu me sinto, assim como não importa como você se sente. – Ela enrola o braço no meu e me vira para a janela. – Veja, todas aquelas pessoas do outro lado da rua também não se importam com o que sentimos.

Lamento ter ido vê-la e mal consigo conter as lágrimas.

– Quando você vier ao meu escritório, gostaria que primeiro pensasse exatamente o que quer me perguntar antes de me afastar do meu trabalho. Tudo bem?

Eu concordo.

– É claro. Eu sinto muito.

Ela se vira para mim.

– Lamento não ter mais nada a oferecer além disso, Betty. Mas temos que nos manter fortes. Se baixarmos a guarda e começarmos a ceder aos sentimentos, estaremos perdidas. Você entende?

Eu curvo a cabeça.

– Sim, eu entendo.

– Tire duas horas para descansar, mas depois é hora de trabalhar.

Ela está certa: eu tenho que superar isso.

– Farei isso, diretora.

– Ah, e Betty – ela diz antes de eu sair. – Me chame de Henriëtte de agora em diante.

Capítulo 42

SEXTA-FEIRA, 23 DE JULHO DE 1943

Durante o primeiro ataque aéreo aliado à fábrica Fokker, os 41 bombardeiros americanos erraram o alvo e atingiram uma área residencial no norte de Amsterdã. Uma semana depois, foi divulgado: 185 mortos e 104 feridos. As tragédias estão se acumulando.

Sieny tentou me confortar enquanto comíamos o meio bolo que eu havia prometido, feito com trigo sarraceno e fatias finas de maçã. Ela disse que eu deveria esquecer Joop. De acordo com ela, posso conseguir uma centena de caras que são todos menos covardes e muito mais fofos. Acredito na primeira hipótese, mas não na segunda. De qualquer forma, como se fosse uma deixa, Leo apareceu na porta e perguntou se eu queria fazer algo divertido. Eu não tinha ouvido ninguém usar a palavra "diversão" em meses e não pude deixar de rir. Ele entendeu como um "sim". Então, foi assim: ele viria me buscar em poucos dias.

Leo me leva para a casa de um amigo dele. Diz que tem um belo pátio que é uma espécie de oásis, e também um interior interessante, com todo tipo de arte nas paredes. Ele está certo: quando entramos no piso inferior da casa em Amsterdam-Zuid, é como se tivéssemos entrado em outro mundo, onde os móveis de carvalho foram escolhidos com o devido amor e carinho, e as pinturas na parede mostram bom gosto e sofisticação. Leo me faz um chá e me mostra uma pasta de ilustrações do dono judeu do prédio, que é artista. São desenhos de rostos, ricos em detalhes, o que me faz sentir que conheço pessoalmente as pessoas que ele desenhou. Leo diz que quer compilar os desenhos um dia e mandar imprimir um livro. Estou surpresa que esteja tão interessado em algo do qual raramente ouço os homens falarem. Bebendo meu chá com especiarias, tento descobrir por que mais parece "diferente" aqui. De repente, percebo: é como se eu tivesse voltado no tempo para um ponto anterior a 10 de maio de 1940. Aqui não estou diante de crianças órfãs, deportações ou guerra. Quando tomamos nosso chá, Leo pergunta se estou com vontade de jogar um pouco de *lawn bowls*.

No quintal de grama seca e amarelada, ele explica como funciona o jogo com as bolas de aço. No início, não estou com tanta vontade – por que iria jogar jogos bobos em um momento como esse? – mas depois começo a gostar, principalmente quando derroto Leo. Ou ele me deixou vencer para me animar? Quando entramos para descansar, ele me beija. Eu tento não comparar o modo como ele pressiona a boca e enfia a língua dentro da minha com o jeito de Joop. Mas já pensei nisso. Tudo parecia tão natural com Joop. Até que ele interrompeu nosso amor alucinado porque sua consciência começou a importuná-lo.

Leo me arrasta até o sofá. Ele não olha para mim e está apenas focado em meus seios.

– Oh, meu Deus, são tão grandes...

Este deve ser o momento em que eu devo pedir que ele pare, mas não consigo.

Ele beija meus seios e então sua mão desliza para baixo em direção à minha virilha.

– Ah, você... Você quer isso, não é? Você me quer.

Não sei o que quero ou o que estou sentindo. Não o bastante. Mas tenho mil pensamentos passando pela minha cabeça. Sobre Sieny já estar casada agora, enquanto ainda sou virgem. Sobre eu querer ter "feito" antes de perder esta guerra. Sobre minha mãe, que sempre me avisou para não deixar qualquer um colher minha flor. Sobre meu pai, que teve que proteger suas filhas até que um "partido adequado" aparecesse. Sobre Japie e o fazendeiro Kroon. Sobre homens lascivos da ss com mulheres judias. Sobre Pimentel, que prefere as mulheres aos homens, aparentemente. Sobre Remi e seus intensos olhos escuros. Sobre tudo o que se perde e morre. Sobre a vovó, e tudo que ela suportou nas mãos de homens que ela não gostava.

– *Arrête! Arrête! Arrête!*

– O que é isso? – O rosto de Leo está bem acima de mim. – Você disse alguma coisa.

– Errm, sim. Não me lembro.

– Você gostou? – Leo abotoa as calças. – E então?

– Sim, claro.

Leo está no melhor dos humores e me acompanha de volta, com o braço em meus ombros. Nos separamos no último trecho. Ele tem que ir para algum lugar. Nos despedimos com um último beijo. A magia se foi, se é que um dia esteve presente. Foi pura projeção do meu desejo de amor desde o início.

Confusa e infeliz, volto para a creche, onde o cachorro está latindo no corredor. Tento agarrá-lo, mas ele rosna para mim.

– Ei, Bruni, sou eu. Onde está sua dona?

Só depois de fazer o cachorro ficar quieto é que noto que não há ninguém aqui. Nem crianças, nem adultos. Ninguém. Empurro a porta do berçário. Todas as camas estão vazias, mas parece que nada mudou além disso. Tudo está em seu devido lugar no escritório de Pimentel também. As mesas na sala dos fundos estão postas para o jantar. Entro no jardim, onde a área de recreação está repleta de pequenas bicicletas, e as pazinhas e os moldes estão na caixa de areia aberta. Sinto um pânico nauseante crescendo. *Não pode ser! Todo mundo se foi. Onde estão todos?* Subo as escadas, com as pernas rígidas de medo. Verifico cada quarto, um após o outro. Vazios. Estão todos vazios.

Hiperventilando, eu grito:

– Oi? Tem alguém aqui? Onde estão vocês? Olá?

Outro lance de escadas me leva ao meu quarto, onde nada saiu do lugar desde que estive lá esta manhã. Eu tinha deixado exatamente assim, como se o tempo estivesse congelado. Pulo quando vejo meu próprio reflexo e começo a juntar meus pertences freneticamente. É isso. Preciso sair daqui. Só então ouço alguém sussurrar meu nome. Rastejo para o corredor, de onde o som veio.

– Olá?

– Aqui em cima. – Vejo o rosto tímido de uma das minhas colegas mais jovens acima de mim, na escotilha do sótão. – Você está sozinha, Betty?

– Sim, estou sozinha. O que aconteceu? Onde está todo mundo?

Antes de responder, minha colega desce a escada. Eu a pego e a seguro no piso de madeira, depois ela desce, seguida por uma colega e depois mais seis crianças. Seus rostos estão tensos de medo.

– O que aconteceu? – pergunto novamente.

– O SD entrou e então... – Minha colega não consegue continuar.

– Então eles levaram todo mundo – diz Sal, o menino mais velho da creche. – Todas as crianças, todas as professoras e Pimentel.

– Todos? – pergunto em descrença.

As meninas confirmam.

– E Sieny? – pergunto, com a garganta apertada.

– Sinto muito... – uma delas chora.

Ouço passos no sótão.

– Há mais alguém?

Um par de pernas masculinas aparece na escotilha, e Harry desce com uma garotinha nos braços.

– Sieny não estava na lista de deportação – diz ele. – Ela recebeu aquela *Sperre* especial de mim. E é claro que Virrie não teria que ir por causa do pai. Mas porque essas duas idiotas se esconderam... – Ele aponta para as duas jovens professoras de creche. – Eles estavam com duas pessoas a menos, então levaram minha esposa e Virrie.

Então é isso? O fim da creche? E agora? O que vai acontecer agora? Devo fugir com meus documentos de identidade falsos, sozinha? Ou devo apenas me denunciar e me juntar à minha amiga e Pimentel?

Estamos todos arrasados na sala dos professores, quando de repente Joop aparece na porta.

– Graças a Deus – diz ele quando me vê. – Por um segundo pensei que você também...

Süskind aparece atrás dele. O homem com o constante sorriso falso no rosto parece sério.

– Este é um dia muito trágico – diz ele. – Estou fazendo o que está ao meu alcance para recuperá-los, mas realmente não sei se vou conseguir.

– Sieny tem uma *Sperre* especial! – diz Harry, mostrando seu espírito de lutador de Roterdã. – Caso contrário, eu mesmo vou buscá-la! – Ele lança às colegas mais jovens um olhar maldoso novamente, e elas imediatamente começam a soluçar.

Süskind se junta a nós à mesa.

– Uma pessoa não vale menos que a outra, Harry. Além disso, elas não sabiam que sua Sieny e Virrie seriam obrigadas a ir.

Harry se levanta da mesa, aperta os punhos e anda de um lado para o outro na sala.

– De qualquer forma, o que consegui é que a creche ficasse aberta. Eles trouxeram mais algumas crianças ao teatro esta tarde, então Aus der Fünten sente que o anexo ainda não pode ser fechado.

São onze horas da noite quando ouço alguém bater à porta do meu quarto. Acordo imediatamente. Também vieram atrás de mim? Mas quando vejo quem entra, pulo direto da cama. É Sieny. Abro os braços e a abraço. Seu corpo está tremendo como uma folha.

– Foi horrível. – Ela chora. – Horrível.

Enxugo as lágrimas de seu rosto com a manga da minha camisola e a faço se sentar.

– Pensei... Pensei que estava tudo acabado... – gagueja ela. – Até aceitei. Talvez visse mamãe e papai novamente. Estávamos deitados no chão empoeirado com todas as nossas colegas e as crianças bem próximas. Ficaríamos juntas e não nos perderíamos. Havia centenas, talvez milhares de pessoas esperando os trens naquele terreno baldio ao lado da ferrovia. Até que Frau Cohen foi chamada para reportar. Achei que era sobre Virrie, mas eles se referiam a mim. Levantei-me para ir ao comandante, e então soube que me mandariam de volta à creche para ser nomeada a nova diretora. Eu disse que era muito jovem para estar no comando e que precisava da ajuda da diretora Pimentel. Mas eles recusaram. Não tive permissão nem para me despedir de Pimentel.

– Henriëtte... – sussurro.

A creche continuou funcionando como se a diretora Henriëtte Pimentel, a professora-chefe da creche, Mirjam Cohen, dezesseis outras cuidadoras e dezenas de crianças não tivessem sido presas e deportadas. Na manhã seguinte, apenas Virrie Cohen voltou do pátio ferroviário de onde os trens haviam partido. Ela era mais velha que Sieny e também tinha um diploma de enfermagem. Aus der Fünten decidira que ficaria encarregada da creche a partir de agora. E assim foi.

Capítulo 43

TERÇA-FEIRA, 28 DE SETEMBRO DE 1943

O Conselho Judaico terminou de negociar, mas suas negociações não resultaram em nada. Todas as Sperren, *as regulares, as especiais e até as mais excepcionais dos mais altos membros, foram declaradas inválidas. Todos são convocados a se entregar.*

Você se pergunta de onde tiram judeus a essa altura, mas eles continuaram colocando as pessoas no teatro esse último mês. Sua resistência parecia ter acabado; seu moral, esmagado. Continuamos cuidando e contrabandeando seus filhos, às vezes trinta por semana. Virrie está fazendo o que Pimentel tão brilhantemente montou. Toda a operação funciona como uma máquina bem calibrada, e as emoções humanas devem ser mantidas sob controle o máximo possível. "Quando se trata disso, seus sentimentos só atrapalham", também diz Virrie. Ela está certa. Sentimentos o fazem pensar quando você tem que agir, o tornam fraco quando tem que ser forte, o fazem chorar quando deveria estar sorrindo. Não podemos ter isso. Se fosse uma música, nós, educadoras, cuidamos do prelúdio, as alunas que levam as crianças por todo o país são a cadência e as famílias que as recebem são o acorde final. O tema é sempre o mesmo, e não há melodia bonita na maioria dos casos. Mas qualquer coisa é melhor do que o imenso réquiem que os alemães estão tocando.

O som estridente da campainha soa pelo corredor. Eu pulo. *Agora não, ainda não terminamos!* Tremendo, me levanto e olho para a pesada porta da frente no fim do corredor. Recebemos ordens de preparar todas as crianças para a partida: a creche precisa ser esvaziada. Hauptsturmführer Aus der Fünten veio nos dizer pessoalmente: "Tirem essas malditas crianças daqui!". "*Abtransportieren*!" Já levamos os bebês para o teatro Hollandsche Schouwburg ontem. O restante das crianças seguirá hoje.

– Betty, você pode cuidar disso? – Virrie liga da sala da diretora Pimentel. Eu coloco a cabeça na fresta.

– O que eu deveria dizer?

– Que precisamos de mais tempo. – Virrie mal levanta os olhos da papelada: está ocupada juntando os registros oficiais.

Mais uma vez, o sino faz seu som estridente.

Ainda tentando pensar em um motivo para ganhar tempo, abro a porta pesada. Estou surpresa ao ver não um homem da SS na porta, mas uma mulher com seios enormes. É a primeira coisa que noto. Um chapéu marrom projeta uma sombra em seu rosto. Gotas de suor brilham em seu lábio superior. Ela puxa a gola alta do vestido, deixando ver um colar fino com uma cruz de ouro.

– Posso ajudar?

Seus olhos se movem nervosamente, procurando por alguém ou alguma coisa.

– Não podemos mantê-lo. – Ela quase não consegue falar de tão ofegante, como se estivesse sem fôlego. Só então noto a cesta de piquenique ao lado de suas botas gastas. As fitas xadrez vermelhas usadas para prender a tampa esvoaçam ao vento. – Esta é a creche, certo?

– Sim, mas estamos fechando.

Apesar da minha mensagem clara, a mulher ainda não parece pronta para desistir de sua missão e, usando o pé, empurra a cesta na minha direção.

– Por favor, é um bebê fácil.

– Senhora, você realmente precisa ficar com ele. Não há mais espaço para crianças aqui – digo com ainda mais ênfase, esperando convencê-la.

– Mas onde mais posso levá-lo? – Sua voz treme. E então, inclinando-se para mim, ela sussurra: – Ele é circuncidado, sabe.

– Os cristãos também podem circuncidar seus filhos. Sinto muito, você terá que levá-lo de volta. – Pego a cesta retangular da calçada. – Por favor. – Quero entregar-lhe a cesta, mas a mulher não a tira de mim.

– Não, não. É muito perigoso. – O chapéu balança em sua cabeça. – Você não está se arriscando. Você é judia, mas eu... – Ela não termina a frase.

Eu sinto a raiva subir na minha garganta.

– Isso realmente não importa mais para mim, é isso que você está tentando dizer?

Minha observação parece mudar seu comportamento. Ela coloca as mãos na cintura e estica o queixo.

– Eu alimentei essa criança como se fosse minha própria carne e sangue. Você não está me dizendo que eu não tenho sido boa para sua gente. Mas meu marido acha que o risco é muito grande agora. Eu não vou... Eu...

Ela pega a cesta momentaneamente, mas antes mesmo de tocar o vime ela retrai os dedos e se vira abruptamente.

– Espere um segundo. Qual o seu nome? – pergunto.

– Melhor eu não dizer.

– E o nome da criança?

– Há um cartão com todas as informações que você precisa saber. – Ela então se apressa.

Vejo Klingebiel olhando para mim do outro lado da rua. Casualmente coloco a cesta no braço e entro.

A pesada porta da frente se fecha com um suspiro. Sem o barulho da rua, ouço um murmúrio suave vindo do berço improvisado. Corro para o berçário vazio, onde o cheiro de talco e fezes ainda perdura. Coloco a cesta em um dos trocadores. Os berços brancos vazios ao meu redor parecem testemunhas silenciosas.

Os gemidos ficam mais altos. Começo a cantar baixinho enquanto desamarro as alças e a luz do dia entra na cesta. Assim que ele me vê, começa a chorar. Suas pequenas mãos balançam no ar, e abre tanto a boca que um pires poderia caber entre seus dentes. *Droga, não precisamos disso. Não agora.* Com uma mão sob o escasso cabelo macio e outra sob suas nádegas, eu o levanto. O algodão de sua fralda parece úmido. Canto um pouco mais alto para mascarar seu choro.

– Passarinho na janela, tap, tap, tap... Deixe-me entrar, deixe-me entrar...

Seguro seu corpo nervoso perto do meu peito, gentilmente empurrando sua cabecinha contra meu ombro. Ele agora está gritando tão alto que ouço um zumbido em meus ouvidos. Implacável, continuo a cantar.

Mudo meu peso de um pé para o outro, balançando a nova criança para cima e para baixo.

– Shhh, quietinho agora...

Seus músculos começam a relaxar, e seus olhos redondos me olham intrigados, como se quisessem perguntar: *Quem é você?*

– Bom menino, isso mesmo...

Ofereço a ele o dedo mindinho, que ele começa a chupar avidamente no mesmo instante.

Então ouço o som de passos firmes se aproximando no corredor. A porta se abre.

– Quem estava na... – Virrie não termina a frase quando me vê com o pequeno. Seu gorro de enfermeira está inclinado em sua cabeça. – Betty, onde você conseguiu isso?

Dou a ela um olhar desamparado.

– De alguém que se acovardou.

– Não podemos mantê-lo! Eles vêm recolher as camas mais tarde.

– Eu sei, mas eu estava pensando, talvez possa levá-lo para Nel.

– Há pelo menos mais dez crianças escondidas lá, que ainda precisam ir também! – Virrie endireita o chapéu. Como se tudo o que está torto pudesse ser endireitado com a mesma facilidade. Ela segue com um suspiro. – Vou ver se consigo falar com alguém. Este lugar já está completamente vazio?

– Sim, acabamos de verificar. As crianças podem se esconder em lugares que ninguém teria pensado. Atrás das paredes inclinadas do sótão, sob o carvão restante na adega, na pilha de tecidos apodrecendo lentamente, sob o sofá.

– Mantenha-o com você enquanto isso e certifique-se de que ninguém o veja. Ou ouça!

Ela sai correndo da sala como um redemoinho.

O cartão que a mulher mencionou não está na cesta. Sem nome, sem data de nascimento, sem endereço, nada.

– Ei, homenzinho, quem é você? – digo, e o bebê me dá um sorriso desdentado em troca. Sua boca larga brilha com saliva. Parece que seus olhos estão rindo também. Sou inesperadamente tomada por um sentimento de felicidade tão profundo que quase dói. – Querida criança, o que vamos fazer com você? – Seus olhos se apertam por um segundo, seguidos por uma expressão perplexa, mas então aquele sorriso radiante aparece de volta em seu rosto.

Foi o destino que me trouxe esse menino, assim de repente? Geralmente é Virrie quem abre a porta, e não eu. Isso poderia ser um sinal de que eu deveria mantê-lo comigo? A ideia me ocorre em uma fração de segundo: e se eu tentasse fugir com ele? O que tenho a perder? Ele tem a mesma cor de cabelo escuro que eu, o mesmo nariz reto. Poderia facilmente passar por meu filho.

O bebê adormeceu na minha cama. A indecisão quando eu estava separando minhas roupas para levar comigo agora dá lugar à resolução. Pego uma calcinha, um vestido, meias, um par de sapatos extra e o xale que a vovó me deu e coloco tudo na mala. Adiciono uma pilha de fraldas de algodão, roupas de bebê e uma mamadeira. Enfio meus documentos de identidade falsificados no forro do uniforme junto com o único par de brincos que não penhorei. Agora, resta encontrar o momento certo para escapar. Ouço passos no andar de baixo, móveis sendo arrastados, portas abrindo e fechando, vozes de homens, mulheres e crianças. Gentilmente levanto a criança adormecida da minha colcha e a coloco de volta no berço.

– Eu volto já. Fique bonzinho!

Fecho a tampa e deslizo a cesta debaixo da minha cama, esperando que ele não acorde. Aliso o uniforme e saio pela porta.

Conforme instruído, ajudei Sieny a colocar todos os brinquedos em sacos de estopa. Quando finalmente terminamos de limpar a sala de jogos, corro para a cozinha para fazer uma garrafa de mingau. Quando estou voltando, vejo dois homens da ss parados no corredor com listas nas mãos. Escondo a garrafa debaixo da saia e subo as escadas para o sótão.

Mesmo antes de chegar ao meu quarto, eu o ouço. Rapidamente fecho a porta e puxo a cesta de baixo da cama. Estou chocada ao ver que ele ficou roxo. Ele está chorando com todas as forças.

– Está tudo bem, homenzinho. Shhh... – O choro para assim que ele sente o cheiro do leite e começa a sugar a mamadeira. – Calma, agora. Beba devagar...

Agarrando a garrafa com as mãozinhas, ele engole o mingau em minutos. Por um momento, parece exausto da intensa série de altos e baixos em sua jovem vida, mas depois começa a se mover inquieto. Estica e dobra as pernas e faz caretas. Eu o seguro ereto e gentilmente acaricio suas costas. Logo depois que ele solta o arroto que o estava incomodando, minha porta se abre. Eu não sou a única que pula, e logo que fiz o bebê ficar quieto, recomeça o choro.

É Sieny.

– Virrie diz que ele tem que ir imediatamente – diz ela em tom de urgência. – Há muitos alemães entrando e saindo. Venha, eu o levo. – Ela quer tirá-lo de mim.

– Não, prometo que ele não vai dar um pio, de verdade.

– Betty, você não pode garantir isso. – Ela levanta a voz para se fazer ouvir sobre o choro.

– Shhh, fique quieto agora. – Eu o seguro ainda mais perto e tento abafar o som. – Coloquei uma coisa forte no leite dele. Só mais alguns minutos e ele estará dormindo como uma pedra.

Os olhos de Sieny estão cheios de compaixão.

– Tive de prometer a Virrie que o levaria.

– Não, por favor. Posso enfaixá-lo e colocá-lo sob o teto.

– Eles também podem ouvi-lo lá se estiver chorando muito. Seja sensata, Betty.

– Deixá-los levar um bebê para um campo de concentração, isso é sensato?

– Mas e então? – pergunta Sieny. – Fizemos o que podíamos. Acabou.

– Acaba amanhã, não agora.

É como se o bebê sentisse que estamos falando dele porque, lentamente, começa a se acalmar. Sieny está ao meu lado. Em vez de confortar o bebê, ela coloca o braço ao meu redor.

– Você tem razão. Não podemos desistir. Mas onde, em nome de Deus, vamos deixá-lo?

Olho pela janela do sótão para o jardim da creche. Está deserto, sem uma única criança brincando lá, apenas alguns triciclos, carrinhos de mão e outros brinquedos. A caixa de areia, onde os castelos eram construídos todos os dias, ainda está aberta.

– Ele não pode ir para a escola ao lado?

Sieny balança a cabeça.

– A escola está abandonada. Você quer deixá-lo lá sozinho?

Sento-me na cama e olho para o homenzinho no meu colo. Nem meio ano de idade e já com tantos problemas. E novamente, a criança sorri para mim, olhando-me de lado.

– Posso escapar com ele.

Ela me olha incrédula.

– Com uma criança gritando?

A cabeça do bebê de repente se inclina para trás. O álcool está começando a fazer efeito.

– Sieny, temos que dar uma chance a ele até amanhã de manhã. Talvez haja um lugar para ele então. Juro que vai dormir a noite toda.

Eu a vejo hesitar.

– Mas, Betty...

– Eu serei responsável por ele. Se o descobrirem, assumo toda a culpa e juro que nenhuma de vocês teve nada a ver com isso. Posso escondê-lo na caixa de areia. Já fizemos isso antes.

– Sim, com duas crianças de seis anos, e foi por pouco.

– Vai ser mais fácil com um bebê. Quando todas as crianças forem embora e eles inspecionarem os quartos, vou tirá-lo e mantê-lo na cama comigo.

– E se eles voltarem sem avisar esta noite? Isso é sempre possível.

– Eles não vão. Já encerraram. – Lanço um olhar suplicante. – Por favor, Sieny.

– Tudo bem, então, eu vou ficar de vigia. – Ela se levanta da cama. – Vou lhe dar um sinal quando for seguro sair.

Posso sentir o cheiro de fralda suja.

– Espere – peço a Sieny, que está prestes a sair pela porta. – Dê-me mais dois minutos.

Deixei o berço improvisado o mais confortável possível, com um cobertor extra, uma bolsa de água quente que enchi com água da chaleira na cozinha, e até um pequeno coelhinho de pelúcia. Em seguida, enrolei um pano fino ao redor da cesta para evitar a entrada de insetos. Quando vejo Sieny acenar para mim do jardim, fecho a tampa e desço as escadas na ponta dos pés com a cesta. Sieny está esperando por mim na porta dos fundos. Trocamos um olhar, depois sigo para os fundos, onde Sieny já retirou os baldes e as pás da caixa de areia. Cavo um buraco com as mãos e coloco a cesta nele. Por fim, cuidadosamente coloco a tampa de volta na caixa de areia. Enquanto tiro a areia dos joelhos e volto para dentro pelo jardim, uma sensação horrível de que acabei de enterrar uma criança viva toma conta de mim. *Não pense nisso.*

No meu quarto, esfrego a areia debaixo das unhas e pego a fralda suja para misturar com a roupa no andar de baixo. Entrando no porão na lavanderia, quase esbarro em Virrie. Em frente a ela estão os homens da SS que eu tinha visto no corredor mais cedo. Noto Aus der Fünten por último. Eu pulo.

– Aqui temos Miss Betty. – Aus der Fünten, brilhando de suor, me lança um olhar condescendente.

– Eu estava dizendo a esses senhores que essas panelas podem ser bastante úteis, mas que estamos fervendo fraldas nelas – diz Virrie, envolvendo-me na conversa.

– Isso mesmo. Eu não comeria mais sopa feita nelas – digo de improviso. Aus der Fünten ri alto da minha piada. Os dois homens da SS o imitam.

– Não se preocupe, nós nunca comemos delas – Virrie garante a eles. – A higiene sempre foi nossa maior prioridade. Mas talvez vocês possam usá-las para outra coisa? O fogão a carvão também pode ser usado, assim como as pilhas de panos, os escorredores e as lixeiras.

Noto então a fralda suja na minha mão e me dou conta de que isso pode denunciar que ainda há outro bebê aqui. Apenas aja como se nada estivesse errado e vá embora.

– Bem, tenho certeza de que vocês darão bom uso ao restante – digo gentilmente. – Tenham um bom dia!

– Espere um segundo, Betty – ouço atrás de mim. Meu coração acelera. Os olhos de Virrie se dirigem para a minha mão, segurando um grande maço branco. – Aproxime-se.

O que ele quer de mim? É realmente tão perspicaz a ponto de ver que estou segurando um pano branco velho na mão e reconhecê-lo como uma fralda? Uma fralda que prova que a praga das crianças judias ainda não foi totalmente erradicada aqui...

– Vamos, não temos o dia todo.

Arrasto os pés, mas mantenho a cabeça erguida, segurando a mão atrás das costas.

Quando estou bem na frente dele, ele joga um braço paternal ao meu redor e me vira para seus subordinados.

– Por esta vadia é que o oficial Grunberg estava gamado. Por mais desagradável que seja, posso entender um pouco o oficial Grunberg. Ele tinha bom gosto – diz Aus der Fünten. Seu hálito cheira a álcool. – Mas, no fundo, ela ainda é uma judia. – Ele me solta.

– Ela também cheira a judia – zomba um de seus subordinados, acenando com a mão na frente do nariz.

A risada que se segue me faz ficar vermelha. Não de vergonha, mas de raiva. Mas sou capaz de me conter.

– Oh querido – digo timidamente. – É preciso soltar um às vezes.

– Peço desculpas, comandante – diz Virrie, envergonhada, depois se vira para mim e diz: – Betty, leve seu traseiro fedorento lá pra cima!

Enquanto limpo o quarto das crianças mais velhas junto com Sieny, ouço Aus der Fünten e sua comitiva pisando pesado pelo prédio. Sieny e eu nos entreolhamos, de olhos arregalados, quando os vemos entrar no jardim, seguidos por Virrie. Fico abaixada e tento ver o que está acontecendo da janela. Depois de verificar o galpão, alguns homens da ss tentam subir em uma bicicleta infantil para rir. Aus der Fünten olha para eles, rindo enquanto acende um cigarro. O outro homem da ss encontrou uma bola, que bate com o pé algumas vezes, mas depois chuta por cima da cerca para o jardim da escola de treinamento. Eles então, todos de uma vez, olham para o céu. Está começando a chover, e correm para dentro.

O prédio foi revistado agora, mas os homens da ss ainda estão no escritório da diretora. Talvez bebendo algumas, mas não me atrevo a tirar o bebê da caixa de areia até que eles realmente tenham saído. Ainda está chovendo lá fora. Estou preocupada que talvez esteja vazando pela tampa e pela cesta. Por que achei que seria uma boa ideia esconder um bebê na caixa de areia? E se os cobertores na cesta estiverem encharcados e a criança ficar com hipotermia por culpa minha? Ou suponha que eu o tenha intoxicado com álcool, com a generosa dose de conhaque que coloquei em seu leite. Suponha que ele esteja engasgado com o próprio vômito. A terceira vez que passo pela porta do escritório, não aguento mais. Tenho que saber se a criança está bem. Corro para fora e pulo sobre as poças em direção à caixa de areia. Meus membros estão rígidos de preocupação enquanto deslizo a tampa de madeira para o lado. Vejo que a areia ainda está seca. Não há som vindo da cesta.

Levo um susto quando abro a tampa e desamarro o pano. Ele está como o deixei, só que seu rosto está branco como leite. Uma criança em seu caixão. Seguro o dedo trêmulo sob seu narizinho. Senti uma pequena lufada de ar ou estou apenas imaginando? Toco sua mão: sua temperatura corporal está normal. Então um espasmo se transforma em uma careta. Ele está vivo. Dou um suspiro profundo de alívio, minha cabeça girando com o oxigênio extra. *Tudo está bem. Ele está indo bem. Em meia hora, uma hora no máximo, o perigo terá passado.* Assim que esses chucrutes saírem da creche, vou tirá-lo do esconderijo e aquecê-lo na minha cama.

Mais uma vez, refaço todos os passos na ordem inversa, com muito cuidado para não acordá-lo. Em seguida, deslizo a tampa de volta sobre a caixa de areia e me limpo. Perdida em pensamentos, me levanto e estou prestes a voltar para dentro quando vejo a silhueta de um homem de uniforme na porta.

– O que você está fazendo aí?

Reconheço a voz de Aus der Fünten.

– Estou arrumando. Era o que deveríamos fazer, certo?

Ando em sua direção o mais casualmente que consigo, mas sua voz é alta e estridente: o som de alguém que não está mais no controle de seus nervos.

– Você estava se certificando de que toda a areia está em seu devido lugar?

Ele parece bêbado.

– Não, Hauptsturmführer. Eu estava colocando todos os brinquedos dentro.

Minha atuação não é muito convincente.

– Talvez eu devesse verificar se está tudo certo, você não acha?

– Você até poderia. – Eu limpo a garganta. – Se gosta de moldes de areia e pás, pode até levá-los com você. Não há mais ninguém vindo aqui de qualquer forma.

– Essa sua boca atrevida nunca para de falar?

– Não se você continuar me fazendo perguntas. Tenha uma boa noite.

Quero passar por ele e até ter a coragem de olhá-lo diretamente nos olhos e acenar gentilmente. Mas então sou puxada pelo braço.

– Mostre-me o que você escondeu aí!

– Na caixa de areia? O que dá para esconder lá?

– Vamos ver! – Aus der Fünten me arrasta pelo braço até o quintal. – Abra!

Eu pego um vislumbre de Sieny no andar de cima, atrás da janela, com a mão cobrindo a boca.

– Por que a demora? – ele fala arrastado.

Eu preciso me recompor. Ainda há uma chance. Eu limpo a garganta.

– Você poderia, por favor, se afastar por um segundo? – peço. – Não vai funcionar de outra forma.

Aus der Fünten dá alguns passos para trás.

– Rápido! – Em vez de deslizar a tampa, eu a levanto.

– O que é isso? – Aus der Fünten pergunta quando vê a cesta.

– Uma cesta de piquenique. Tenho certeza de que já viu uma antes. Confesso que escondi algumas guloseimas – digo.

– Quero ver que tipo de guloseimas – diz Aus der Fünten, apontando para a cesta.

– Procure você mesmo – digo. – Não tenho mãos livres.

Ele me olha desconfiado, mas decide se abaixar mesmo assim. Mais alguns segundos e saberá meu segredo.

Presa, fuzilada ou enviada para um campo de concentração. Essas são minhas opções. A menos que...

Eu já decidi. Fujo como um rato caçado que também não pesa os prós e os contras antes de correr para um buraco. Solto a capa e minhas pernas começam a correr antes que eu perceba. Não para a creche, mas sobre a cerca viva para o jardim da escola de treinamento.

– Droga! Ei, onde você está indo?

Os copos de *jenever* diminuíram a velocidade de reação de Aus der Fünten. Corro o mais rápido que posso por um pequeno caminho pelos jardins até os fundos da escola de treinamento e me enfio nos arbustos.

– Volte agora mesmo! Isso é uma ordem! – Aus der Fünten ruge.

Eu tento freneticamente pensar em um lugar para me esconder. O jardim da escola de treinamento está um pouco vazio, além de uma pilha de tábuas de madeira e duas bétulas. Peso minhas opções. Posso pegar a saída de incêndio para o primeiro andar, ou escalar a cerca de madeira para o jardim adjacente, mas é quase impossível escapar despercebida assim. Então vejo a grade na calçada, perto da parede dos fundos do prédio. Me movo em direção a ela, abaixada, e com um pouco de força puxo a grade de uma só vez. Mergulho no buraco e gentilmente deslizo a grade de volta no lugar.

Cobrindo o nariz e a boca com as mãos, tento desacelerar minha respiração rápida. Ouço vozes femininas estridentes, gritando, praguejando em alemão. Mais barulho, um estrondo alto. Uma criança chorando. Meu filho? Um tiro. Então a voz de Virrie:

– Betty, volte! Você me ouve?

Eu sei quando ela quer dizer alguma coisa e quando não quer. Ela não quer dizer isso.

– Sturmführer, esqueça-a. De qualquer forma, não há lugar para onde ela possa ir – ouço Virrie dizer.

– É o fim para ela. Eu mesmo cuidarei disso. Aquela porca está acabada.

Então o som diminui e a calma retorna lentamente. Através da grade, vejo as duas bétulas brancas balançando para a frente e para trás ao vento. Fico no buraco até sentir uma cãibra na nádega. Quando mudo de posição, sinto uma superfície fria de vidro atrás de mim. Olho melhor e vejo que é uma janela para o porão. Eu puxo a moldura de madeira para ver se vai abrir, mas está trancada por dentro.

Chuto a janela, e o vidro quebra, estilhaçando-se pelo chão. Mais uma vez, prendo a respiração. *Fique quieta. Não se mexa agora.* Fico ali sentada por alguns minutos, imóvel em uma posição apertada, alerta a qualquer som. Então reúno coragem para começar a me mexer novamente. Tiro o pano do cabelo, enrolo na mão e cuidadosamente puxo os cacos de vidro da moldura da janela. Enfio a touca no bolso do avental e inspeciono o quarto com a cabeça pela janela quebrada. Há uma pequena mesa sob a janela. Com o máximo de cuidado possível, passo pela moldura até a mesa. Não paro para ver se me cortei e pulo, depois ando até a única porta do quarto e empurro a maçaneta para baixo. A porta leva a um corredor escuro. Há mais luz no lado direito. É lá que tenho que ir. Hesitante, desço o corredor, viro a esquina e acabo em uma escada. Eles sabem sobre minha rota de fuga? Estão me esperando lá em cima?

Subo as escadas com cautela. Deve ser o hall de entrada. Parece deserto, então, prendendo a respiração, corro ao longo da parede deste grande espaço aberto. A porta da frente fica a poucos metros de distância. Considero brevemente correr pela porta para a liberdade. Mas sei que esta porta da frente também é claramente visível do teatro. Seria o mesmo que me entregar. Não, não tenho outra escolha a não ser ficar aqui, bem quieta. Subo na ponta dos pés a larga escadaria do corredor. Abro uma porta aleatória e pulo com o rangido terrível que perfura o silêncio. As cortinas fechadas dificultam a visão dos contornos da sala de aula. Não me assusto facilmente, mas o prédio está assustadoramente vazio. Toda vez que abro uma porta, tenho medo de encontrar algo ou alguém que vai me matar de susto.

Sei que o tempo está acabando. Aus der Fünten parecia decidido a me punir. A escola de treinamento é certamente um dos primeiros lugares onde eles vão procurar. Ando ansiosamente pelo prédio escuro da escola. Preciso encontrar um bom lugar para me esconder. Os quartos estão cheios de mesas e assentos, mas estão vazios. Os armários embutidos são pequenos demais para eu me esconder. A sala dos professores está trancada, assim como os depósitos. Os banheiros cheiram tão mal que não aguento.

Vejo que há um espaço sob a cumeeira do prédio, assim como na creche. Não vou encontrar um lugar melhor para me esconder aqui, e espero que seja bom o suficiente. Subo a escada instável, me esforço para empurrar a portinhola pesada para cima e fecho a escotilha do sótão. Felizmente, há uma pequena janela que deixa entrar a luz do dia. O espaço sob as vigas está cheio de lixo: materiais de construção, prateleiras, tinta, alguns colchões de palha e cobertores de lã. Estou prestes a me deitar nos cobertores, mas quando abro um, um monte de mariposas voa. Parece que vou ter que ficar sem uma superfície macia para me deitar. Rastejo para o outro lado do espaço de teto baixo e entro em um canto atrás de uma pilha de prateleiras. Com os joelhos dobrados e a cabeça apoiada nos braços, sinto um formigamento na perna. Há um pequeno fio de sangue saindo da minha canela, pingando lentamente no chão e colorindo as tábuas de madeira do piso de vermelho. Eu puxo um caco de vidro da pele abaixo do joelho com as unhas, então pressiono o avental no ferimento para estancar o sangramento e fico parada.

Capítulo 44
TERÇA-FEIRA, 28 DE SETEMBRO DE 1943

À tardinha

Não sei há quanto tempo estou aqui. O menino que escondi na caixa de areia foi salvo? Ou minha inépcia roubou-lhe a chance de ter uma vida plena? Minha atitude estúpida de ir checar se ele estava bem quando estávamos sofrendo uma inspeção...

Meu corpo dói por ter ficado deitada no piso duro de madeira. O vento frio desliza pelas telhas do telhado, e estou entorpecida de frio. Olho pela pequena janela. Está escurecendo, o que significa que já estou me escondendo aqui há duas, três horas. Se esperar um pouco mais, estará escuro como breu, e o toque de recolher terá começado. Há muito patrulhamento para vagar sem rumo por Amsterdã agora. Eles vão fazer perguntas que me levam de volta à creche, e meu nome agora está certamente em uma lista de procurados. Mas eu decido me arriscar de qualquer maneira e fugir do prédio. Levanto toda dolorida, bato a poeira do uniforme, prendo o cabelo para trás e coloco a touca de enfermeira. Justo quando abro com cuidado a escotilha do sótão e estou prestes a baixar a escada, ouço passos rangendo, subindo as escadas. Paro o que estou fazendo imediatamente e prendo a respiração, esperando para ver quem é.

– Olá? – ouço a voz de um homem sussurrar. – Betty? Você está aqui em algum lugar, Betty?

Conheço essa voz. Me inclino para a frente cautelosamente e espio pela abertura, tendo um vislumbre de seu cabelo escuro.

– Joop, estou aqui.

Ele instantaneamente inclina a cabeça para trás, e eu olho em seus olhos atônitos.

– Os macacos precisam aprender a subir com você – murmura ele. – Como chegou aí em cima?

Deslizo a escada sobre a abertura.

– Com isso, de que outra forma?

Descendo, sinto suas mãos nas minhas pernas.

– Estou te segurando, só mais alguns degraus.

– É melhor você segurar a escada – digo, inexpressiva. – Se eu cair, segurar minhas pernas maravilhosas não vai adiantar muito.

– Você não consegue deixar de fazer piada, mesmo numa hora dessas – ele ri.

– Se algum dia eu parar, provavelmente seja porque estou morta – digo, descendo da escada para o chão. Mais do que nunca, sinto vontade de me jogar em seus braços, mas me contenho. Quantas vezes alguém pode te rejeitar? – Como você sabia que eu estava aqui?

– Harry disse que você podia ter se escondido aqui. E ele ouviu isso de Sieny.

– A criança foi salva? O bebê?

– Acho que sim.

Seu olho trêmulo revela o contrário. Sinto as lágrimas queimarem atrás dos meus olhos.

– Não pode voltar, Betty. Você sabe disso. Você tem um esconderijo em algum lugar?

Eu dou de ombros.

– Acho que sim, senão vou pensar em alguma coisa. Você me conhece.

– Aqui... não sei se serve para você. – Ele me entrega minha carteira de identidade. – Lamento não ter trazido nada além disso.

– Não tenho muito mais.

Coloco o documento no bolso do vestido junto com meu cartão falso.

Joop lidera o caminho pelo labirinto de corredores e escadas. Acabamos em uma porta lateral que se abre para o frio lá fora.

– Você quer pegar meu casaco? – pergunta ele.

Eu balanço a cabeça.

– Obrigada, não estou com frio.

– Eles estão tão ocupados com a logística de todas aquelas pessoas que foram presas, que não estão mais ocupados com o seu desaparecimento. Aus der Fünten está tentando ser promovido, então o que conta não é a deportação de uma única enfermeira judia, mas de todos os judeus na Holanda.

– O que você vai fazer? – pergunto.

– Vou ser piloto de caça. Já não disse? – ele responde. – Então, se estiver em apuros, é só me ligar e eu virei voando na sua direção.

Ele decidiu não confiar em mim para me contar para onde realmente está indo.

– Vou me lembrar disso. Adeus, Joop. Cuide-se.

– Adeus, Betty. Até a próxima.

– Adeus. E agradeça a Sieny.

– Eu farei isso.

– Tenha um bom voo.

– Tchau.

E ele vai embora.

Dominada pela vergonha, abaixo a cabeça. Tenho vergonha de mim e de tudo o que fiz e não fiz. Todos os meus erros e fracassos. Sinto até vergonha pelos meus aparentes ganhos e sucessos. Por meu falso orgulho, minha arrogância equivocada, minha suposta inteligência. Tenho vergonha das piadas que pensei que tinha que fazer e de cada ação que fiz. Do som da minha voz. Da criança que eu queria salvar.

– Ei, você está bem?

Achei que Joop já tinha ido embora.

– Claro – resmungo.

Ele me puxa para perto, passando a mão pelo meu cabelo, seu suéter pinicando minha bochecha. Sinto cheiro de graxa, suor, lã e uma pitada de loção pós-barba.

– Eu sinto muito. Eu queria... e até poderia...

Ele não termina a frase.

– Está tudo bem, Joop. – Eu o solto. – Obrigada por ter vindo me buscar aqui. Eu me obrigo a olhá-lo nos olhos e abro um largo sorriso.

– Acho melhor você ir primeiro – diz Joop. – Então, se virem você, posso tentar distraí-los.

— Tudo bem.

Lá vou eu. De volta à guerra. Em Plantage Middenlaan, onde as malas estão sendo carregadas em caminhões. Onde uma procissão de bondes número 9 está esperando. Onde multidões de pessoas esperam para ir para seu destino final. Onde cães latindo e ordens alemãs competem em volume, e onde crianças tentam se esconder entre as pernas de seus pais amedrontados. Me forço a não olhar que crianças são, ou se as conheço, para não parar sem querer e chamar a atenção.

Foi incrivelmente estúpido da minha parte não aceitar a oferta de Joop de levar o casaco. Estou congelando. Quando entro na Plantage Kerklaan e passo pelo depósito de roupas de Nel, hesito se bato à porta pedindo algo para me aquecer. Não vejo ninguém pela vitrine do que costumava ser uma lavanderia. O lugar parece deserto. Giro a maçaneta e vejo que a porta não está trancada. Decido arriscar. Imediatamente quando abro a porta, a campainha toca. Não é Nel, mas Virrie que vem lá de trás.

— Betty, o que está fazendo aqui?

Meu senso de dever é tão grande que me sinto pega em flagrante.

— Eu... eu não vou voltar ao trabalho.

— Claro que não vai voltar ao trabalho. Eles estão procurando você. Não apenas por causa da criança na caixa de areia... Você está na lista.

A informação mal registra. É o fim da linha para mim de qualquer maneira.

— Eu, errm... Eu estava pensando: talvez Nel tenha um casaco ou uma estola para mim?

— Eles vieram buscar Nel ontem. — Virrie continua falando enquanto vasculha as sacolas de roupas. — O teatro está um hospício agora. Acho que houve um ultimato de Berlim. Eles estão com pressa e todo mundo tem que ir.

— Você também?

Ela se levanta com uma capa de lã cinza nas mãos.

— Sim, eu também. Mas eu não vou, e você também não. Alguém tem que devolver essas crianças aos pais quando o mundo voltar a si.

— Não sei se isso vai acontecer — digo, resignada. — Às vezes me pergunto a utilidade de tudo. Por que não me entregar?

— Então pode se enforcar agora mesmo. — Seus olhos afiados me observam por trás dos óculos de armação redonda. — Tenho o caderno de Pimentel com as informações de onde cada criança foi colocada. Vai dar muito trabalho rastrear todas aquelas crianças novamente. Vou precisar da sua ajuda, Betty.

Eu não sabia que havia um caderno com todos os endereços dos esconderijos. Então Pimentel estava no comando de toda a organização! Ela sabia de tudo, inclusive onde cada criança havia sido colocada.

– Você tem o dever de sobreviver, Betty! – Ela coloca a capa em mim e me agarra pelos ombros. – Certo?

Concordo de forma pouco convincente.

– O menino na caixa de areia. Ele está... – Não termino a frase.

– Eles o levaram. Não pense nisso. Ah, quase esqueci: recebi isso de alguém, que recebeu de outra pessoa. É da sua irmã. – Ela me entrega um envelope.

– Minha irmã escapou? – pergunto esperançosa.

– Não posso dizer com certeza – diz Virrie. – Ouvi dizer que alguém a viu depois que deixaram o hospital. Mas se ela também conseguiu escapar, eu não sei. Vá agora, Betty. Você tem que ir. Não está mais segura aqui.

Coloco o envelope no avental e saio para a luz azul-escura da noite.

Você tem que ir. Você não está mais segura aqui. As palavras de Virrie ecoam na minha cabeça. Sem ambiguidade, uma mensagem clara. Parece tão simples, mas o que significa "ir" em bairros cercados, em uma cidade onde somos caçados dia e noite? Claro que eu deveria ir, mas para onde? Estou sozinha. Não tenho mais ninguém aqui. Nunca chegarei à família Baller antes do toque de recolher, mesmo que não seja presa antes disso. Não há Estrela de Davi na capa, mas há uma no meu uniforme. Como precaução, eu a prendi com alguns fechos de pressão. Rapidamente tiro a estrela e a coloco no avental. Instintivamente, fui para Van Woustraat, para a casa da minha família. Já está escuro e, embora mal possa ver para onde estou indo, conheço cada paralelepípedo, cada poste e cada degrau. Eu poderia encontrar meu caminho para casa com os olhos vendados. Do outro lado da rua, olho para a casa onde uma vez tive uma infância tão feliz e despreocupada. Mas as letras brancas na vitrine, KOOT, são impossíveis de passarem despercebidas. Mesmo que a lua não existisse e nem um raio de luz brilhasse sobre a terra, eu ainda reconheceria aquelas quatro letras horríveis. Essa história não começou com aquela família horrível? Com a morte de Koot?

De repente, eu sei. Minhas pernas começam a se mover, como se meu corpo tivesse tido a ideia antes mesmo de ela entrar na minha cabeça. *Ein Brera* – não há outra escolha.

Respiro fundo e toco a campainha. No primeiro andar acima de mim, alguém abre uma cortina. A janela se abre e uma mulher coloca a cabeça para fora.

– Sim, quem é?

– Betty Oudkerk – digo baixinho.

A janela se fecha imediatamente. Não sei se isso significa que ela está vindo ou se não quer mais nada comigo. Felizmente, a porta da frente logo se abre e a Sra. Overvliet, nossa velha vizinha, me puxa para dentro.

– Alguém viu você? – pergunta enquanto fecha a porta.

– Acho que não.

– O que está fazendo aqui, garota? – pergunta ela, com cara de que já sabe a resposta.

– Não tenho para onde ir, e já que você disse...

– Sim, sim. Isso foi antes. Passamos por muita coisa desde então, querida.

Tenho a sensação de que foi um erro ter vindo, e sinto vontade de dar meia-volta. O problema é que não tenho alternativa.

– Por favor, eu não tenho para onde ir.

– Não, desculpe, Betty.

Ela já está abrindo a porta da frente para gentilmente me empurrar para fora novamente.

– Estou implorando, Sra. Overvliet. Meu pai não foi sempre bom para você? Ele não costumava lhe dar coisas de graça? Certamente você não esqueceu?

– Acalme-se! – Sra. Overvliet diz, pânico em seus olhos. – Eles podem nos ouvir.

Eu pego a mão dela.

– Prometo ficar quieta, mas não me coloque na rua. Vou dormir no porão se for preciso.

Meu apelo parece surtir efeito.

– Bem, tudo bem, suba comigo. Vamos discutir isso com meu marido.

Ela sobe as escadas até a casa e fica dizendo:

– Querida, que confusão, que confusão.

Quando entro na sala, o marido levanta os olhos do jornal, irritado.

– Olá, Sr. Overvliet. Lembra de mim?

– Alguém está doente? – pergunta ele, inexpressivo.

– Ah, você se lembra de Betty, não é? Ela é professora de creche e agora está procurando um lugar... Podemos ajudá-la, não podemos?

É como se ela esperasse uma resposta como: "Não, acho melhor não". Mas, mostrando pouco interesse, o marido diz:

– Tudo bem, desde que ela não durma na minha cama.

– Viu, eu disse que ajudaríamos – diz a esposa, triunfante agora. – Você comeu?

Depois de comer um pedaço de pão seco com um pouco de queijo, ela me mostra o caminho para a adega.

– Aqui está a luz – diz, acendendo uma lâmpada. – Os cobertores estão ali. Não temos colchão aqui, mas pelo menos tem cama.

Olho para o estrado de aço com a base de tela e me pergunto como vou conseguir dormir sobre isso.

– Bem, durma bem. E lembre-se: não faça barulho. Venho buscar você amanhã.

Todo o meu ser grita para não ficar neste porão escuro. Mas antes que eu possa reagir, a Sra. Overvliet sai e, para meu horror, tranca a porta atrás de si.

Capítulo 45
QUARTA-FEIRA, 29 DE SETEMBRO DE 1943

Não há mais exceções para ninguém. Todos os judeus restantes serão deportados para Westerbork imediatamente. Apenas casamentos mistos serão poupados, desde que sejam esterilizados.

Não dormi nem um pouco neste porão, onde as molas da cama quase me perfuraram e o frio penetrou fundo em meus ossos. Mas isso não é o pior. A ideia de que ela tinha me trancado me fez ter que me distrair constantemente dos meus pensamentos, cantar músicas e recitar cantigas para não hiperventilar. Tive que suprimir esses pensamentos aterrorizantes na minha cabeça a noite toda para não ter um ataque de pânico. Como uma bomba que pode explodir a qualquer momento e de uma só vez acabar com a coragem que ainda tenho.

Saio correndo assim que a Sra. Overvliet abre a porta.

– Oh, meu Deus, qual é a pressa? – pergunta ela. – Tem comida para você lá em cima.

Eu estava planejando ir direto para a porta e sair imediatamente, mas depois reconsiderei. Melhor não pegar a estrada de estômago vazio.

E eis que sinto cheiro de café de verdade no andar de cima. O bolo de manteiga que recebo com ele é um deleite inesperado. Parece que esse casal não está tão mal.

– É bizarro, não é? – a esposa tagarela em um tom que é mais como pensar em voz alta. – Como costumávamos alugar do seu pai, e agora você está aqui conosco, dormindo no porão. Quem poderia imaginar?

Eu nunca soube que a casa em que eles moravam era do meu pai.

– Não seu pai, de qualquer maneira. Ele era um bom homem. Mesmo sendo judeu. Eu sempre dizia ao meu marido: que Oudkerk com certeza tem talento para os negócios. Podemos aprender uma coisa ou duas...

– A quem você paga aluguel agora? – pergunto, interrompendo-a.

– Você não sabe, Betty? – diz ela, surpresa. – Ao seu *Verwalter*, Sra. Koot. – Só de ouvir esse nome meu estômago revira. – Você sabia que a Sra. Koot foi visitar sua família?

– O quê? Visitou onde? – pergunto, alarmada.

– Em Westerbork. Ela achava que sua mãe e sua avó haviam levado ouro e joias com elas para o acampamento. O que não era permitido, obviamente.

Sinto uma pontada aguda no peito.

– O que você quer dizer, exatamente?

– Bem, esse ouro era oficialmente da Sra. Koot. Mesmo injustamente, é claro. Lembro-me de dizer a ela: não posso imaginar que Jet Oudkerk simplesmente sairia com ele.

– Você ouviu essa história da própria Sra. Koot?

– Sim, ainda tomamos café juntas às vezes. Não muito frequentemente. De qualquer forma, a visita dela lhe garantiu que sua família não estava escondendo nada dela. A Sra. Koot ameaçou denunciá-las aos funcionários do campo se não lhe entregassem tudo. – A Sra. Overvliet coloca mais café na minha xícara. – Um pouco triste ela as ter denunciado de qualquer maneira, mesmo que sua família não tivesse um centavo em seu nome. Parece que foram transferidas no dia seguinte. Bem...

Eu me levanto, tonta e trêmula.

– O que você está fazendo, menina? – ouço a Sra. Overvliet dizer.

Eu vomito tudo na pia, uma pasta de café de verdade e bolo de manteiga.

– Oh, querida, isso não foi bom agora, não é?

Lá embaixo, a campainha toca. A esposa corre para a janela.

Pego minha capa, atordoada, e estou prestes a descer as escadas. Mas ela me impede.

– Por aí, não! Rápido, debaixo da mesa! – diz ela. – Meu marido está vindo com seus colegas alemães.

Ela me empurra para debaixo da mesa e coloca a toalha sobre ela de modo que apenas uma fresta de luz passe por baixo. Então corre para baixo. Encolhida debaixo da mesa, sinto que estou em algum tipo de farsa. Enquanto isso, meus pensamentos dão voltas e voltas. Tudo o que posso pensar é que a culpa é minha. É minha culpa minha família ter morrido. Eu peguei as joias de nossa casa logo depois que elas foram presas. Ouro e diamantes, que de outra forma a Sra. Koot poderia ter encontrado. Mas como Koot não encontrou nada em nossa casa, então concluiu que minha família tinha levado tudo para Westerbork. Como vingança por ter que fazer uma viagem de trem desnecessária, ela garantiu pessoalmente que mamãe, vovó e Engel fossem enviadas para Auschwitz. Koot as matou pelo ouro que usei para comprar documentos de identidade falsos.

– O que posso oferecer a vocês, cavalheiros? – a esposa pergunta com falsa alegria quando volta para a cozinha.
 O som de seus ágeis saltos femininos é seguido por passos pesados.
 – Vou tomar um café – ouço o Sr. Overvliet dizer. Ele então muda para o alemão. – Que tal uma xícara de café de verdade, Herr Schneider?
 Sinto primeiro o cheiro e só depois as vejo debaixo da toalha da mesa: as botas de couro pretas do alemão. Ele é um homem da ss.
 – Que tal vocês, cavalheiros, sentarem-se e conversarem sobre negócios na sala de estar, e eu levo o café daqui a pouco? – diz a esposa.
 – Claro, bochechudinha! – seu marido fala alto, e então as vozes desaparecem na sala de estar.
 – Eu sabia que era uma má ideia – diz a Sra. Overvliet, levantando a toalha da mesa.
 Saio da cozinha sem dizer uma palavra, desço as escadas e corro para fora. Desço a rua o mais rápido que posso e viro na Sarphatistraat. Passando a ponte, paro para recuperar o fôlego, quando ao longe vejo pessoas sendo forçadas a deixar suas casas. Eu me viro imediatamente e vou para Amsteldijk.
 E agora? Como chego a Amstelveen a partir deste gueto? Sigo o rio Amstel, quando vejo um grupo de judeus andando na minha frente. Eles são jovens, estudantes. Seus rostos estão indiferentes. Como se soubessem o tempo todo que esse momento chegaria. Estão sendo mantidos sob a mira de uma arma

por soldados alemães. Somos todos da mesma idade: os estudantes, os soldados e eu. Em outro mundo, não estaríamos uns contra os outros, não seríamos inimigos. Em outro mundo que não existe mais.

– Por aqui! Não usaremos a força se vocês cooperarem! – alguém grita.

Como um animal caçado, corro para uma rua lateral.

Ando por Amsterdã sem saber para onde ir. *Elisabeth Petri, Elisabeth Petri*, penso comigo mesma, praticando meu novo nome. "Qual o seu nome?", "Elisabeth Petri, oficial". "E o uniforme?", o oficial perguntará. Vou ter que seduzi-lo com meus olhos, meu sorriso, blefar meu caminho para a liberdade, para a vida, mas não sei se ainda posso fazer isso: *atuar. Fingindo, disfarçando que estou bem... Não posso... Não mais.* Estou andando por um labirinto sem saída, sem solução. *Doente, derrotada, quebrada. Devo me render? Isso não é quem eu sou, é?* Betty nunca desiste. Só não sei para onde aquela Betty foi. A garota que diz que nunca tem medo.

Pego a estrela no bolso do avental. Se eu a colocar, estarei acabada em breve. Sinto então outra coisa: a carta que Virrie me deu. Tinha esquecido completamente do envelope branco. *Para Betty*, lê-se. Eu o rasgo e retiro um cartão postal esfarrapado com apenas rabiscos de lápis cinza. Então tenho outro choque que quase me derruba quando reconheço os rabiscos como a caligrafia de minha mãe. Apoiando-me contra uma parede, leio suas palavras:

Queridos filhos, vocês nunca mais me verão
Porque fomos deportadas. Vocês vão cuidar bem do Japie?

Olho para o céu. *É isso. O jogo acabou.* O vencedor era conhecido antes de começarmos. O céu é de um azul perfeito, exceto por uma pequena nuvem que flutua na frente do sol. O vento crescente sopra lentamente em seu caminho, e a luz do sol aquece meu rosto. Penso em como as crianças desenham o sol, com grandes pontos amarelos. Então sei o que tenho que fazer. Tiro a estrela amarela do bolso e a prendo no uniforme. Depois tiro a capa para que todos vejam: sou judia.

Acontece mais rápido do que eu esperava.

– Tem uma ali!

Ouço um policial gritar com uma voz púbere como a do meu irmãozinho. Não tento mais me esconder, não fujo. Fico onde estou até que o oficial me alcance.

– Papéis de identidade! – Entrego meu cartão e espero que ele conclua o que já sei. – Entre na fila! – ele então diz.

Simples assim, me fundo com o grupo e desapareço.

Eles nos trouxeram para a estação de Amstel. Tudo acontece em transe, como se eu não estivesse realmente aqui. A estação de trem lotada, a cacofonia de vozes, centenas de pessoas esperando para serem transportadas para a morte. Em pé, sentados ou mesmo deitados no chão frio. Há mesas na frente do salão onde a organização se senta. Os nomes judaicos que são chamados ecoam nos ladrilhos do espaço alto, após o que novos grupos de pessoas se movem em direção a seus opressores. Os carrascos no cadafalso.

Ouço uma criança ao meu lado dizer à mãe que finalmente irá rever o papai. Apenas as crianças ainda não perderam a esperança neste lugar. Só as crianças. Estou tão tonta que tenho que me apoiar em um pilar para ficar de pé.

Meu nome é chamado. É a minha vez. É isso. Em choque, sigo em direção à fileira de mesas. Em breve estarei no trem do destino. Ninguém mais pode dizer que sou ingênua. Mamãe também sabia o que ia acontecer. Ela teria preferido tirar a própria vida: ela tinha coragem.

– Você é Betty Oudkerk? – pergunta um dos lacaios do sistema atrás das mesas.

– Sim, sou eu.

– Papéis!

Pego meus documentos de identidade no bolso e sinto dois cartões. Como saber qual é o certo?

– Por que a demora?

– Sim. Desculpe-me.

Acho que o papel do meu cartão real é um pouco mais frágil e o tiro do bolso. É o verdadeiro cartão de fato.

O homem copia meus dados e depois me devolve meu cartão.

– Você vai ter que entregar as chaves de sua casa ali à esquerda.

Sou enviada para uma mesa diferente. Há uma lixeira no chão com milhares de chaves brilhantes. Eu a encaro como se estivesse hipnotizada.

– Senhorita Oudkerk, suas chaves – ouço alguém dizer.

Eu olho para cima.

– Perdão?

É estranho, seu rosto parece tão familiar.

– Posso ficar com as chaves da sua casa? Você tem que entregá-las aqui.

– Eu não tenho nenhuma chave de casa.

O homem me dá um olhar penetrante. Só então vejo quem é: o senhor Pos, o policial que tomou café comigo algumas noites na creche. O que falou "pode chamá-la de mãe" e "você não ouviu isso".

Estou distraída com as gotas de suor em sua testa.

– Posso ver seus documentos de identidade, Srta. Oudkerk?

Entrego meu cartão, me perguntando como é possível que o Sr. Pos esteja aqui. Ele não vem me visitar na creche todas as noites? É como se meu cérebro tivesse parado de funcionar. Como se estivesse preso em alguma equação matemática complexa. Vejo os dedos gorduchos do Sr. Pos escreverem algo no meu cartão e depois colocarem um carimbo nele.

– Essa fila, por favor. – diz o Sr. Pos, me devolvendo o cartão. Parece um labirinto de mesas e carteiras de identidade.

Eu entro na fila com um grupo de pessoas.

– Essa fila não, Srta. Oudkerk. Ali!

Estou assustada e quase perco o equilíbrio. O Sr. Pos tem uma voz alta. Deixo alguém me empurrar na direção certa. Quando olho por cima do ombro, vejo que o Sr. Pos já está lidando com a próxima pessoa.

Arrastando-me em uma fila curta, estou me aproximando de outro homem atrás de uma mesa. Quando estou bem na frente dele, acho que reconheço seu rosto de algum lugar também. Sinto como se tivesse caído em um sonho. Um pesadelo do qual não consigo acordar, embora saiba que não é real.

– Vá em frente! – o homem diz.

Eu não tenho ideia se ele está falando comigo ou com outra pessoa.

– E o que há com esse linda porca?

Estou surpresa com o volume vindo do corpo magro do homem.

– Ela está em um casamento misto! – o Sr. Pos grita atrás de sua mesa.

Ei, isso é sobre mim? Casamento misto? Eu nunca fui casada, muito menos num misto.

– Cartão, por favor! – diz o comandante. Pela terceira vez, entrego meu documento de identidade e o vejo dar uma olhada desdenhosa. – Betty Oudkerk, casamento misto... Isso é maravilhoso. – Ele então me devolve.

– Você pode ir.

De repente, percebo: reconheço-o pelas fotos do jornal. *Ele não é o chefão? Willy Lages, superior de Aus der Fünten.*

– O que você está esperando? – ele grita na minha cara.

Um soldado me conduz para fora.

– Caia fora!

Atordoada e confusa, me afasto da estação. Minha mente ainda não consegue acompanhar todos esses passos, a cronologia dos eventos. Esfrego o rosto tentando levantar a névoa densa, o caos insondável em minha cabeça. O que aconteceu? Olho para minha carteira de identidade e vejo um J vermelho estampado diagonalmente no J preto. A percepção chega atrasada. *O Sr. Pos me salvou.* Ele manteve sua palavra de que eu poderia recorrer a ele. É possível que existam pessoas realmente boas do outro lado? Isso é uma oportunidade? Ou isso é outro engano para me distrair do meu objetivo de seguir os rastros da minha família? Estou tão cansada de lutar. Exausta, entorpecida. Se ao menos eu pudesse me deitar e fechar os olhos um pouco. Descansar para sempre. Dormir sem sonhar. Nada. Penso em Sieny, minha melhor amiga, e em Harry. Se ao menos eu tivesse me juntado a eles a tempo. Eles teriam me levado para algo melhor. Para a luz. Eu ainda tenho uma chance. Pense, Betty. Não amoleça agora. Eu tenho que continuar andando, mas para onde?

Vagando, tento voltar aos meus sentidos, à lógica e à razão. Sem perceber, encontrei o caminho de volta ao centro da cidade pelo rio Amstel. Estou em Kloveniersburgwal. De repente, lembro-me de algo que Tineke me disse uma vez. O tio dela deveria ter um negócio de fabricação de fogões aqui. Procuro nomes nas fachadas, por todos os lugares, mas não consigo encontrar um fabricante de fogões em Kloveniersburgwal.

Fico na ponte e observo os barcos que passam pelos canais. Um barco de recreio, um barco com sucata, um barco com crianças a pescar. Pedestres, carruagens e carros passam na orla. Dificilmente se pode dizer que nosso país está sob ocupação. As pessoas estão rindo, e está um dia lindo. É assim que deve ser, e como será nos próximos anos. Só que sem nós, judeus.

Uma senhora elegante, corcunda, de cabelos grisalhos, como os de Engel, se aproxima e fica bem ao meu lado. Ela coloca sua bengala contra o corrimão da ponte e pega algumas crostas de pão da bolsa que está segurando.

Pequenos pássaros e patos chegam instantaneamente. O saco de pão parece estar bem cheio porque ela continua pegando um punhado dele. Meu olhar fixo a faz olhar para cima.

– Você gostaria de um pouco de pão?

– Não é para os pássaros?

Ela chega um pouco mais perto.

– Você está bem, querida?

Sem palavras, só consigo dizer um "não sei".

– Você está um pouco pálida. Como está se sentindo? – Ela enfia a mão na bolsa e me entrega um pedaço de pão. – Aqui, mastigue isso.

Eu, impassível, pego a crosta marrom e a coloco na boca.

– Você é enfermeira? – ela pergunta, sua cabeça inclinada e olhando para mim.

Balanço a cabeça, incapaz de falar com a boca cheia, e coloco a mão na altura da cintura.

– Ah, uma professora de creche?

Eu confirmo.

– Esse é um ótimo trabalho – diz ela, satisfeita. – Isso faz com que você nunca esqueça que já foi criança. Aqui, garota, pegue isso. – Ela me entrega o saco de pão. – Promete que vai comer tudo?

Ela então pega sua bengala do corrimão e está prestes a sair.

– Desculpe-me, senhora. Por acaso você sabe se há um fabricante de fogões chamado Baller em algum lugar por aqui?

A mulher parece espantada.

– Com certeza, sim. Você está bem ao lado.

Ela aponta para o prédio mais próximo no cais. A fachada diz: EMPRESA BALLER, FABRICANTE DE FOGÕES.

Fico ansiosa quando estou na porta. E se eles me trancarem em um porão de novo? A mulher que me deu o saco de crostas de pão acena com a bengala para mim à distância. Parece me dar coragem. Pego a alça de couro e toco a campainha, que é mais alta do que eu esperava. Instintivamente olho em volta para ver se alguém pode ter me ouvido. Estar alerta agora é muito natural para mim, mesmo nos momentos em que não há perigo imediato.

– Entre! – ouço alguém gritar.

Atravesso a porta, sem saber qual será a próxima catástrofe que me espera desta vez.

– Posso ajudar? – pergunta o homem no local de trabalho. Ele se parece exatamente com Karel Baller.

– Sou Betty Oudkerk – digo. – Amiga de sua sobrinha, Tineke.

– Prazer – diz o homem calorosamente. – Você veio comprar um fogão?

– Não... – Hesito por um segundo, depois digo: – Sou judia. – Seguro minha capa de lado e mostro a ele a estrela.

O rosto do Sr. Baller se contrai.

– *Meine Güte* – diz ele.

– Seu irmão sempre disse que queria me ajudar. Mas também posso ir embora.

– Não, claro que não. – Atrás de mim, o Sr. Baller tranca a porta da loja. – Pronto, só por segurança. Venha comigo... Betty, você disse? – Ele sorri gentilmente e abre a porta da escada. – Precisamos encontrar uma maneira de tirá-la desta cidade podre o mais rápido possível. Siga-me e vou apresentá-la à minha esposa. – Ele lidera o caminho até as escadas.

Ouço um canto lá de cima: "Quando as luzes se acenderem em Leidseplein. E há bons momentos nas ruas da cidade, e as persianas do Lido estão levantadas de novo...".

– Querida, posso te apresentar a Betty? – Sr. Baller diz para sua esposa na cozinha.

Ela ergue os olhos de um balde de água com sabão, um pouco envergonhada.

– Oi, Betty. Gosto de cantar quando estou esfregando.

– Minha mãe sempre costumava cantar também – digo, embora a mulher gordinha do Sr. Baller não se pareça em nada com minha mãe.

– Cantar acalma a alma – diz ela, enquanto seca as mãos. – E se você for bom nisso, também pode ganhar um bom dinheiro. Mas isso não é para mim, infelizmente. – Ela me olha sorrindo gentilmente, e estende a mão. – Vera Baller, prazer em conhecê-la.

– Betty é amiga de Tineke. Ela precisa de ajuda – diz Baller com um olhar significativo.

– Oh, menina, o que eles estão fazendo com vocês? – A Sra. Baller acaricia meu braço inesperadamente. – Que tal eu esquentar primeiro alguma coisa para você comer. Deve estar faminta.

Minha respiração acelera de repente, e estou ficando com manchas na frente dos olhos. Quero me desculpar, mas não consigo emitir nenhum som. Bem a tempo, consigo me agarrar à mesa.

– Ei, garota, não caia agora – diz o Sr. Baller, ajudando-me a sentar em uma cadeira.

Parece que não perdi, ainda não. A neblina está se dissipando lentamente da minha cabeça, me dando uma nova perspectiva. O Sr. Baller dá um anel a Karel enquanto sua esposa me serve uma tigela de sopa de ervilha cremosa. Meia hora depois, saímos no carro dele, que cheira a carvão e metal. Olho pela janela para as estradas que lentamente nos levam para fora da cidade que um dia amei tanto. As pedras gradualmente dão lugar a prados e florestas. O sol baixo do outono lança um brilho alaranjado na terra enquanto um trem passa ao longe. Talvez seja o trem em que eu deveria estar. Como é possível que eu esteja agora aqui, e não lá? A vida está fazendo cada vez menos sentido.

Foi o ódio que me deu força para continuar? Ou foi o amor pelas crianças que me fez pensar que eu era intocável? Foi o ato cômico que fiz que me salvou até agora, ou foi pura sorte que acabei conhecendo as pessoas certas para me indicar a direção certa e me colocar na linha certa? Tenho muitos pensamentos passando pela cabeça para encontrar as respostas. Dividida entre um extremo e outro, já não sei mais o que é verdade ou o que tem valor. Só tenho certeza de que os outros, meus irmãos Gerrit e Nol, minha mãe, vovó e Engel, meus amigos judeus, colegas, Madame Pimentel, Remi e aquelas centenas de outras crianças... de que não consegui salvá-los. Eles não tinham o mesmo direito de viver? Abraço meus ombros e me inclino contra a porta enquanto dirigimos pela estrada esburacada. Me seguro firme e tento não cair, mesmo depois de tudo.

Posfácio
DEPOIS DA CRECHE

O número de crianças salvas através da creche é estimado em seiscentas. Isso foi cerca de um quarto ou um quinto de todas as crianças que estiveram na creche entre julho de 1942 e setembro de 1943.

O nome da maioria das crianças foi alterado por questões de privacidade, assim como os nomes dos dois jovens por quem Betty tinha uma queda. No entanto, esses personagens são baseados em pessoas e eventos reais.

Mantive os nomes da maioria das pessoas que desempenharam um papel importante nesta história, como Sieny, Mirjam, Virrie e Henriëtte, para manter vivo seu heroísmo. Mas, para conectar os fatos, interpretei esses personagens à minha maneira.

Depois de um período turbulento e difícil na clandestinidade, Betty começou a cuidar de órfãos novamente. Ela se casou com Bram Goudsmit, e os dois tiveram cinco filhos. Betty queria ter tido muitos mais. Mas, por um longo tempo, não quis olhar para trás e ver o que havia experimentado: a dor que sentia por todas as crianças que não tinha conseguido salvar era muito grande. Até que, avançada em anos, conheceu um homem na festa de um de seus filhos, que tinha sido salvo ainda bebê pelas cuidadoras da creche. Parecia um milagre que seus caminhos se cruzassem novamente através de seus filhos.

Esse encontro foi de grande significado para Betty: só então ela se conscientizou do impacto de seus atos, e conseguiu olhar além das crianças que não conseguiu salvar. "Agora sei por que continuei vivendo", disse ela. Aos poucos, começou a compartilhar histórias sobre o que havia acontecido com ela.

Em 2019, durante a cerimônia do Dia da Lembrança de 4 de maio na Holanda, Betty colocou uma coroa de flores no Monumento Nacional na Praça Dam em nome das crianças que não puderam ser salvas, sua família e todos os judeus holandeses mortos. Depois, disse ao filho e à neta: "agora posso finalmente deixar tudo para trás".

Após sua prisão na França, Gerrit e Lous foram levados, via Tours, para Drancy, de onde foram deportados para Auschwitz alguns meses depois. Nol e Jetty ficaram em Vught até outubro de 1943, depois foram levados de Westerbork para Auschwitz. A mãe de Betty, Jet Oudkerk, Vovó e Engel foram transferidas para Auschwitz após a visita de Koot. Elas foram enviadas para as câmaras de gás imediatamente após a chegada. Leni, Japie e Betty sobreviveram à guerra.

O bebê Remi passou um mês em Westerbork, depois do qual foi deportado para Sobibor junto com outros 2.510 judeus, incluindo 601 crianças. Ninguém desses transportes sobreviveu.

Greetje sobreviveu à guerra e acabou em uma casa de repouso familiar.

Em Westerbork, Henriëtte escreveu um plano detalhado para expandir a creche após a guerra. Ela o enviou para a gerência da creche em Amsterdã. Em setembro de 1943, ela foi deportada para Auschwitz, onde foi enviada para as câmaras de gás imediatamente após a chegada.

Virrie Cohen se escondeu depois que a creche fechou. Ela sobreviveu à guerra, assim como sua irmã, Mirjam, seu pai, David Cohen, sua mãe e seu irmão. A creche foi reaberta em 1950 sob o novo nome Huize Henriëtte, e Virrie ficou encarregada. Sua irmã Mirjam nunca foi capaz de processar suas experiências de guerra e ficou doente.

Harry e Sieny sobreviveram à guerra escondidos juntos e assim ficaram pelo restante de suas vidas.

Havia mais "ajudantes" de Pimentel além dos personagens principais, como Fanny Phillips. Ela também desempenhou um papel importante em convencer os pais e contrabandear crianças. Vários jovens do Conselho Judaico também estavam envolvidos nisso.

A professora da creche, Cilly Levitus, pediu ao ss Alfonds Zündler que salvasse sua irmã Juta, que deveria ser deportada do orfanato. Cilly estava com a impressão de que Alfonds havia morrido durante a guerra, mas Zündler sobreviveu ao cativeiro e voltou para a Alemanha. Pouco antes de sua morte, Cilly pôde agradecê-lo pessoalmente. Um grupo de holandeses que foi salvo por ele tentou nomear Zündler para uma distinção do Yad Vashem, mas isso gerou muitos protestos.

Ferdinand Aus der Fünten e Willy Lages faziam parte do Breda Four, que cumpriu pena de prisão perpétua na prisão de Breda Koepelgevangenis. Aus der Fünten morreu logo após sua libertação, em 1989.

Walter Süskind acabou sendo também convocado para Westerbork, para onde viajava regularmente para negociar com os oficiais do campo sobre prisioneiros, e para visitar sua esposa e filha, cuja deportação ele não conseguira impedir. Embora seus contatos com a resistência em Amsterdã lhe oferecessem possibilidades de libertar a si mesmo e sua família, ele rejeitou o plano porque não queria pôr em perigo seus companheiros de prisão. Em 3 de setembro de 1944, ele foi transportado para Theresienstadt, de onde foi deportado para Auschwitz um mês depois. Sua esposa e filha foram enviadas para as câmaras de gás na chegada. Süskind sobreviveu ao campo, mas finalmente morreu de exaustão durante as marchas da morte.

O braço direito de Walter Süskind era o economista Felix Halverstad, que era bom em desenhar, pintar e forjar documentos de identidade. Ele fez com que crianças desaparecessem dos registros e forneceu novas carteiras de identidade. Sua esposa, que era secretária no teatro, o ajudou ativamente com isso. Eles sobreviveram à guerra junto com sua filha.

Hetty Brandl, secretária de Walter Süskind, foi deportada para Bergen--Belsen depois de recusar os avanços do vice-comandante-chefe Streich. Ela morreu em 1º de abril de 1945.

Karel Baller foi ativo na resistência e forneceu esconderijos a muitos judeus, entre eles Betty, Leni e Japie. Por isso, recebeu uma distinção do Yad Vashem após a guerra.

O grande amor de Betty, que é chamado de Joop neste livro, realmente se tornou um piloto de caça. Betty foi amiga dele pelo resto de sua vida.

Uma carta de Elle

Muito obrigada por ler *Órfãos de Amsterdã*. Se você quiser se manter atualizado com todos os meus últimos lançamentos, pode se inscrever em www.bookouture.com/elle-van-rijn. Seu endereço de e-mail nunca será compartilhado e você poderá cancelar a inscrição a qualquer momento.

Meu interesse pelo assunto deste livro começou há mais de dois anos, quando por acaso ouvi falar da Creche Judaica e da diretora Henriëtte Pimentel após a morte do membro da resistência e professor, Johan van Hulst. Eu estava apenas vagamente familiarizada com a história e nunca tinha ouvido falar de Henriëtte Pimentel. Mas conhecia um amigo diretor de sobrenome quase idêntico: Pollo de Pimentel. Quando lhe perguntei se havia alguma relação entre ele e a diretora da creche, ele me disse que Henriëtte Pimentel era sua tia-avó, irmã de seu avô. Decidimos nos unir e desenvolver uma série dramática ou um filme juntos. Quanto mais eu conhecia as histórias pessoais das professoras judias e das crianças da creche, mais essa história notável me afetava. Eu não conseguia esquecer. Fiquei impressionada com a rede que Henriëtte Pimentel havia montado secretamente em sua creche, que acabou servindo de anexo ao teatro Hollandse Schouwburg, o principal local onde os judeus holandeses eram reunidos e deportados. Depois de muita pesquisa e algumas digressões, decidi escrever um romance histórico sobre o assunto, que contaria tudo de forma mais pessoal e empática. E eu sabia desde o início que a única professora da creche ainda viva, Betty Goudsmit-Oudkerk, teria que ser a personagem principal do meu romance. Durante minha pesquisa sobre a história da creche, passei a amá-la ainda mais.

Eu a visitei junto com Pollo de Pimentel dois dias antes de os centros geriátricos fecharem por causa da pandemia de covid, em março de 2020. Foi um encontro marcante que me impressionou muito. Seus pensamentos não estavam tão nítidos quanto antes, mas ela ainda tinha muito humor, orgulho e amor. Muito amor, principalmente.

"As crianças", ela disse, "eles não podem tocá-las. As crianças não têm nada a ver com o que os adultos aprontam". Ela também enfatizou várias vezes como teve que atuar para salvar a si mesma e aos outros. "Sempre atuei e continuo atuando."

"Você atua?", ela me perguntou. Eu disse que tinha estudado na escola de teatro e que fiz muitas atuações depois disso. Ela gostou muito. Ela aprendera a atuar na vida real, com Plantage Middenlaan como cenário, no outono de 1942, quando era uma professora de creche de dezessete anos, de olhos arregalados, que trabalhava em um lugar de onde muitas pessoas seriam enviadas para a morte. Ela desempenhou um ato de coragem, charme, ingenuidade, destemor e perseverança. Até que em um certo ponto começou a acreditar em seu próprio fingimento.

Só mais tarde percebeu o quanto tinha reprimido, quantas perdas ela precisava lamentar. Os fantasmas que a mantinham acordada à noite tinham rostos de criança. Eles se agarraram a ela com expressões de medo. Ela continuou ouvindo suas vozes em sua cabeça. "Por que você não me salva, Betty? E eu. Eu..." Ela só começou a falar disso aos oitenta anos, ainda com ar de leveza e tom despreocupado, mas eram os fatos duros e frios.

Em junho de 2020, enquanto eu terminava a história sobre a Creche Judaica, recebi a triste notícia de que Betty havia falecido. Ela havia caído pouco antes, e seu sofrimento estava se tornando insuportável. Tinha desistido. Nesse ponto, Betty já ocupava minha mente havia meses, então sentia como se ela fosse uma parte de mim. É possível falar de luto quando conheceu alguém apenas uma vez? Quando você só foi capaz de olhar para aqueles olhos penetrantes uma única vez? Quando sentiu a energia de seu coração batendo apenas uma vez? Talvez não. Ainda assim, fiquei abatida e entorpecida pela perda. Uma heroína havia morrido. As maiores almas da terra também não têm vida eterna.

A morte de Betty me convenceu ainda mais de que este romance tinha que ser escrito. A história dela tinha que ser passada adiante. Naturalmente, às vezes me sentia desconfortável: não sou parente de Betty e, embora meus dois filhos mais novos tenham um sobrenome judeu, não sou judia. Nem tenho qualquer ligação com a resistência através da minha família, então quem sou eu para escrever esta história? Ainda assim, com este romance histórico, espero fornecer um quadro completo de todas as histórias individuais que cercam a creche e, ao fazê-lo, aproximar essa história do coração. O tema é atemporal. A história é sobre coragem, sobre ódio e exclusão. Isso levanta dilemas que cada um de nós pode enfrentar em algum momento. E então, o que fazer? Você escolhe medo ou coragem, decide fugir ou defender seu território, ou escolhe a si mesmo em vez do grupo?

No meu romance, tentei fazer jus à história da creche e de todas as pessoas envolvidas. As histórias e os diálogos familiares que descrevo vão além do que pude descobrir. O formato de romance me permitiu preencher o que poderia ter acontecido e ter sido dito onde eu não consegui descobrir.

A história de Betty e de outras mulheres da resistência nos ensina uma lição importante: a união nos torna fortes, principalmente quando se trata de proteger nossos filhos. Nas palavras de Betty: "mantenha suas mãos longe das crianças! Elas não têm nada a ver com o que os adultos aprontam".

twitter.com/ellevanrijn

Nota histórica

Neste romance, a história heroica sobre o contrabando de crianças do teatro Hollandsche Schouwburg acontece em torno da creche, onde as cuidadoras operavam com a ajuda dos mensageiros do Conselho Judaico. Henriëtte Pimentel liderou essa complexa operação junto com Walter Süskind, mas eles também mantiveram a rede de diferentes organizações que cuidaram das crianças depois da creche. As crianças tiveram que ser transportadas por todo o país, uma operação de alto risco que geralmente era feita por mulheres jovens. Eles também estavam constantemente procurando esconderijos adequados: levar crianças judias para casa era uma decisão arriscada, todos os não judeus nessa cadeia de fuga corriam o risco de serem também deportados se fossem pegos.

Os grupos de resistência não judaicos envolvidos no resgate de crianças foram grupos que se formaram espontaneamente e vieram de todas as camadas da sociedade. Os que mais resgataram crianças da creche foram:

- O Comitê de Estudantes de Utrecht e o Amsterdã Student Group, jovens incansáveis, liderados pelo estudante Piet Meerburg. Ele trabalhou junto com let van Dijk, Mieke Mees e muitos outros.
- De Naamloze Venootschap ("a parceria sem nome") da classe trabalhadora, com tendências mais comunistas. Joop Woortman e sua esposa, Semmy Glasoog, estavam no comando a partir de Amsterdã.
- O grupo Trouw, que formou o jornal de resistência *Trouw*, era um grupo intelectual cristão liderado pelas feministas Gezina van der Molen e Hester van Lennep, que entraram em contato com as operações da creche através de Johan van Hulst e da escola de formação de professores Kweekschool.

Agradecimentos

Meus agradecimentos especiais vão para Pollo de Pimentel, que me acompanhou nessa saga. Também gostaria de agradecer a Martijn Griöen, por sua confiança em mim; Lenneke Cuijpers, por seu trabalho cuidadoso e ótimas sugestões; e Christine e toda a equipe de marketing, por seu entusiasmo. Marion Pauw também ajudou a levar o livro a um outro patamar com seu feedback embasado. Obrigada, querida Marion!

Meu maior apoio nesse processo foi Elco Lenstra, meu editor. Agradeço-lhe pelo empenho, competência e palavras de motivação nos momentos em que a minha confiança estava baixa, como: "Elle, escrever é como andar de bicicleta, nunca nos esquecemos como fazer".

Finalmente, quero agradecer ao meu marido e aos meus filhos, a quem privei de muitas horas do meu tempo enquanto trabalhava neste livro.

Bibliografia

Para escrever este romance histórico, fiz uso das fontes a seguir.

Livros
Alles ging aan flarden. Het oorlogsdagboek van Kaartje de Zwarte- Walvisch, Klaartje de Zwarte-Walvisch
Atlas van een bezette stad, Bianca Stigter
Betty. Een joodse kinderverzorgster in verzet, Esther Göbel e Henk Meulenbeld
Dag pap, tot morgen. Joodse kinderen gered uit de crèche, Alex Bakker
Harry & Sieny, Esther Shaya
Omdat hun hart sprak. Geschiedenis van de georganiseerde hulp aan Joodse kinderen in Nederland, 1942–1945, Bert Jan Flim
Onder de klok. Georganiseerde hulp aan Joodse kinderen, Bert Jan Flim
Silvie, Silvia Grohs-Martin
Walter Süskind. Hoe een zakenman honderden Joodse kinderen uit handen van de nazi's redde, Mark Schellekens

Artigos
"De holden van de Joodsche Crèche", Anita van Ommeren e Ageeth Scherphuis (*Vrij Nederland*)
"De Hollandsche Schouwburg. Theater, deportatieplaats, plek van herinnering", Frank van Vree, Hetty Berg e David Duindam
"De kinderen van de Joodsche Crèche", Harm Ede Botje e Mischa Cohen (*Vrij Nederland*)

E também
NIOD – Institute for War, Holocaust and Genocide Studies, vários arquivos
Bairro Cultural Judaico, vários filmes e gravações de som
Fundação Shoah, várias entrevistas
Gravações sonoras de entrevistas de Bert Jan Flim com Virrie e Mirjam Cohen
De Hollandsche Schouwburg
Monumento Joods
Verzetsmuseum
Vários artigos jornalísticos de jornais e fontes de informação on-line

Esta obra foi composta em PSFournier Std
e impressa em papel Pólen Natural 70 g/m²
pela Gráfica e Editora Rettec.